d

Ian McEwan

Schwarze Hunde

Roman

Aus dem Englischen von
Hans-Christian Oeser

Diogenes

Titel der 1992 bei Jonathan Cape, London, erschienenen Originalausgabe: ›Black Dogs‹

Umschlagillustration: Hieronymus Bosch, ›Die Versuchung des Heiligen Antonius‹ (Triptychon)
Museu Nacional de Arte Antiga, Lissabon
Foto: Photographie Giraudon, F-Vanves

Für Jon Cook,
der sie ebenfalls gesehen hat

200/94/8/1
ISBN 3 257 06007 6

In diesen Zeiten weiß ich im Grunde genommen nicht, was ich will; vielleicht will ich nicht, was ich weiß, und will, was ich nicht weiß.

Marsilio Ficino,
Brief an Giovanni Cavalcanti,
um 1475

Inhalt

Vorrede

Seit ich, mit acht Jahren, meine bei einem Autounglück verloren habe, richtet sich mein Augenmerk auf anderer Leute Eltern. Das war besonders während meiner Teenagerjahre so, als viele meiner Freunde ihre Angehörigen gerade fallenließen und ich davon profitierte, indem ich sie, vereinsamt, wie abgelegte Kleidungsstücke übernahm. In unserer Nachbarschaft herrschte kein Mangel an leicht deprimierten Vätern und Müttern, die nur allzu froh waren, wenigstens einen Siebzehnjährigen um sich zu haben, der ihre Scherze, ihre Ratschläge und Kochkünste, ja sogar ihr Geld zu schätzen wußte. Zur gleichen Zeit war ich selbst eine Art Vater. Die unmittelbare Umgebung, in der ich damals lebte, bildete die neue und schon zerrüttete Ehe meiner Schwester Jean mit einem Mann namens Harper. Mein Schützling, meine Vertraute in diesem unglücklichen Haushalt war meine dreijährige Nichte Sally, Jeans einziges Kind. Die ständigen Wutausbrüche und Wiederversöhnungen, die durch die große Wohnung tobten – Jean war die Hälfte des elterlichen Vermögens zugefallen, meine Hälfte wurde treuhänderisch verwaltet –, drängten Sally an den Rand. Natürlich identifizierte ich mich mit dem vernachlässigten Kind, und so verkrochen wir uns mit ihren Spielsachen und meinen Schallplatten regelmäßig in ein großes Zimmer mit Blick auf den Garten oder igelten uns in einer winzigen Küche ein, wann immer es sich durch die Kämpfe um uns her verbot, den Kopf zur Tür herauszustrecken.

Sally zu betreuen tat mir gut. Ich mußte ein Vorbild für sie sein, und das lenkte mich von meinen eigenen Problemen ab. Zwei weitere Jahrzehnte sollten vergehen, bis ich mich anderswo wieder so heimisch fühlte wie damals. Am meisten genoß ich die Abende, wenn Jean und Harper außer Haus waren, vor allem im Sommer, wenn ich Sally vorlas, bis sie einschlief, und anschließend meine Hausaufgaben an dem großen Tisch vor der offenen Terrassentür erledigte, die auf den süßen Duft von Abendlevkoje und Straßenstaub ging. An der Beamish, einer Paukschule in Elgin Crescent, die sich Academy schimpfte, bereitete ich mich auf die Schulabschlußprüfung vor. Wenn ich von meiner Arbeit aufblickte und hinter mir im Dämmerlicht Sally auf dem Rücken liegen sah, Laken und Teddybären bis ans Fußende weggeschoben, Arme und Beine weit von sich gestreckt, in einer Haltung, die mir wie völlig unangebrachtes Vertrauen in das Wohlwollen ihrer Umwelt vorkam, dann schnürte sich mir das Herz zusammen, und ich wurde von einem heftigen und schmerzlichen Verlangen erfüllt, sie zu beschützen – und ich bin mir sicher, daß ich nur aus diesem Grunde selbst vier Kinder habe. Ich habe nie daran gezweifelt: In gewisser Hinsicht bleibt man sein Leben lang Waise; und Kinder zu umsorgen ist eine Möglichkeit, für sich selbst zu sorgen.

Jean platzte immer überraschend ins Zimmer, getrieben von Schuldgefühlen oder einem Überschwang an Liebe, wenn sie mit Harper Frieden geschlossen hatte, und trug Sally mit Gurrlauten, Umarmungen und wertlosen Versprechungen zu ihrem Ende der Wohnung fort. Dann ergriff unweigerlich eine Schwärze, das hohle Gefühl der Nichtzugehörigkeit, von mir Besitz. Statt mich im Haus herumzutreiben oder fernzusehen wie andere Jugendliche auch, schlich ich mich in die Nacht hinaus, den Ladbroke Grove entlang, zu dem Haushalt, der mich gerade am herzlichsten empfing. Was ich nach mehr als fünfundzwanzig Jahren noch vor mir sehe, sind blasse, mit Stuck verzierte Villen, vielleicht am Powis Square, einige mit abbröckelndem Putz, andere makellos gepflegt, und ein gelber, warmer Lichtschein von der geöffneten Haustür, der in der Dunkelheit einen bleichgesichtigen Halbwüchsigen offenbart, wie er, schon jetzt 1,80 groß, mit seinen City Boots scharrt. Oh, guten Abend, Mrs. Langley. Ich hoffe, ich störe nicht. Ist Toby da?

Wie vorherzusehen, ist Toby bei einer seiner Freundinnen oder mit Freunden im Pub, und unter Entschuldigungen trete ich den Rückzug über die Portaltreppe an, bis Mrs. Langley mich zurückruft: »Jeremy, möchtest du nicht trotzdem hereinschauen? Komm schon, trink ein Gläschen mit uns alten Langeweilern. Ich weiß, Tom wird sich freuen, dich zu sehen.«

Pflichtschuldiges Zögern, und schon ist das 1,80 große Kuckucksei im Nest, gelangt durch die Eingangshalle in ein riesiges, mit Büchern vollgestopftes Zimmer mit syrischen Dolchen, einer Schamanenmaske und einem Blasrohr aus dem Amazonas-Gebiet mit in Kurare getunkten Pfeilspitzen. Hier sitzt Tobys Vater, dreiundvierzig Jahre alt, unter einer Lampe und liest am offenen Fenster Proust, Thukydides oder Heine im Original. Lächelnd erhebt er sich und streckt die Hand aus.

»Jeremy! Wie schön, dich zu sehen! Trink einen Scotch mit mir. Setz dich dort hinüber und hör zu, sag mir, was du darüber denkst.«

Und begierig, mich in ein Gespräch zu verwickeln, das auf meine Schulfächer (Französisch, Geschichte, Englisch, Latein) Bezug hat, blättert er ein paar Seiten zurück zu einem ehrfurchtgebietenden Satzgefüge aus *Im Schatten junger Mädchenblüte*, und ich, ebenso begierig, mich aufzuspielen und akzeptiert zu werden, nehme die Herausforderung an. Gutgelaunt verbessert er mich, später ziehen wir vielleicht Scott-Moncrieff zu Rate, und Mrs. Langley kommt mit Sandwiches und Tee herein, und sie erkundigen sich nach Sally und wollen das Neueste über Harper und Jean erfahren, denen sie nie begegnet sind.

Tom Langley war Diplomat im Auswärtigen Amt und nach drei Auslandsposten nach Whitehall versetzt worden. Brenda Langley sah nach ihrem schönen Haus und gab Cembalo- und Klavierstunden. Wie viele Eltern meiner Freunde von der Beamish Academy waren sie wohlhabend und gebildet. Was für eine erlesene, erstrebenswerte Kombination mich das dünkte, der ich aus Verhältnissen mit mittlerem Einkommen und ohne Bücher stammte!

Toby Langley dagegen wußte seine Eltern gar nicht zu würdigen. Ihre Kultiviertheit, ihre intellektuelle Neugier und Aufgeschlossenheit, sein geräumiges, wohlgeordnetes Zuhause und seine abwechslungsreiche Kindheit im Nahen Osten, in Kenia und Venezuela langweilten ihn. Halbherzig bereitete er sich auf zwei Abschlußfächer (Mathematik und Kunst) vor und gab zu verstehen, daß er nicht auf die Universität gehen wolle. Er hatte Umgang mit

Freunden aus den neuen Hochhäusern um Shepherd's Bush, seine Freundinnen waren Kellnerinnen und Verkäuferinnen mit klebrigen, toupierten Hochfrisuren. Er beschwor Chaos und Ärger herauf, indem er mit mehreren Mädchen gleichzeitig ausging. Er hatte sich eine alberne Ausdrucksweise mit verkehrter Aussprache und billigen Redewendungen zurechtgelegt, die ihm in Fleisch und Blut übergegangen war. Da er mein Freund war, sagte ich nichts, aber er erregte mein Mißfallen.

Ich gab zwar weiterhin vor, Toby besuchen zu wollen, auch wenn er gerade ausgegangen war, wurde aber in Powis Square stets willkommen geheißen, und Mrs. Langley machte mit Hilfe von Formeln wie »Du kannst ebensogut auch hereinkommen« gemeinsame Sache. Manchmal wurde ich als Eingeweihter gebeten, meine Ansicht zu Tobys Widerspenstigkeit darzulegen, und treulos und selbstgefällig schwatzte ich etwas von Tobys notwendiger »Selbstfindung« daher. Ähnlich richtete ich mich im Hause Silversmith ein, beide, Mann und Frau, Psychoanalytiker, Neofreudianer mit erstaunlichen Ansichten über Sex – und einem mit Delikatessen vollgestopften Kühlschrank amerikanischen Zuschnitts. Ihre drei Teenager, zwei Mädchen und ein Junge, waren irrwitzige Rüpel, die in Kensal Rise eine Bande von Ladendieben und Erpressern anführten. Auch in dem großen, unaufgeräumten Haus meines Freundes Joseph Nugent, ebenfalls von der Beamish Academy, fühlte ich mich wohl. Sein Vater war Ozeanograph, der Expeditionen zu den unerforschten Meeresböden der Welt leitete, seine Mutter die erste Kolumnistin des *Daily Telegraph*, aber Joe fand seine

Eltern unglaublich langweilig und zog eine Clique von Jungs aus Notting Hill vor, die sich am wohlsten fühlten, wenn sie abends die zahlreichen Scheinwerfer ihrer Lambrettas polieren konnten.

Wirkten alle diese Eltern auf mich nur deshalb so anziehend, weil es nicht meine waren? Diese Frage konnte ich beim besten Willen nicht mit Ja beantworten, denn sie waren unbestreitbar einfach liebenswert. Sie faszinierten mich, ich lernte von ihnen. Bei den Langleys erfuhr ich etwas von Opferriten in der arabischen Wüste, besserte meine Latein- und Französischkenntnisse auf und lauschte zum erstenmal den Goldberg-Variationen. Bei den Silversmiths hörte ich von polymorpher Perversion reden, die Geschichten von Dora, dem kleinen Hans und dem Wolfsmann bewegten mich, und ich aß Räucherlachs, Bagel mit Rahmkäse, Latke und Borschtsch. Bei den Nugents klärte mich Janet über den Profumo-Skandal auf und überredete mich dazu, Kurzschrift zu lernen; einmal ahmte ihr Mann einen Caissonkranken nach. Diese Leute behandelten mich wie einen Erwachsenen. Sie schenkten mir Drinks ein, boten mir von ihren Zigaretten an und fragten mich nach meiner Meinung. Sie waren alle in den Vierzigern, tolerant, ungezwungen, energisch. Cy Silversmith brachte mir Tennis bei. Wenn (ja wenn doch nur) eines dieser Paare meine Eltern gewesen wären, hätte ich sie, dessen war ich mir sicher, noch mehr gemocht.

Wenn aber meine Eltern noch am Leben gewesen wären, hätte ich mich dann nicht von ihnen losgesagt, so wie alle anderen auch? Wieder konnte ich nicht mit Ja antworten. Was meine Freunde erstrebten, schien mir das genaue

Gegenteil von Freiheit, ein masochistischer Vorstoß in Richtung sozialer Abstieg. Und es ärgerte mich, wie leicht vorherzusagen war, daß meine Altersgenossen, allen voran Toby und Jo, meine häusliche Szene als wahres Paradies ansahen: den stinkenden Hexensabbat unserer ungereinigten Wohnung, den zügellosen Gin-Genuß am späten Vormittag, meine betörende, kettenrauchende Schwester, ein Jean Harlow-Double, eine der ersten in ihrer Generation, die einen Minirock trug, das Erwachsenendrama ihrer Hammerschlag- und Peitschenhiebehe und den sadistischen Harper, den Lederfetischisten mit seinen knotigen Unterarmen, auf denen in Rot und Schwarz daherstolzierende Hähne eintätowiert waren, und niemand, der an der Unordnung in meinem Zimmer, an meiner Kleidung, meiner Ernährung oder Herumtreiberei Anstoß genommen hätte, sich aufregte über meine Schularbeiten oder Berufsaussichten oder meine geistige und körperliche Gesundheit. Was wollte ich noch mehr? Nichts, außer, hätten sie hinzugefügt, das Gör loszuwerden, das dauernd herumlungerte.

Die Symmetrie unserer jeweiligen Entfremdung ging so weit, daß Toby eines Abends im Winter bei mir zu Hause war und so tat, als entspanne er sich im Schmutz unserer eisig kalten Küche, Zigaretten rauchte und versuchte, Jean zu beeindrucken, die ihn und seine vulgäre Ausdrucksweise zugegebenermaßen verabscheute – während ich mich bei ihm zu Hause aufhielt, bequem auf dem Polstersofa vor dem offenen Kamin saß, ein wärmendes Glas Malt Whisky in der Hand, das mir sein Vater eingeschenkt hatte, unter meinen unbeschuhten Füßen den wunderschönen Buchara, den Toby als ein Symbol kultureller Vergewaltigung abtat, und Tom Langleys Schilderung einer hochgiftigen Spinne und des Todeskampfes eines gewissen dritten Sekretärs auf dem ersten Treppenabsatz der britischen Botschaft in Caracas lauschte. Durch die offenen Türen hörten wir Brenda einen von Scott Joplins flotten, synkopierten Ragtimes spielen, die damals gerade wiederentdeckt wurden und noch nicht zu Tode geritten waren.

Ich weiß, daß vieles von dem Vorstehenden gegen mich spricht, daß Tobys aussichtsloses Werben um eine schöne, verrückte, für ihn unerreichbare junge Frau ebenso einen gesunden Appetit auf das Leben verrät wie seine, Joes und der Silversmiths Streifzüge in die Nachbarschaft, daß die Schwärmerei eines Siebzehnjährigen für Komfort und Konversation mit Älteren auf ein träges Gemüt hindeutet; und daß ich hier und da bei der Schilderung dieses Lebensabschnitts unbewußt nicht nur die überlegene, spöttische Haltung meines Halbwüchsigen-Ichs nachgeahmt habe, sondern auch den eher förmlichen, distanzierten, weitschweifigen Ton, dessen ich mich früher befleißigte und den ich mir mehr schlecht als recht bei meiner kärglichen Proust-Lektüre angeeignet hatte, wodurch ich mich der Welt als Intellektueller offenbaren wollte. Das einzige, was ich zugunsten meines jüngeren Ichs ins Feld führen kann, ist, daß ich meine Eltern, auch wenn ich mir dessen zu der Zeit kaum bewußt war, furchtbar vermißte. Ich brauchte einen Schutzpanzer. Geschwollenheit war eine Möglichkeit, eine weitere die Verachtung, die ich für die Unternehmungen meiner Freunde hegte. Diese konnten frei umherschweifen, denn sie waren geborgen; ich bedurfte des häuslichen Herds, den sie verlassen hatten.

Ich war bereit, ohne Mädchen auszukommen, auch weil ich fürchtete, sie würden mich von meiner Arbeit ablenken. Zu Recht unterstellte ich, daß der sicherste Ausweg aus meiner Lage – worunter ich mein Zusammenleben mit Jean und Harper verstand – ein Universitätsstudium sei, und dafür benötigte ich meinen Schulabschluß. Ich paukte fanatisch, schon lange vor der eigentlichen Prüfungsvorbereitung zwei, drei, ja vier Stunden am Abend. Ein weiterer Grund für meine Verzagtheit bestand darin, daß die ersten Gehversuche meiner Schwester in dieser Richtung, als ich elf und sie fünfzehn war und wir bei unserer Tante wohnten, so geräuschvoll erfolgreich gewesen waren, daß sie einschüchternd wirkten: Durch das Schlafzimmer, das wir angeblich gemeinsam bewohnten (schließlich warf unsere Tante uns beide hinaus), zog eine Horde gesichtsloser Männer. Bei der Zuteilung von Erfahrungen und Fähigkeiten, die zwischen Geschwistern vor sich geht, hatte Jean – um Kafkas Formulierung abzuwandeln – ihre schönen Glieder über meine Weltkarte gespreizt und das mit dem Wort »Sex« bezeichnete Territorium verdeckt, so daß ich gezwungen war, zu anderen Gestaden zu segeln – unbekannten Inselchen namens Catullus, Proust und Powis Square.

Und außerdem hatte ich mein Herz ja Sally geschenkt. Ihr gegenüber fühlte ich mich verantwortlich und unverletzt, sonst brauchte ich niemanden.

Sie war ein blasses kleines Mädchen. Keiner ging mit ihr an die frische Luft; wenn ich von der Schule nach Hause kam, war mir nie danach, und Jean lag überhaupt nichts daran, aus dem Haus zu gehen. Die meiste Zeit spielte ich mit Sally im großen Zimmer. Sie hatte das herrische Gebaren dreijähriger Mädchen: »Nicht auf den Stuhl! Komm zu mir auf den Boden!« Wir spielten Krankenhaus oder Kleinfamilie, Sich-im-Wald-Verirren oder In-ferne-Länder-Segeln. Atemlos fabulierte Sally drauflos: wo wir uns gerade befänden, was wir vorhätten, wie wir uns plötzlich verwandelten. »Du bist kein Ungeheuer mehr, du bist ein König!« Dann hörten wir vielleicht vom anderen Ende der Wohnung einen Wutschrei von Harper, gefolgt von einem Schmerzensruf Jeans, und Sally zog eine vollendete kleine Erwachsenengrimasse mit einem wunderbar aufeinander abgestimmten Wimpernklimpern und Achselzucken und sagte in den melodisch reinen Tönen einer Stimme, die von der Grammatik noch nicht gegängelt worden ist: »Mummy und Daddy! Was sind sie nur wieder für solche dumme Gänschen!«

Und das waren sie in der Tat. Harper war Wachmann und behauptete, einen Fernstudienabschluß in Anthropologie anzustreben. Jean hatte ihn geheiratet, als sie eben zwanzig war und Sally achtzehn Monate alt. Im folgenden Jahr, als Jean ihr Erbe ausbezahlt bekam, kaufte sie sich die Wohnung und lebte vom Rest des Geldes. Harper gab seine Stellung auf, und die beiden lungerten den ganzen Tag herum, tranken, stritten und vertrugen sich wieder. Harper verstand sich auf Gewalt. Es gab Zeiten, da ich voller Unruhe die rote Backe oder die geschwollene Lippe meiner Schwester betrachtete und mich auf einen vagen männlichen Verhaltenskodex besann, der von mir verlangte, daß ich meinen Schwager in die Schranken wies und ihre Ehre verteidigte. Es gab jedoch auch Zeiten, da ich in die Küche ging und Jean am Tisch sitzen sah, wie sie rauchend in einer Illustrierten las, während Harper, nackt bis auf seinen purpurroten Slip, ein halbes Dutzend hellroter Striemen auf dem Hintern, am Spültisch stand und ergeben den Abwasch besorgte. Ich gestehe gern, daß das mein Fassungsvermögen überstieg, ich zog mich ins große Zimmer zurück, zu den Spielen mit Sally, die ich verstand.

Ich werde nie begreifen, weshalb ich nicht wußte oder auch nur erriet, daß sich Jeans und Harpers Gewalttätigkeit auch auf meine Nichte erstreckte. Daß Sally zwanzig Jahre verstreichen ließ, bevor sie sich jemandem eröffnete, beweist, wie sehr Leid ein Kind isolieren kann. Damals wußte ich noch nicht, wie Erwachsene über Kinder herfallen, und vielleicht hätte ich es auch nicht wissen wollen; ich würde bald ausziehen, und meine Schuldgefühle nahmen bereits zu. Am Ende jenes Sommers, kurz nach meinem achtzehnten Geburtstag, war Harper endgültig ausgezogen, ich hatte mein Abschlußzeugnis in der Tasche und einen Studienplatz in Oxford. Einen Monat später, als ich meine Bücher und Platten aus der Wohnung zum Lieferwagen eines Freundes trug, hätte ich überglücklich sein müssen; mein Zweijahresplan hatte funktioniert, ich war draußen, ich war frei. Doch Sallys hartnäckige, argwöhnische Fragen, mit denen sie mich zwischen unserem Zimmer und dem Bürgersteig verfolgte, liefen auf den Vorwurf des Verrats hinaus: »Wo gehst du hin? Warum gehst du fort? Wann kommst du wieder?« Auf diese letzte Frage kam sie, meine Ausflüchte und mein beklommenes

Schweigen durchschauend, immer wieder zurück. Und als sie glaubte, mich mit dem so keck, so optimistisch geäußerten Vorschlag, statt dessen In-ferne-Länder-Segeln zu spielen, zurücklocken und von einem Geschichtsstudium ablenken zu können, warf ich meinen Armvoll Bücher hin, rannte hinaus zum Lieferwagen, setzte mich auf den Beifahrersitz und weinte. Ich glaubte, nur allzu gut zu wissen, wie ihr zumute war oder sein würde; es war fast Mittag, und Jean schlief noch ihren Gin- und Pillenrausch aus, mit dem sie sich über Harpers Weggang hinwegtröstete. Gewiß würde ich sie vor meiner Abfahrt wecken, aber in mancher wichtigen Beziehung war Sally allein. Und allein ist sie auch heute noch.

Weder Sally noch Jean noch Harper sollten in meinem folgenden Leben noch eine Rolle spielen. Auch die Langleys nicht, die Nugents oder Silversmiths. Ich ließ sie alle hinter mir. Meine Schuld, mein Verrat erlaubten mir nicht, nach Notting Hill zurückzukehren, nicht einmal auf ein Wochenende. Einen zweiten Abschied von Sally hätte ich nicht ertragen. Der Gedanke, daß ich ihr den gleichen Verlust zufügte, den ich selbst erlitten hatte, verstärkte meine Einsamkeit und entwertete die Begeisterung über mein erstes Trimester. Ich wurde ein leicht depressiver Student, einer jener langweiligen Typen, die für ihre Altersgenossen Luft sind und anscheinend von den Naturgesetzen selbst daran gehindert werden, Freundschaften zu schließen. Ich flüchtete mich an den nächsten häuslichen Herd. Dieser befand sich in Nord-Oxford und gehörte einem väterlichen Tutor und seiner Frau. Eine kurze Weile glänzte ich dort, und einige Leute sprachen mir Klugheit zu. Doch das hinderte mich nicht daran, mich zuerst von Nord-Oxford und danach, in meinem vierten Trimester, von der Universität selbst abzuwenden. Noch Jahre darauf trennte ich mich von allem immer gleich wieder – von Adressen, Stellen, Freunden, Geliebten. Mitunter gelang es mir, mein unauslöschliches Gefühl, als Kind nirgendwo dazugehört zu haben, dadurch zu betäuben, daß ich mich mit den Eltern von irgend jemandem anfreundete. Ich wurde hereingebeten, zu neuem Leben erweckt und ging wieder fort.

Dieser traurige Irrsinn endete infolge meiner Heirat mit Jenny Tremaine, als ich Mitte dreißig war. Mein Leben begann. Liebe, um Sylvia Plaths Wendung zu borgen, brachte mich auf Trab. Ich fand endgültig zum Leben, oder eher: das Leben fand zu mir. Meine Erfahrung mit Sally hätte mich lehren sollen, daß die einfachste Art, einen verschwundenen Elternteil zu ersetzen, darin besteht, selbst Vater oder Mutter zu werden; daß es, um dem verwaisten Kind in uns beizustehen, keinen besseren Weg gab, als eigene Kinder zu haben, die man lieben konnte. Doch ausgerechnet als ich keiner Eltern mehr bedurfte, legte ich mir welche zu, in Gestalt meiner Schwiegereltern June und Bernard Tremaine. Nur der häusliche Herd fehlte dabei. Als ich sie kennenlernte, lebten sie in verschiedenen Ländern und verkehrten kaum miteinander. June hatte sich seit längerem auf einen entlegenen Hügel in Südfrankreich zurückgezogen und sollte wenig später schwer erkranken. Bernard war noch immer eine Persönlichkeit des öffentlichen Lebens und bewirtete alle seine Gäste in Restaurants. Sie sahen ihre Kinder nur selten. Jenny und ihre beiden Brüder wiederum hatten alle Hoffnung auf ihre Eltern aufgegeben.

Lebenslange Gewohnheiten lassen sich nicht von einem Tag auf den anderen ablegen. Zu Jennys Verdruß bestand ich auf einer Freundschaft mit June und Bernard. In Gesprächen mit ihnen, die sich über mehrere Jahre erstreckten, wurde mir bewußt, daß das emotionale Vakuum, das Gefühl der Zugehörigkeit zu nichts und niemandem, das mich zwischen meinem achten und siebenunddreißigsten Lebensjahr gequält hatte, tiefgreifende geistige Konsequenzen mit sich brachte: Ich hatte keine Bindungen, ich glaubte an nichts. Nicht daß ich ein Zweifler gewesen wäre, daß sich mein neugieriger Verstand mit zweckdienlicher Skepsis gewappnet, oder ich Argumente immer um und um gewendet hätte; nein, es gab nur einfach keine gute Sache, kein dauerhaftes Prinzip, keine fundamentale Idee, mit denen ich mich identifizieren konnte, keine transzendente Instanz, zu deren Vorhandensein ich mich rückhaltlos, leidenschaftlich oder gelassen bekennen konnte.

Anders June und Bernard. Sie begannen gemeinsam als Kommunisten, erst später gingen sie ihre getrennten Wege. Aber ihre Glaubensfähigkeit, ihr Hunger nach einer Überzeugung nahm nie ab. Bernard war ein begabter Entomologe: Sein ganzes Leben blieb er dem Entdeckerrausch und den begrenzten Gewißheiten der Naturwissenschaft verpflichtet; als er die kommunistische Linie nicht mehr vertreten konnte, setzte er sich während dreißig Jahren für zahlreiche soziale und politische Reformprogramme ein. June fand 1946 zu Gott, nach einer Begegnung mit dem Bösen in Gestalt zweier Hunde. (Bernard fand diese Deutung des Vorfalls fast zu peinlich, um darüber zu reden.) Ein Prinzip des Bösen, als einer Macht, die von Zeit zu Zeit vorprescht, um das Leben von Individuen oder Nationen zu beherrschen und zu zerstören, sich dann zurückzieht, um die nächste Gelegenheit abzuwarten – von hier war es für June nur ein kleiner Schritt zu einem lichten, ebenso starken Geist, gütig und allmächtig, der in uns wohnte und uns allen zugänglich war; vielleicht nicht so sehr ein Schritt als vielmehr eine jäh aufleuchtende Erkenntnis. Beide Prinzipien aber empfand sie als unvereinbar mit dem Materialismus ihrer politischen Position, und so trat sie denn aus der Partei aus.

Ob Junes schwarze Hunde als aussagekräftiges Symbol, als griffiger Slogan, als Beweis ihrer Leichtgläubigkeit oder als Manifestation einer wirklich bestehenden Macht anzusehen sind, vermag ich nicht zu sagen. In diesen biographischen Versuch habe ich gewisse Vorfälle aus meinem eigenen Leben – in Berlin, Majdanek, Les Salces und St.-Maurice-de-Navacelles – eingearbeitet, die Bernards und Junes Deutungsweise gleichermaßen zulassen. Rationalist und Mystikerin, Kommissar und Yogi, Vereinsmeier und Eigenbrötlerin, Wissenschaftler und Intuitive – Bernard und June bilden die Gegensätze, die beiden Pole, zwischen denen mein eigener Unglaube hin und her schwankt und nie zur Ruhe gelangt. Wenn ich mit Bernard zusammen war, spürte ich, daß in seiner Weltauffassung etwas fehlte, und daß June den Schlüssel dazu besaß. Die Selbstgewißheit seines Skeptizismus, seines unerschütterlichen Atheismus machte mich mißtrauisch; sie war zu arrogant, es war zuviel Selbstabschottung dabei, zuviel Selbstverleugnung. In Gesprächen mit June hingegen stellte ich fest, daß ich wie Bernard dachte; ich fühlte mich erstickt von ihren Glaubensbekundungen und irritiert von der unausgesprochenen Annahme aller Gläubigen, daß sie gut sind, weil sie glauben, was sie glauben, daß Glaube tugendhaft ist und damit jeder Unglaube unwürdig oder bestenfalls mitleiderregend.

Wenn man sagt, rationales Denken und spirituelle Einsicht gehörten eben verschiedenen Domänen an und der Gegensatz zwischen ihnen sei konstruiert, so löst man die Frage nicht. Bernard und June sprachen oft zu mir von Ideen, die miteinander unvereinbar waren. Bernard etwa war überzeugt, daß menschliche Angelegenheiten oder Schicksale keine andere Verlaufsrichtung, kein anderes Muster zuließen als dasjenige, welches der menschliche Geist ihnen aufprägte. Das mochte June nicht akzeptieren; das Leben hatte einen Sinn, und es lag in unserem Interesse, uns diesem Sinn zu öffnen.

Ebensowenig läßt sich behaupten, beide Auffassungen seien richtig. Alles zu glauben und keine Wahl zu treffen läuft in meinen Augen auf dasselbe hinaus wie gar nichts zu glauben. Ich bin mir nicht sicher, ob unsere Zivilisation zur Jahrtausendwende mit zuviel oder zuwenig Glauben geschlagen ist, ob die Schwierigkeiten von Menschen wie Bernard und June herrühren oder von Menschen wie mir. Aber es liefe meiner eigenen Erfahrung zuwider, würde ich nicht meinen Glauben an die Macht der Liebe bekunden, die ein Menschenleben zu verwandeln und zu erlösen vermag. Ich widme diesen Lebensbericht meiner Frau Jenny und meiner Nichte Sally, die noch immer an den

Folgen ihrer Kindheit leidet; möge auch sie diese Liebe finden.

Ich habe in eine entzweite Familie eingeheiratet, in der die Kinder sich aus Selbsterhaltungstrieb bis zu einem gewissen Grade von ihren Eltern abgewendet hatten. Meine Angewohnheit, das Kuckucksei zu spielen, bereitete Jenny und ihren Brüdern einigen Kummer, für den ich mich entschuldige. Ich habe mir eine Reihe von Freiheiten herausgenommen, deren augenfälligste darin besteht, den Inhalt gewisser Gespräche wiederzugeben, die nie dazu bestimmt waren, aufgezeichnet zu werden. Aber die Gelegenheiten, bei denen ich anderen oder auch nur mir selbst vorher ankündigen konnte, daß ich »bei der Arbeit« sei, waren so selten, daß eine gewisse Indiskretion unabdingbar war. Ich hoffe, daß Junes Geist und auch Bernards – falls denn, allen seinen Überzeugungen zum Trotz, ein Wesenskern seines Bewußtseins fortleben sollte – mir verzeihen werden.

I

Wiltshire

Das gerahmte Bild, das June Tremaine auf dem Schränkchen neben ihrem Bett stehen hatte, sollte sie, ebenso wie ihre Besucher, an das hübsche Mädchen erinnern, dessen Gesicht, anders als das ihres Mannes, nichts davon verriet, in welche Richtung es sich einmal entwickeln würde. Der Schnappschuß wurde im Jahr 1946, ein oder zwei Tage nach der Trauung, aufgenommen, eine Woche bevor die beiden auf Hochzeitsreise nach Italien und Frankreich fuhren. Das Paar steht Arm in Arm am Geländer vor dem Eingang zum Britischen Museum. Vielleicht hatten sie gerade Mittagspause, denn beide arbeiteten sie in der Nähe und erhielten erst wenige Tage vor ihrer Abreise die Genehmigung, ihre Stellen zu kündigen. Aus rührender Sorge, an den Bildrändern abgeschnitten zu werden, neigen sie sich einander zu. Das Lächeln, das sie der Kamera schenken, entspringt ungekünstelter Freude. Bernard ist nicht zu verwechseln. 1,90 groß, mit übergroßen Händen und Füßen, einer überdimensionalen, gutmütigen Kinnpartie und Segelfliegerohren, die durch den pseudomilitärischen Haarschnitt noch komischer wirken. Dreiundvierzig Jahre haben bei ihm lediglich vorhersehbaren Schaden angerichtet, und auch der war nur geringfügig – lichteres Haar, dichtere Augenbrauen, gröbere Haut –, während der eigentliche Mann, diese erstaunliche Erscheinung, 1946 derselbe unbeholfene, strahlende Riese war wie 1989, als er mich bat, ihn nach Berlin zu begleiten.

Junes Gesicht hingegen kam ebenso von seinem vorherbestimmten Kurs ab wie ihr Leben, und es ist kaum möglich, in dieser Aufnahme das alte Gesicht zu erahnen, das sich in wohlwollende Willkommensfalten legte, wenn man ihr Privatzimmer betrat. Die Fünfundzwanzigjährige hat ein reizendes rundes Gesicht und ein fröhliches Lächeln. Ihre Dauerwelle für die Reise ist zu straff, zu streng und steht ihr nicht im geringsten. Im Glanz der Frühlingssonne leuchten die Locken, von denen sich erste Strähnen lösen. Sie trägt ein kurzes Jackett mit hohen, gepolsterten Schultern und einen passenden Faltenrock – die verhaltene Extravaganz jenes Stoffes, den man mit dem New Look der Nachkriegszeit verbindet. Ihre weiße Bluse hat einen gewagten V-Ausschnitt, der ihren Brustansatz freigibt. Der Kragen ist über das Jackett geschlagen und verleiht ihr das frische, rosige Aussehen der Landarbeiterinnenplakate. (Seit 1939 war sie Mitglied des Sozialistischen Radsportvereins Amersham.) Mit einem Arm preßt sie ihre Handtasche an sich, mit dem anderen hat sie sich bei ihrem Mann untergehakt. Sie lehnt sich an ihn an, ihr Kopf reicht ihm nicht einmal bis zur Schulter.

Heute hängt die Photographie in der Küche unseres Hauses im Languedoc. Ich habe sie oft eingehend betrachtet, meist wenn ich allein war. Jenny, meine Frau, Junes Tochter, mißtraut meiner Raubtiernatur und ärgert sich über die Faszination, die ihre Eltern auf mich ausüben. Sie hat lange genug gebraucht, um von ihnen loszukommen, und zu Recht befürchtet sie, mein Interesse könnte sie zurückwerfen. Ich gehe nah an das Photo heran und versuche das künftige Leben, das künftige Gesicht vorwegzunehmen, die Unbeirrbarkeit, die auf eine einzigartige Mutprobe folgte. Auf der glatten Stirn direkt über dem Zwischenraum zwischen den Augenbrauen hat ihr vergnügtes Lächeln eine winzige Hautfalte geschlagen. In dem runzligen Gesicht ihres späteren Lebens sollte sie das beherrschende Merkmal werden, eine tiefe senkrechte Furche, die von ihrem Nasensattel aufstieg und ihre Stirn zerteilte. Vielleicht bilde ich mir die in der Kontur des Kinns verborgene Härte hinter ihrem Lächeln nur ein – die Entschlossenheit, Standfestigkeit, ihren wissenschaftlichen Zukunftsoptimismus? Das Photo wurde an demselben Vormittag aufgenommen, als June und Bernard in der Parteizentrale in Gratton Street in die Kommunistische Partei Großbritanniens eintraten. Sie haben ihre Stellen gekündigt, und es steht ihnen frei, sich zu ihren politischen Bindungen zu bekennen, womit sie, solange der Krieg andauerte, gezögert hatten. Jetzt, zu einem Zeitpunkt, als viele nach der schwankenden Haltung der Partei – war der Krieg ein hochherziger antifaschistischer Befreiungskampf oder ein aggressiver imperialistischer Beutezug? – ihre Zweifel haben und einige ihre Parteibücher zurückgeben, wagen June und Bernard den Sprung. Sie hoffen nicht nur auf eine gerechte, vernünftige Welt, frei von Krieg und Klassenunterdrückung, sondern finden auch, daß ihre Parteizugehörigkeit sie mit allem zusammenbringt, was jung, lebhaft, intelligent und wagemutig ist. Über den Ärmelkanal steuern sie, wovon man ihnen abgeraten hat, auf das Chaos mitten in Europa zu. Doch sie sind entschlossen, ihre neuen persönlichen und geographischen Freiheiten auszukosten. Von Calais aus wollen sie nach Süden, in den mediterranen Frühling. Die Welt ist wie neugeboren, und es herrscht Frieden, der Faschismus war der unwiderlegliche Beweis für die unheilbare Krise des Kapitalismus, die wohltätige Revolution steht vor der Tür, und sie sind jung, frisch verheiratet und verliebt.

Bernard hielt seine Mitgliedschaft, obwohl er sich sehr damit herumquälte, bis zum Einmarsch der Sowjets in Ungarn 1956 aufrecht. Dann erst vollzog er seinen längst fälligen Austritt. Seine Sinnesänderung entsprach dabei einer gutdokumentierten Logik, einem Desillusionierungsprozeß, den er mit einer ganzen Generation teilte. June dagegen hielt es nur einige Monate aus, bis zu der besagten Begegnung auf ihrer Hochzeitsreise, die diesem Lebensbericht seinen Titel gab. Sie machte eine tiefgreifende Verwandlung durch, eine Metempsychose, die sich in der Umbildung ihres Gesichtes niederschlug. Wie konnte ein rundes Gesicht nur so lang werden? War es wirklich möglich, daß das Leben selbst – und nicht die Gene – jene kleine Falte, die ihr Lächeln warf, über den Brauen einwurzeln ließ und die bis zum Haaransatz reichende Verästelung von Runzeln hervorbrachte? Ihren eigenen Eltern war selbst im hohen Alter nichts dergleichen ins Gesicht geschrieben. Gegen Ende ihres Lebens, als June in das Pflegeheim eingewiesen wurde, glich ihr Gesicht dem des alten W. H. Auden. Vielleicht hatten Jahre mediterranen Sonnenscheins ihre Gesichtshaut gegerbt und verzogen, Jahre der Einsamkeit und des Nachdenkens ihre Züge erst angespannt und dann gefältelt. Mit dem Gesicht verlängerte sich auch die Nase und ebenso das Kinn, dann schien es sich eines anderen zu besinnen und eine Umkehr zu versuchen, indem es in einer Kurve nach außen wuchs. Im Schlaf hatte ihr Gesicht ein gemeißeltes, düsteres Aussehen; es war eine Statue, eine Maske, von einem Schamanen geschnitzt, um dem bösen Dämon zu wehren.

Dahinter mag eine schlichte Wahrheit stehen: Vielleicht hat sie ihr Gesicht so werden lassen, um es ihrer Überzeugung anzupassen, daß sie sich einer symbolischen Form des Bösen gegenübergesehen hatte und von diesem auf die Probe gestellt worden war. »Nicht doch, du Trottel. Nicht symbolisch!« höre ich sie mich berichtigen. »Dem Bösen persönlich, konkret, wirklich. Weißt du denn nicht, daß ich beinahe umgekommen wäre?«

Ich weiß nicht, ob es wirklich zutraf oder nicht, aber in meiner Erinnerung fand jeder meiner Besuche im Pflegeheim im Frühjahr und Sommer 1987 an regnerischen, stürmischen Tagen statt. Vielleicht gab es nur einen solchen Tag, und der hat die anderen überlagert. Jedesmal, so will mir scheinen, betrat ich das Heim – ein viktorianisches Landhaus – nach Luft ringend, nach einem Spurt vom abgelegenen Parkplatz bei den alten Stallungen. Die Roßkastanien ächzten und schwankten, das ungemähte Gras wurde, mit den Silberseiten nach oben, flach gegen den Boden gepreßt. Ich hatte mein Jackett über den Kopf gezogen, ich war durchnäßt und zutiefst verärgert über einen weiteren enttäuschenden Sommer. Im Vestibül blieb ich stehen und wartete darauf, daß ich wieder zu Atem kam und meine Gereiztheit sich legte. War es wirklich nur der Regen? Ich freute mich, June zu sehen, aber das Heim selbst deprimierte mich. Sein Lebensüberdruß fraß sich in meine Knochen. Die Täfelung aus Eichenholzimitat bedrängte mich von allen Seiten, und der mit kinetischen Wirbeln in Rot und Senfgelb gemusterte Teppichboden sprang mich an, beleidigte mein Auge und raubte mir den Atem. In der dumpfigen Luft, deren freie Zirkulation ein System vorschriftsmäßiger Feuerschutztüren verhinderte, vermischten sich die abgestandenen Gerüche von Körpern, Kleidern, Parfüms und Frühstücksspeck. Der Mangel an Sauerstoff brachte mich zum Gähnen. Hatte ich die Kraft zu dem Besuch? Ebenso leicht hätte ich mich an der unbeaufsichtigten Anmeldung vorbeischleichen und die Korridore entlangwandern können, bis ich ein unbelegtes Zimmer und ein gemachtes Bett gefunden hätte. Ich würde zwischen die Anstaltslaken schlüpfen. Die Aufnahmeformalitäten könnten später geregelt werden, wenn ich zum Abendessen geweckt worden wäre, das auf einem gummibereiften Wägelchen gebracht würde. Danach würde ich ein Beruhigungsmittel einnehmen und weiterdösen. So würden die Jahre verrinnen...

Bei diesem Gedanken rief mir ein leichter Anfall von Panik wieder mein Vorhaben in den Sinn. Ich ging hinüber zur Anmeldung und schlug mit der flachen Hand auf die Tischglocke. Auch wieder so ein Mißgriff, diese antike Hotelglocke. Die gewünschte Atmosphäre war die eines Landsitzes; die erzielte Wirkung hingegen die eines überdimensionalen Bed & Breakfast, dessen »Bar« aus einem verschlossenen Schrank im Eßzimmer besteht, der abends um sieben eine Stunde lang aufgetan wird. Und hinter diesen uneinheitlichen Erscheinungsbildern verbarg sich der wahre Zweck: ein rentables Pflegeheim, das sich auf die Betreuung todkranker Patienten spezialisierte, freilich ohne das gesunde Selbstvertrauen, dieser Tatsache auch in seinen Broschüren Rechnung zu tragen.

Aufgrund einer Unklarheit im Kleingedruckten ihrer Police und der überraschenden Unnachgiebigkeit der Versicherungsgesellschaft wurde June die Sterbeklinik vorenthalten, die sie sich gewünscht hatte. Alles, was ihre Rückkehr nach England einige Jahre zuvor anbetraf, war kompliziert und bedrückend gewesen. Da waren die vielen Umwege, bis wir nach widersprüchlichen Gutachten die endgültige Bestätigung in der Hand hielten, daß June an einer unheilbaren Krankheit litt, einer relativ seltenen Form von Leukämie; Bernards Sorgen; die Beschaffung ihrer Habseligkeiten aus Frankreich und das Aussortieren von unerwünschtem Ballast; Finanzen, Eigentum, Unterkunft; ein juristischer Streitfall mit der Versicherungsgesellschaft, der eingestellt werden mußte; eine Reihe von Schwierigkeiten beim Verkauf ihrer Londoner Wohnung; lange Autofahrten nach Norden zur Behandlung durch einen begriffsstutzigen älteren Herrn, dessen Händen Heilkraft nachgesagt wurde. June kränkte ihn, und mit denselben Händen hätte er sie bald geohrfeigt. Das erste Jahr meiner Ehe war völlig davon überschattet. Jenny und ich wurden, ebenso wie ihre Brüder und Freunde von Bernard und June, in einen Strudel hineingerissen, eine hektische Entfesselung nervöser Energie, die wir für Effizienz hielten. Erst als Jenny 1983 Alexander, unser erstes Kind, zur Welt brachte, kamen wir – wenigstens Jenny und ich – zur Vernunft.

Der Empfangschef erschien und legte mir das Besucherbuch zur Unterschrift vor. – Fünf Jahre später war June immer noch am Leben gewesen. Da hätte sie auch in ihrer Wohnung in der Tottenham Court Road wohnen bleiben können. Sie hätte in Frankreich bleiben sollen. Zum Sterben ließ sie sich genausoviel Zeit wie wir anderen auch, hatte Bernard bemerkt. Aber die Wohnung war bereits verkauft, alles geregelt und die Sphäre, die sie zu Lebzeiten um sich herum geschaffen hatte, abgedrängt, aufgelöst dank unseren eifrigen Bemühungen. Sie zog es vor, in jenem Pflegeheim zu bleiben, in dem sich Personal und moribunde Insassen gleichermaßen mit Illustrierten und mit Fernsehquizshows und Rührstücken trösteten, die von den bilder- und bücherlosen Glanzlackwänden abprallten. Unsere hektischen Arrangements waren nichts als Ausweichmanöver gewesen. Niemand hatte der furchtbaren Wahrheit ihres Leidens ins Auge blicken wollen. Niemand außer June. Nach ihrer Rückkehr aus Frankreich war sie, bevor sich das Pflegeheim fand, zunächst bei Bernard eingezogen und hatte an einem Buch gearbeitet, das sie immer noch zu vollenden hoffte. Zweifellos praktizierte sie die Meditationen, die sie in ihrer populären Broschüre *Zehn Meditationen* beschrieb, selbst. Sie war es zufrieden gewesen, uns herumwirbeln und die praktischen Fragen lösen zu lassen. Als ihre Kräfte sehr viel langsamer nachließen, als die Ärzte vorhergesagt hatten, war sie es ebenso zufrieden, das Chestnut Reach Nursing Home ganz auf sich zu nehmen. Sie hatte kein Verlangen auszuziehen, zurück in die Alltagswelt. Sie behauptete, ihr Leben habe sich auf nutzbringende Weise vereinfacht, ihre Isolation in einem Haus voll Fernsehzuschauern sage ihr zu und bekomme ihr sogar gut. Außerdem sei es ihr Kismet.

Jetzt aber, 1987, wurde sie allen Bemerkungen Bernards zum Trotz immer schwächer. In diesem Jahr brachte sie auch tagsüber sehr viel mehr Zeit schlafenderweise zu. Auch wenn sie das Gegenteil vorgab, kritzelte sie nur noch in ihren Notizbüchern herum, und auch nur kümmerlich. Sie machte keine Spaziergänge mehr auf dem ungepflegten Waldweg zum nächsten Dorf. Sie war siebenundsechzig. Mit vierzig hatte ich gerade eben selbst das Alter erreicht, in dem man zwischen den einzelnen Phasen vorgerückten Lebens zu unterscheiden beginnt. Es hatte eine Zeit gegeben, da ich es schlichtweg als untragisch empfunden hätte, Ende der sechzig sterbenskrank zu sein, es war kaum der Mühe wert, dagegen anzukämpfen oder darüber zu klagen. Du bist alt, du stirbst. Jetzt aber verstand ich langsam, daß man sich auf jeder Altersstufe ans Leben klammert – mit vierzig, mit sechzig, mit achtzig –, bis man unterliegt, und daß siebenundsechzig in diesem Endspiel zu früh ist. June hatte noch allerhand zu erledigen. Als ältere Frau im Süden Frankreichs hatte sie gut ausgesehen – das Osterinselgesicht unter einem Strohhut, die natürliche Autorität gemächlicher Bewegung, wenn sie am frühen Abend ihren Rundgang durch den Garten antrat, die Nachmittagsschläfchen im Einklang mit den örtlichen Gepflogenheiten.

Als ich den abstoßenden, wirbelnden Teppichboden entlanglief, der aus dem Vestibül hinausführte, unter der Feuerschutztür aus Sicherheitsglas hindurch, den Korridor entlang – noch der letzte Zollbreit allgemein zugänglicher Räumlichkeiten war mit diesem Teppich ausgelegt –, da durchfuhr es mich wieder, wie sehr ich mich dagegen auflehnte, daß sie im Sterben lag. Ich war damit nicht einverstanden, konnte es nicht hinnehmen. Sie war meine Adoptivmutter, die meine Liebe zu Jenny, Ehekonventionen, das Schicksal mir bestimmt hatten, mein zweiunddreißig Jahre verspäteter Mutterersatz.

Mehr als zwei Jahre lang hatte ich ihr meine spärlichen Besuche allein abgestattet. Jenny und ihre Mutter empfanden selbst eine zwanzigminütige Plauderei am Krankenbett als Kraftakt. Langsam – wie sich herausstellte, viel zu langsam – ergab sich aus meinen ziellosen Gesprächen mit June die Möglichkeit eines autobiographischen Versuchs. Den übrigen Familienmitgliedern war der Gedanke daran peinlich. Einer von Jennys Brüdern probierte, mich davon abzubringen. Ich wurde verdächtigt, einen heiklen Waffenstillstand zu gefährden, indem ich längst vergessene Zänkereien zutage förderte. Die Kinder konnten nicht nachvollziehen, daß ein so zermürbend vertrautes Thema wie die Meinungsverschiedenheiten zwischen ihren Eltern eine eigene Faszination ausüben konnte. Sie hätten sich keine Sorgen zu machen brauchen. Da wir unser Alltagsleben nicht völlig im Griff haben, kamen, gegen Ende, nur zwei Besuche zustande, bei denen es mir gelang, June dazu zu bewegen, systematisch über die Vergangenheit zu sprechen, und von Anfang an hatten wir ganz entgegengesetzte Auffassungen, was eigentlich mein Bericht zum Gegenstand haben sollte.

In der Einkaufstasche, die ich mitgebracht hatte, befand sich neben frischen Litschipflaumen vom Markt in Soho, schwarzer Montblanc-Tinte, Boswells *Londoner Tagebuch* von 1762/63, brasilianischem Kaffee und einem halben Dutzend Tafeln feinster Schokolade mein Notizheft. Ein Tonbandgerät wollte sie mir nicht gestatten. Ich nehme an, sie wollte die Freiheit haben, sich über Bernard auch grob zu äußern, für den sie in gleichem Maße Liebe und Zorn empfand. Wenn er wußte, daß ich sie besucht hatte, rief er meist bei mir an. »Altes Haus, wie ist ihr Gemütszustand?« Womit er meinte, daß er wissen wollte, ob sie über ihn geredet hatte und in welchem Ton. Ich für mein Teil war froh, daß ich in meinem Arbeitszimmer keine Kartons mit Tonbändern herumstehen hatte, die mit kompromittierenden Beweisstücken für Junes gelegentliche Indiskretionen angefüllt waren. Beispielsweise hatte sie mich, lange bevor der Plan zu einem Lebensbericht von mir Besitz ergriffen hatte, einmal schockiert, indem sie mit plötzlich gesenkter Stimme als Schlüssel zu allen seinen Unvollkommenheiten verkündete, daß Bernard »eine kleine Penisgröße hatte«. Ich war nicht geneigt, ihre Bemerkung wörtlich zu nehmen. An dem Tag hatte sie sich über ihn geärgert, und außerdem war ich mir sicher, daß seiner der einzige Penis war, den sie je gesehen hatte. Es war die Wendung selbst, die mich traf, die Unterstellung, daß ihren Mann lediglich seine Halsstarrigkeit davon abgehalten habe, bei seinen regulären Lieferanten von der Jermyn Street etwas Größeres zu ordern. In einem Notizheft konnte ich ihre Bemerkung mit Hilfe von Kürzeln chiffrieren. Auf einem Tonband wäre sie schlicht der Beweis für meinen Verrat gewesen, den ich in einem verschlossenen Schrank hätte aufbewahren müssen.

Wie um ihre Absonderung von den »anderen Insassen«, wie sie sie nannte, zu unterstreichen, befand sich ihr Zimmer am hinteren Ende des Korridors. Als ich mich ihm näherte, verlangsamte ich meine Schritte. Ich konnte nie ganz glauben, daß ich sie hier, hinter einer der identischen Sperrholztüren, vorfinden würde. Sie gehörte dorthin, wo ich sie zuerst gesehen hatte: unter den Lavendel und Buchs ihres Besitztums, am Rande einer Wildnis. Mit dem Fingernagel klopfte ich leise an. Sie würde nicht wollen, daß ich dächte, sie hätte gedöst. Sie zog es vor, inmitten ihrer Bücher angetroffen zu werden. Ich pochte etwas fester. Ich hörte eine Bewegung, ein Murmeln, das Knarren der Matratzenfedern. Ein drittes Klopfen. Eine Pause, ein Räuspern, wieder eine Pause, dann rief sie mich herein. Als ich eintrat, richtete sie sich eben im Bett auf. Sie starrte mich an, ohne mich zu erkennen. Ihre Frisur war zerzaust. Sie war in einen Tiefschlaf versunken gewesen, den die Krankheit bodenlos gemacht hatte. Ich spielte mit dem Gedanken, sie allein zu lassen, damit sie sich sammeln konnte, aber jetzt war es schon zu spät. In den wenigen Sekunden, die ich brauchte, um mich ihr langsam zu nähern und meine Tasche abzustellen, hatte sie ihre gesamte Existenz rekonstruiert: wer und wo sie war, wie und warum sie dazu kam, sich in diesem kleinen, geweißten Zimmer aufzuhalten. Erst als sie sich wieder zurechtgefunden hatte, konnte sie sich auf mich besinnen. Vor ihrem Fenster wedelte eine Roßkastanie mit den Ästen, ängstlich darauf bedacht, der Erinnerung nachzuhelfen. Vielleicht trug dies auch nur dazu bei, sie noch mehr zu verwirren, denn heute brauchte sie länger, um wieder zu sich zu finden. Auf dem Bett lagen mehrere Bücher und einige Blätter Schreibpapier verstreut. Um Zeit zu gewinnen, räumte sie sie kraftlos zusammen.

»June, ich bin's, Jeremy. Tut mir leid, ich bin früher gekommen, als ich vorhatte.«

Plötzlich stand ihr alles wieder klar vor Augen, doch in einem Anfall von wenig überzeugender Streitlust suchte sie ihre Geistesabwesenheit zu kaschieren: »Allerdings. Ich habe gerade versucht, mich in das zu vertiefen, was ich schreiben wollte.« Sie gab sich keine Mühe, glaubwürdig zu klingen. Wir sahen beide, daß sie keinen Füller in der Hand hielt.

»Möchtest du, daß ich in zehn Minuten wiederkomme?«

»Sei nicht albern. Jetzt ist es mir eh entfallen. Na ja, es war sowieso Unsinn. Setz dich. Was hast du mir mitgebracht? Hast du an meine Tinte gedacht?« Während ich meinen Stuhl heranrückte, gestattete sie sich das Lächeln, das sie so lange unterdrückt hatte. Als ihre Lippen Wirbel paralleler Falten über ihre Wangen sandten, die Nase und Augen einkreisten und sich bis zu ihren Schläfen hinaufkringelten, besaß ihr zerknittertes Gesicht die feine Maserung eines Fingerabdrucks. Der Stamm des verästelten Baums mitten auf ihrer Stirn vertiefte sich zu einer Furche.

Ich breitete meine Einkäufe aus, und sie bedachte jedes Stück mit einer scherzhaften Bemerkung oder einer kleinen Frage, die keiner Antwort bedurfte.

»Warum sind ausgerechnet die Schweizer so gut in der Schokoladenfabrikation? – Was ruft bloß diese Gier nach Litschis in mir hervor? Glaubst du, ich bin schwanger?«

Die Mitbringsel aus der Außenwelt stimmten sie nicht etwa traurig. Die Abgeschlossenheit war vollkommen, doch soviel ich sah, bedauerte sie es nicht. Sie hatte der Welt draußen für immer den Rücken gekehrt und bewahrte sich nicht mehr als ein zärtlich-lebhaftes Interesse für sie. Ich wußte nicht, wie sie es ertragen konnte, so viel aufzugeben und sich mit dieser Trübsal abzufinden: dem erbarmungslos zerkochten Gemüse, den aufgeregt gakkernden alten Leutchen, der lähmenden Unersättlichkeit ihres Fernsehkonsums. Ich würde nach einem Leben in Unabhängigkeit in Panik geraten oder unablässig meinen Ausbruch planen. Ihre Ergebung hingegen, die fast heiter wirkte, machte das Zusammensein mit ihr leicht. Wenn man sich verabschiedete oder gar einen Besuch verschob, bekam man keine Schuldgefühle. Sie hatte ihre frühere Unabhängigkeit innerhalb der engen Grenzen ihres Krankenbettes neu etabliert, hier las sie, schrieb sie, meditierte, döste. Das einzige, was sie verlangte, war: ernst genommen zu werden.

In Chestnut Reach war das nicht so einfach, wie es klingt, und es brauchte Monate, bis sie die Krankenschwestern und Pfleger soweit gebracht hatte. Es war ein Kampf, den sie in meinen Augen nur verlieren konnte; aus seiner Gönnerhaftigkeit bezieht der Berufspfleger seine Macht. Aber June setzte sich durch, weil sie nie die Beherrschung verlor und nie das Kind wurde, zu dem man sie machen wollte. Sie war stets gefaßt. Als eine Krankenschwester, ohne anzuklopfen, in ihr Zimmer trat – ich war Zeuge – und irgend etwas in der ersten Person Plural säuselte, hielt June dem Blick der jungen Frau stand und bedachte sie mit nachsichtigem Schweigen. In der ersten Zeit hatte man sie als schwierige Patientin auf dem Kieker. Es hieß sogar, Chestnut Reach sehe sich nicht in der Lage, sie dazubehalten. Jenny und ihre Brüder sprachen beim Heimleiter vor. June weigerte sich, an der Unterredung teilzunehmen. Sie hatte nicht die Absicht auszuziehen. Ihre ruhige Selbstsicherheit war respekteinflößend und entstammte der jahrelangen Gewohnheit, selbständig zu denken. Zuerst zog sie den Arzt auf ihre Seite. Als dieser erkannte, daß sie keines von diesen einfältigen alten Waschweibern war, begann er sich mit ihr auch über nichtmedizinische Dinge zu unterhalten – über wildwachsende Blumen, für die sie beide eine Passion hatten und bei denen sie sich auskannte. Bald vertraute er ihr sogar seine Eheprobleme an. Daraufhin war das Personal wie verwandelt – so steht es nun einmal um die hierarchische Gliederung medizinischer Einrichtungen.

Ich faßte ihren Sieg als einen Triumph der Taktik und des vorausschauenden Denkens auf; indem sie ihre Gereiztheit verhehlte, war sie an ihr Ziel gelangt. Aber als ich sie beglückwünschte, sagte sie mir, das sei keine Taktik, sondern eine Geisteshaltung, die sie schon vor langer Zeit Lao Tses *Tao-te king* entnommen habe. Das war ein Buch, das sie mir hin und wieder ans Herz legte, aber wann immer ich es mir vornahm, erboste ich mich über seine selbstgefälligen Paradoxien: »Um dein Ziel zu erreichen, lauf in die entgegengesetzte Richtung.« Diesmal nahm sie das Buch zur Hand und las: »Der Weg des Himmels zeichnet sich aus durch Überwindung ohne Kampf.«

Ich sagte: »Etwas anderes hätte ich nicht erwartet.«

»Halt den Mund. Hör dir das an: ›Von zwei Parteien, die die Hand gegeneinander erheben, ist es die leidgeprüfte, welche siegt.‹«

»June, je mehr du redest, desto weniger verstehe ich.«

»Nicht schlecht. Ich mache noch einen Weisen aus dir.«

Als sie sich überzeugt hatte, daß ich auch wirklich nichts von dem, was sie mir aufgetragen, vergessen hatte, räumte ich die Gegenstände fort, außer der Tinte, die sie auf ihr Schränkchen stellte. Der schwere Füllfederhalter, das grauweiß linierte Papier und die schwarze Tinte waren das einzige, was an ihren früheren Alltag erinnern durfte. Alles andere, die erlesene Feinkost, ihre Kleidung, hatte seinen besonderen, den Blicken entzogenen Verwahrungsort. Ihr Arbeitszimmer in der Bergerie mit seinem Blick nach Westen, über das Tal nach St.-Privat, war fünfmal so groß wie dieses Zimmer hier gewesen und konnte doch nur mit knapper Not alle ihre Bücher und Papiere fassen. Die riesige Küche mit vom Gebälk herabhängenden Jambons de montagne, mit Korbflaschen Olivenöl auf dem steinernen Fußboden und Skorpionen, die sich manchmal in den Schränken einnisteten; das Wohnzimmer, das die gesamte alte Scheune einnahm, in der sich am Ende einer Wildschweinjagd einmal hundert Einheimische versammelt hatten; ihr Schlafzimmer mit dem Himmelbett und den Flügelfenstern aus Buntglas und die Gästezimmer, von denen ihre Habe im Lauf der Jahre Besitz ergriffen hatte; das Zimmer, in dem sie ihre Blumen preßte; die Laube mit Gartenwerkzeugen in dem Obstgarten voll Mandel- und Olivenbäumen, nahebei das Hühnerhaus, das wie ein winziger Taubenschlag aussah – all das war zusammengeschmolzen, zusammengeschrumpft auf ein freistehendes Bücherregal, eine Kommode mit Kleidern, die sie nie trug, einen Schrankkoffer, in den niemand einen Blick werfen durfte, und einen kleinen Kühlschrank.

Während ich das Obst auspackte, im Handwaschbecken säuberte und es zusammen mit der Schokolade in den Eisschrank legte, während ich einen Ort, *den* Ort, für den Kaffee fand, übermittelte ich Nachrichten von Jenny und Grüße von den Kindern. June fragte nach Bernard, doch hatte ich ihn seit meinem letzten Besuch nicht gesehen. Mit den Fingern richtete sie ihre Frisur, und sie ordnete die Kissen um sich her. Als ich zu meinem Stuhl am Bett zurückkehrte, stellte ich fest, daß ich wieder einmal das gerahmte Bild auf dem Schränkchen betrachtete. Auch ich hätte mich in diese rundgesichtige Schöne mit der überstrengen Frisur und dem heiter-unbeschwerten Lächeln, das den muskulösen Arm ihres Geliebten streifte, verlieben können. Es war die Unschuld, die so anziehend wirkte, nicht nur die des Mädchens oder des Pärchens, sondern die der Zeit selbst; sogar Schulter und Kopf eines verschwommenen Passanten im Anzug hatten eine naive, unwissende Qualität, ebenso die froschäugige Limousine, die in einer Straße von vormoderner Leere parkte. Was für eine unschuldige Zeit! Fünfzig Millionen Tote, Europa in Trümmern, doch die Vernichtungslager nicht mehr als eine Zeitungsmeldung, jedenfalls noch nicht unser universeller Bezugspunkt für das Böse im Menschen. Es ist die Photographie selbst, die die Illusion der Unschuld hervorruft. Die Ironie gefrorener Momentaufnahmen verleiht den abgebildeten Personen eine scheinbare Ahnungslosigkeit im Hinblick darauf, daß sie sich wandeln oder daß sie sterben werden. Es ist die Zukunft, an der sie unschuldig sind. Fünfzig Jahre später betrachten wir sie in dem gottgleichen Wissen, was am Ende aus ihnen geworden ist – wen sie geheiratet haben, wann sie gestorben sind –, ohne jeden Gedanken daran, wer eines Tages Photos von uns in der Hand halten wird.

June folgte meinem Blick. Als ich Notizheft und Kugelschreiber zückte, fühlte ich mich befangen, arglistig. Wir hatten vereinbart, daß ich über ihr Leben berichten würde. Verständlicherweise dachte sie an eine Biographie, und eine solche hatte ich ursprünglich auch beabsichtigt. Aber sobald ich mich an die Arbeit gemacht hatte, begann sie eine andere Gestalt anzunehmen: nicht Biographie, nicht einmal biographische Skizze, eher ein weitschweifiger Versuch; June stünde zwar im Mittelpunkt, aber ich würde nicht nur von ihr sprechen.

Das vorige Mal war der Schnappschuß ein nützlicher Ausgangspunkt gewesen. Während ich ihn mir anschaute, beobachtete sie mich und wartete darauf, daß wir anfingen. Den Ellbogen hatte sie auf die Taille gestützt, und ihr Zeigefinger ruhte auf dem langen Bogen ihres Kinns. Die Frage, die ich ihr eigentlich vorlegen wollte, lautete: Wie ist dieses Gesicht zu dem von heute geworden, wie kommt es, daß du so außergewöhnlich aussiehst – liegt es an deinem Leben? Meine Güte, wie du dich verändert hast!

Statt dessen sagte ich, den Blick auf das Photo geheftet: »Bernards Leben scheint ein stetiges Fortschreiten gewesen zu sein, eins baute auf dem anderen auf, während deines anscheinend eine lange Verwandlung war.«

Leider faßte June das als eine Bernard betreffende Frage auf. »Weißt du, worüber er reden wollte, als er vergangenen Monat hereinschaute? Über den Eurokommunismus! Die Woche davor hatte er ein Treffen mit einer italienischen Delegation gehabt. Fettsäcke in Zweireihern, die sich auf Kosten anderer mästen. Er sagte, er sei optimistisch!« Sie nickte zum Photo hin. »Jeremy, er war richtiggehend aufgeregt! Genauso, wie wir früher waren. Fortschreiten ist viel zu liebenswürdig ausgedrückt. Stillstand, würde ich sagen. Stagnation.«

Sie wußte, daß das nicht zutraf. Bernard war schon vor Jahren aus der Partei ausgetreten, war Labour-Abgeordneter geworden, ein Mann des Establishments, Mitglied eines bescheidenen Restbestands an Liberalen, aktiv in Regierungsausschüssen zu Fragen des Rundfunks, der Umwelt und der Pornographie tätig geworden war. Was sie an Bernard eigentlich störte, war sein Rationalismus. Aber darauf wollte ich jetzt nicht eingehen. Ich wollte eine Antwort auf meine Frage, auf die Frage, die ich nicht ausgesprochen hatte. Ich tat so, als stimmte ich ihr zu.

»Ja, ja, es ist schwer vorstellbar, daß du dich heute von so etwas begeistern ließest.«

Sie neigte den Kopf nach hinten und schloß die Augen, ihre Pose für langes Nachsinnen. Wir hatten uns mehr als einmal damit befaßt, wie und weswegen June ihr Leben verändert hatte. Jedesmal stellte sie es ein wenig anders dar.

»Fangen wir an? Ich verbrachte den ganzen Sommer des Jahres 1938 bei einer Familie in Frankreich, außerhalb von Dijon. Ob du es glaubst oder nicht, aber die hatten tatsächlich mit Senfproduktion zu tun. Sie brachten mir das

Kochen bei und daß es auf Erden keinen schöneren Flecken gibt als Frankreich – eine jugendliche Überzeugung, die ich nie habe abschütteln können. Nach meiner Rückkehr bekam ich zu meinem achtzehnten Geburtstag ein Fahrrad geschenkt, ein Prachtstück. Damals waren Radsportvereine noch modern, und so trat ich denn in einen davon ein, in den Sozialistischen Radsportverein Amersham. Vielleicht wollte ich meinen spießigen Eltern damit einen Schock versetzen, obwohl ich mich an keinerlei Einwände von ihnen erinnern kann. An den Wochenenden machten an die zwanzig von uns ein Picknick, radelten die Heckenwege in den Chilterns entlang oder den Steilabbruch hinunter in Richtung Thame und Oxford. Unser Verein hielt Verbindung mit anderen Klubs, und einige davon waren der Kommunistischen Partei angegliedert. Ich weiß nicht, ob es diesbezüglich einen Plan gab, eine Verschwörung, das müßte jemand mal genauer erforschen. Wahrscheinlich geschah es ganz informell, ging ganz von allein, daß diese Vereine zu einem Reservoir für neue Parteimitglieder wurden. Niemand hat mir je politische Vorträge gehalten. Niemand zwang mich zuzuhören. Ich befand mich einfach unter Leuten, die ich mochte, fröhlich und aufgeweckt, und worüber wir sprachen, kannst du dir denken – die Lage in England, die Ungerechtigkeiten und das Leiden, wie man sie beheben konnte und wie sie in der Sowjetunion abgeschafft wurden. Was Stalin tat, was Lenin gesagt hatte, was Marx und Engels schrieben. Und dann gab es den Klatsch. Wer war in der Partei, wer war schon in Moskau gewesen, wie vollzog sich der Beitritt, wer spielte mit dem Gedanken und so weiter.

Alle diese Gespräche, all das Schnattern und Kichern fand statt, während wir auf unseren Rädern durch die Gegend fuhren, mit unseren Sandwiches auf den malerischen Hügeln saßen oder in Gartenlokalen Rast machten, um eine ›Radlermaß‹ zu trinken. Von Anfang an verband sich die Partei und das, wofür sie stand, all das Parteichinesisch über das gemeinschaftliche Eigentum an den Produktionsmitteln, die historisch und wissenschaftlich verbürgte Sendung des Proletariats, das Absterben des Soundso – dieser ganze Firlefanz verband sich in meiner Vorstellung mit Buchenwäldern, Kornfeldern, Sonnenschein und unserer wilden Jagd über Hügel und Heckenwege, die im Sommer wie Tunnel waren. Der Kommunismus und meine Freude an der Landschaft, und mein Interesse an ein, zwei gutaussehenden Burschen in kurzen Hosen – all das vermengte sich, und ja gewiß doch, ich war völlig begeistert.«

Während ich schrieb, fragte ich mich engherzig, ob ich etwa mißbraucht wurde – als Kanal, als Werkzeug für die letzte Standortbestimmung, die June in ihrem Leben vornehmen wollte. Der Gedanke nahm mir etwas von dem Unbehagen darüber, daß ich nicht an der von ihr gewünschten Biographie schrieb.

June fuhr fort. Sie hatte sich alles hübsch zurechtgelegt.

»Das war der Anfang. Acht Jahre später trat ich endlich ein. Und sobald ich eingetreten war, war es auch schon das Ende, der Anfang vom Ende.«

»Der Dolmen.«

»Ganz recht.«

Gleich würden wir acht Jahre, den ganzen Krieg überspringen, von '38 bis '46. So verliefen unsere Gespräche.

Auf dem Rückweg durch Frankreich im Jahre 1946, gegen Ende ihrer Flitterwochen, unternahmen Bernard und June eine lange Wanderung durch ein dürres Kalksteinplateau namens Causse du Larzac im Languedoc. Einige Meilen vor dem Dorf, in dem sie übernachten wollten, stießen sie auf eine prähistorische Grabstätte, die unter dem Namen Dolmen de la Prunarède bekannt war. Der Dolmen steht auf einem Hügel, am Rande einer Schlucht, der Gorge de la Vis, und dort saß das Paar am frühen Abend ein, zwei Stunden lang, den Blick nach Norden gewandt, zu den Cevennen hin, und sprach über die Zukunft. Seitdem sind wir alle verschiedene Male dort gewesen. 1971 hatte Jenny ein Techtelmechtel mit einem einheimischen jungen Burschen, der von der französischen Armee desertiert war. Mit Bernard und unseren kleinen Kindern veranstalteten wir dort Mitte der achtziger Jahre Picknicks. Einmal fuhren Jenny und ich dorthin, um einen Ehestreit beizulegen. Der Ort taugte auch zum Alleinsein. Er war zum Ort für die ganze Familie geworden. Ein typischer Dolmen besteht aus einer waagerechten Deckplatte aus verwittertem Stein, die auf zwei weiteren Steinen aufruht und so einen niedrigen Steintisch ergibt. In den Causses gibt es davon Dutzende, aber nur eines von diesen ist »der« Dolmen.

»Worüber habt ihr gesprochen?«

Verdrossen winkte sie ab. »Du brauchst mich nicht zu verhören. Mir kam gerade ein Gedanke, ein Zusammenhang, den ich herstellen wollte. Ach ja, jetzt fällt's mir wieder ein. Das Wichtige an dem Radsportverein war, daß Kommunismus und meine Liebe zur Landschaft untrennbar miteinander verwoben waren – ich nehme an, sie waren Teil der romantischen, idealistischen Anwandlungen, die man in diesem Alter hat. Und hier in Frankreich befand ich mich in einer anderen Landschaft, auf ihre Art weitaus schöner als die Chilterns, großartiger, wilder, sogar ein bißchen zum Fürchten. Und ich war mit dem Mann zusammen, den ich liebte, und wir palaverten darüber, wie wir helfen würden, die Welt zu verändern, und waren auf der Heimreise, um unser gemeinsames Leben anzutreten. Ich kann mich sogar noch erinnern, wie ich bei mir dachte: Noch nie bin ich so glücklich gewesen. Das ist das Glück!«

Aber weißt du, etwas stimmte nicht, ein Schatten lag darüber. Während wir dort saßen und die Sonne unterging und das Licht immer herrlicher wurde, dachte ich: Aber ich will ja gar nicht nach Hause, ich glaube, ich würde viel lieber hier bleiben. Je mehr ich über die Gorge hinüberstarrte, über den Causse de Blandas auf die Berge, desto mehr begriff ich, was doch auf der Hand lag – daß Politik, verglichen mit dem Alter, mit der Schönheit und Majestät dieser Felsen, etwas völlig Belangloses war. Die Menschheit war neueren Datums. Dem Universum war das Schicksal des Proletariats gleichgültig! Ich war erschrokken. Mein ganzes kurzes Erwachsenendasein über hatte ich mich an die Politik geklammert – sie hatte mir meine Freunde, meinen Mann, meine Ideen beschert. Ich hatte mich danach gesehnt, wieder in England zu sein, und jetzt saß ich hier und sagte mir, daß ich lieber hier bliebe und unbequem in dieser Wildnis hausen würde.

Bernard redete weiter drauflos, und bestimmt habe ich

auch das eine oder andere beigesteuert. Aber ich war verwirrt. Vielleicht war ich beidem nicht gewachsen, weder der Politik noch der Wildnis. Vielleicht brauchte ich in Wahrheit ein schönes Haus und ein Kind, um das ich mich kümmern könnte. Ich war sehr verwirrt.«

»Also ...«

»Ich bin noch nicht fertig. Da war noch etwas. Ich hatte wohl diese alarmierenden Gedanken, aber ich *war* glücklich an dem Dolmen. Ich wollte nichts weiter als nur schweigend dort sitzen und zusehen, wie sich die Berge röteten, die seidige Abendluft einatmen und wissen, daß Bernard dasselbe tat und empfand. So gab es denn ein weiteres Problem: keine Stille, kein Schweigen. Wir entrüsteten uns über was weiß ich – den Verrat der reformistischen Sozialdemokraten, die Lebensbedingungen der Armen in den Städten – Leute, die wir nicht kannten, Leute, denen wir in diesem Augenblick durchaus nicht helfen konnten. Unser Leben war auf diesen einen überragenden Moment hingesteuert – eine mehr als fünftausend Jahre alte heilige Stätte, unsere Liebe füreinander, das Licht, die große Erdspalte vor uns –, und dennoch waren wir außerstande, ihn festzuhalten, vermochten ihn nicht in uns aufzunehmen. Wir konnten uns nicht zur Gegenwart befreien. Statt dessen wollten wir darüber nachdenken, wie wir andere Menschen befreien könnten. Wir wollten über ihr Unglück nachdenken. Wir benutzten ihr Elend, um unser eigenes zu kaschieren. Und unser Elend bestand in unserer Unfähigkeit, die einfachen, schönen Dinge, die das Leben uns bot, anzunehmen und uns über sie zu freuen. Politik, idealistische Politik handelt immer von der Zukunft. Ich habe mein Leben damit verbracht, herauszufinden, daß man, sowie man in der Gegenwart ganz und gar aufgeht, die Unendlichkeit des Raumes und der Zeit entdeckt, nenne es Gott, wenn du willst...«

Sie hatte den Faden verloren und verstummte. Nicht von Gott wollte sie reden, sondern von Bernard. Sie besann sich.

»Bernard meint, sich mit der Gegenwart abzugeben laufe auf Nachgiebigkeit gegen sich selbst hinaus. Aber das ist doch Unsinn. Hat er jemals schweigend dagesessen und über sein Leben nachgedacht oder über die Auswirkungen, die sein Leben auf Jenny gehabt hat? Oder weshalb er unfähig ist, allein zurechtzukommen, und dieses Frauenzimmer, diese ›Haushälterin‹, braucht, die sich um ihn kümmert? Er verliert sich selbst völlig aus dem Blick. Er hat Zahlen, Daten, Fakten, den ganzen Tag klingelt sein Telephon, dauernd ist er unterwegs, um Reden zu halten, an Podiumsdiskussionen teilzunehmen oder was weiß ich. Aber nie denkt er nach. Nie hat er auch nur einen Augenblick lang Ehrfurcht vor der Schönheit der Schöpfung empfunden. Stille ist ihm verhaßt, also weiß er nichts. Ich will dir auf deine Frage antworten: Wie kann jemand, der so gefragt ist, stagnieren? Indem er an der Oberfläche bleibt, den ganzen Tag davon quasselt, wie es um die Dinge stünde, wenn sie besser organisiert wären, und nichts Wesentliches dazulernt.«

Ermattet sank sie auf die Kissen zurück. Das lange Gesicht neigte sich zur Zimmerdecke. Ihr Atem ging heftig. Wir hatten uns bereits mehrfach über den Abend am Dolmen unterhalten, meist als Auftakt zu der bedeutsamen Konfrontation am folgenden Tag. Sie war wütend, und da sie wußte, daß ich es ihr ansehen konnte, würde sie noch wütender werden. Sie war außer Fassung geraten. Sie wußte, ihre Version von Bernards Leben – die Fernsehauftritte, die Rundfunkdiskussionen, die Persönlichkeit des öffentlichen Lebens – war seit zehn Jahren überholt. Dieser Tage hörte man nicht viel von Bernard Tremaine. Er blieb zu Hause und arbeitete still und leise an seinem Buch. Nur seine Familienangehörigen und ein paar alte Freunde riefen bei ihm noch an. Eine Frau, die in demselben Gebäude wohnte, kam drei Stunden am Tag zum Putzen und Kochen. Junes Eifersucht auf sie war peinlich mitanzusehen. Die Ideen, nach denen sie ihr Leben führte, waren die gleichen, mit denen sie den Abstand zwischen sich und Bernard maß, und mochten diese Ideen auch befeuert sein von der Suche nach der Wahrheit, so bestand doch ein Teil dieser Wahrheit aus Bitterkeit, enttäuschter Liebe. Die Ungenauigkeiten und Übertreibungen gaben viel preis.

Ich hätte gern etwas gesagt, um ihr zu vermitteln, daß ich nicht abgestoßen oder bestürzt war. Im Gegenteil, sie war mir sympathisch. Ich fand Trost in Junes Erregtheit, in dem Wissen, daß Beziehungen, Liebschaften, Herzensangelegenheiten noch immer zählten, daß das alte Leben und die alten Sorgen fortdauerten und daß es gegen Ende hin keinen Überblick, keine grabeskalte Distanz gab.

Ich erbot mich, Tee aufzubrühen, und sie gab ihre Einwilligung, indem sie einen Finger vom Laken hob. Ich ging zum Handwaschbecken, um Wasser in den Kessel zu füllen. Der Regen hatte sich gelegt, aber der Wind blies noch immer, und eine zerbrechliche Frau in einer hellblauen

Strickjacke bewegte sich an einer Gehhilfe über den Rasen. Ein starker Windstoß hätte sie forttragen können. Sie gelangte zu einem Blumenbeet vor einer Mauer und kniete vor ihrer Gehhilfe nieder, als sei sie ein tragbarer Altar. Als sie sich auf das Gras gekniet hatte, schob sie die Gehhilfe zur Seite und entnahm einer ihrer Jackentaschen einen Teelöffel, der anderen eine Handvoll Blumenzwiebeln. Sie machte sich daran, Löcher auszuheben und die Zwiebeln hineinzudrücken. Noch wenige Jahre zuvor hätte ich keinen Sinn darin gesehen, in ihrem Alter noch Blumen zu pflanzen, ich hätte die Szene beobachtet und als Sinnbild für Vergeblichkeit gedeutet. Jetzt konnte ich nur zusehen.

Ich brachte die Tassen ans Bett. June setzte sich auf und nippte an dem kochendheißen Tee, und zwar auf die Weise, die ihr, wie sie mir einmal erzählt hatte, in der Schule eine Lehrerin für gute Umgangsformen beigebracht hatte. Sie war in Gedanken versunken und sichtlich noch nicht bereit weiterzureden. Ich starrte auf meine seitenlangen Notizen und verbesserte hier und da einige Lautzeichen, um die Kurzschrift lesbarer zu machen. Dann entschloß ich mich, das nächste Mal, wenn ich in Frankreich wäre, den Dolmen aufzusuchen. Ich könnte von der Bergerie aufbrechen, am Pas de l'Azé auf den Causse hinauflaufen und drei oder vier Stunden nach Norden wandern – im Frühjahr, wenn die wildwachsenden Blumen blühen, wenn ganze Felder mit Orchideen übersät sind, ein wunderbarer Spaziergang. Ich würde mich auf den Stein setzen, die Aussicht bewundern und über meinen Gegenstand nachdenken.

Ihre Augenlider zuckten, und ich konnte eben noch

Tasse und Untertasse aus ihrer erschlaffenden Hand auffangen und auf dem Schränkchen abstellen, als sie mir auch schon eingenickt war. Sie beharrte darauf, daß dieses plötzliche Schlafbedürfnis nichts mit Erschöpfung zu tun habe. Es sei Teil ihres Leidens, einer neurologischen Funktionsstörung, die ein Ungleichgewicht bei der Absonderung von Dopamin verursache. Anscheinend waren diese narkoleptischen Zustände betäubend und zwanghaft. Es sei, als werde einem eine Decke übers Gesicht geworfen, hatte sie mir erklärt, aber als ich die Angelegenheit ihrem Arzt gegenüber erwähnte, starrte der mich an und schüttelte unmerklich den Kopf. Seine Verneinung war zugleich ein Wink mitzuspielen. »Sie ist krank«, sagte er, »und sie ist müde.«

Ihr Atem hatte sich zu einem flachen Keuchen beruhigt, der reich verzweigte Baum auf ihrer Stirn wirkte kahler, weniger verästelt, als ob der Winter seine Zweige von Blättern entblößt hätte. Ihre leere Tasse verdeckte teilweise das Photo. Welche Veränderungen! Ich war immer noch jung genug, um mich über sie zu verwundern. Dort in seinem Rahmen die unbeschriebene Haut, das hübsche runde Köpfchen, das sich an Bernards Oberarm anschmiegte. Ich hatte die beiden erst in ihrem späteren Leben kennengelernt, aber ich empfand so etwas wie Nostalgie nach der kurzen, fernen Zeit, als Bernard und June liebevoll, unkompliziert beisammen gewesen waren. Vor dem Sündenfall. Auch das trug zur Unschuld der Aufnahme bei – daß sie nicht ahnten, wie stark und für wie lange sie einander verfallen und übereinander verärgert sein würden. June über Bernards trostlose geistige Armut und seinen

»grundlegenden Mangel an Ernsthaftigkeit«, seine engstirnige Rationalität und seine arrogante Behauptung »gegen alle sich häufenden Anzeichen«, daß eine vernünftige Sozialtechnik die Menschheit von ihrem Elend, ihrer Fähigkeit zur Grausamkeit erlösen werde; und Bernard über Junes Verrat an ihrem sozialen Gewissen, ihren »Fatalismus aus Selbstschutz« und ihre »schrankenlose Leichtgläubigkeit«. – Wie sehr ihn die immer länger werdende Namensliste von Junes Gewißheiten geschmerzt haben mußte: Einhörner, Waldgeister, Engel, Medien, Selbstheilung, das kollektive Unbewußte, der »Christus in uns«.

Einmal hatte ich Bernard nach seiner ersten Begegnung mit June während des Krieges gefragt. Was zog ihn zu ihr hin? Er konnte sich an keine erste Begegnung erinnern. Ihm fiel, während der ersten Monate des Jahres 1944, nur allmählich auf, daß ein-, zweimal die Woche eine junge Frau in sein Büro im Senate House kam, um aus dem Französischen übersetzte Dokumente abzugeben und neues Material abzuholen. In Bernards Büro verstand jeder Französisch, und das Material war von einer niedrigen Geheimhaltungsstufe. Ihm war ihre Funktion nicht klar, also beachtete er sie nicht weiter. Sie existierte nicht für ihn. Dann aber hörte er jemanden sagen, wie schön sie sei, und das nächste Mal besah er sie sich näher. Wenn sie nicht auftauchte, war er enttäuscht und närrisch vor Glück, wenn sie kam. Als es ihm endlich gelang, sie in ein stockendes Gespräch zu verwickeln, stellte er fest, daß mit ihr gut auszukommen war. Er hatte angenommen, daß eine schöne Frau keinen Gefallen daran finden würde, sich mit einem hochaufgeschossenen Mann mit großen Ohren zu unterhalten. Dabei schien sie ihn sogar gut leiden zu können. Sie aßen zusammen zu Mittag in Joe Lyons Café im Strand, wo er seine Nervosität verbarg, indem er laut von Sozialismus und Insekten sprach – er war eine Art Amateur-Entomologe. Später verblüffte er seine Kollegen, als er June eines Abends dazu bestimmte, sich mit ihm einen Film anzusehen – nein, an den Titel könne er sich nicht mehr erinnern –, in einem Lichtspieltheater im Haymarket, wo er den Mut fand, sie zu küssen – zuerst auf den Handrücken, als parodiere er einen altmodischen Liebesfilm, dann auf die Wange und schließlich auf den Mund, das Ganze eine rasche, schwindelerregende Weiterentwicklung von einer Plauderei zu den ersten züchtigen Küssen, alles in weniger als vier Wochen.

Junes Darstellung: Ihre Tätigkeit als Dolmetscherin und gelegentliche Übersetzerin amtlicher Dokumente aus dem Französischen führte sie eines trübseligen Nachmittags durch einen Korridor im Senate House. Sie kam an einer offenen Tür vorbei, neben dem Büro, in dem sie zu tun hatte, und erblickte einen schlaksigen jungen Mann mit einem eigentümlichen Gesicht, der, die Füße auf dem Schreibtisch, unbequem auf einen Holzstuhl hingelümmelt saß und in ein augenscheinlich äußerst ernstes Buch vertieft war. Er sah auf, hielt ihrem Blick einen Moment stand, fuhr in seiner Lektüre fort und hatte sie bereits wieder vergessen. Sie verweilte, solange sie konnte, ohne unhöflich zu wirken – eine Sache von Sekunden –, und starrte, linste zu ihm hinüber, während sie so tat, als ziehe sie die braune Aktenmappe in ihrer Hand zu Rate. Die meisten jungen Männer, mit denen sie ausgegangen war, hatte sie erst dann ins Herz geschlossen, wenn sie einen undefinierbaren Widerwillen gegen sie überwunden hatte. Von dem hier fühlte sie sich unwiderstehlich angezogen. Er war »ihr Typ« – plötzlich erfüllte sich dieser ärgerliche Ausdruck für sie mit Sinn. Offensichtlich war er gescheit – das war jeder in diesem Büro –, und ihr gefielen die linkische Hilflosigkeit seiner Körpergröße, sein großes, volles Gesicht und die aufreizende Tatsache, daß er sie angesehen hatte, ohne sie richtig wahrzunehmen. Das taten die wenigsten Männer.

Sie fand verschiedene Vorwände, um das Zimmer aufzusuchen, in dem er arbeitete. Sie überbrachte Dinge, die von einem der anderen Mädchen in ihrem Büro hätten zugestellt werden müssen. Um ihre Anwesenheit in die Länge zu ziehen und weil Bernard nicht in ihre Richtung schaute, war sie gezwungen, sich auf einen Flirt mit einem seiner Kollegen einzulassen, einem traurigen Kumpan aus Yorkshire mit Pickeln und einer Fistelstimme. Einmal stieß sie an Bernards Schreibtisch, um seinen Tee zu verschütten. Er zog die Stirn kraus und tupfte die Lache mit seinem Taschentuch auf, ohne seine Lektüre zu unterbrechen. Sie überreichte ihm Pakete, die anderen zugedacht waren. Höflich korrigierte er sie. Der Mann aus Yorkshire verfaßte ein gepeinigtes Schriftstück über seine Einsamkeit. Er erwarte nicht von ihr, daß sie ihn heirate, obwohl er es auch nicht ausschließe. Er erhoffte sich jedoch, daß sie ganz enge Freunde würden, wie Bruder und Schwester. Sie wußte, daß sie ohne Aufschub handeln mußte.

An dem Tag, als sie all ihren Mut zusammennahm und

in sein Büro trat, entschlossen, ihn dazu zu bewegen, daß er sie zum Mittagessen ausführe, hatte er sich gerade entschieden, sie näher in Augenschein zu nehmen. Sein Blick war so ungeniert, von so argloser Neugier, daß sie auf dem Weg zu seinem Schreibtisch zauderte. Ihr potentieller Bruder in der Ecke grinste und erhob sich taumelnd. June setzte ihr Paket ab und rannte hinaus. Aber jetzt wußte sie, ihren Mann hatte sie erobert; wann immer sie eintrat, zitterte Bernards mächtige Kinnlade bei dem Versuch, ein Gespräch anzuknüpfen. Das Mittagessen in Joe Lyons erforderte nur einen sanften Ansporn.

Es will mir seltsam vorkommen, daß sie ihre Erinnerungen an diese Frühzeit nie miteinander verglichen. Bestimmt hätte June die Unterschiede ausgekostet. Sie hätten sie in ihren späteren Vorurteilen bestätigt; Bernard, unreflektiert, in Unkenntnis der feineren Strömungen, welche die Wirklichkeit ausmachten, die er zu verstehen und zu beeinflussen behauptete. Aber ich widerstand der Versuchung, Bernards Geschichten an June weiterzugeben oder Junes an Bernard. Es war nicht ihre Entscheidung, sondern meine, ihre Darstellungen streng vertraulich auseinanderzuhalten. Keiner von beiden wollte glauben, daß dem wirklich so war, und bei unseren Gesprächen war ich mir bewußt, als Überbringer von Botschaften und Eindrücken mißbraucht zu werden. June hätte es begrüßt, wenn ich Bernard in ihrem Namen ausgescholten hätte – und zwar wegen seiner Weltanschauung und seines hektischen Lebens mit Rundfunkdiskussionen und Haushälterin. Bernard hätte es gern gesehen, wenn ich June nicht nur in dem Glauben gewiegt hätte, daß er auch ohne sie hervorragend zurechtkomme, sondern ihr auch die Zuneigung übermittelt hätte, die er trotz ihrer offenkundigen Verrücktheit für sie empfand. Damit hätte ich ihm einen weiteren schrecklichen Besuch erspart oder den Boden für den nächsten bereitet. Wenn sie mich sahen, versuchten sie beide, mir Informationen zu entreißen oder zu entlocken, meist indem sie mir anfechtbare, nur dürftig als Fragen verkleidete Behauptungen vorlegten. So etwa Bernard: Man verabreicht ihr immer noch Beruhigungsmittel? Sie hat pausenlos über mich gewettert? Glaubst du, sie wird mich für immer hassen? Und June: Er hat sich wieder über Mrs. Briggs (die Haushälterin) ausgelassen? Er hat seine Selbstmordpläne aufgegeben?

Ich antwortete ausweichend. Nichts von dem, was ich sagen konnte, hätte ihnen Genugtuung verschafft; außerdem konnten sie sich ja, wann immer sie wollten, anrufen oder sehen. Wie junge, krankhaft stolze Liebende hielten sie sich in dem Glauben, daß derjenige, der telephonierte, Schwäche zeige, eine verachtenswerte emotionale Abhängigkeit.

Nach fünfminütigem Dösen wachte June auf und sah einen Mann mit schütterem Haar und gestrengem Gesichtsausdruck an ihrem Bett sitzen, Notizbuch in der Hand. Wo war sie? Wer war diese Person? Was wollte er? Der staunende Schrecken in ihren weit aufgerissenen Augen teilte sich mir mit und lähmte mich, so daß ich nicht sofort beruhigende Worte fand und mich verhaspelte, als ich endlich sprach. Aber noch bevor ich ausgeredet hatte, wußte sie wieder, wo sie war, hatte ihre Geschichte wieder im Griff und sich darauf besonnen, daß ihr Schwiegersohn gekommen war, diese aufzuzeichnen.

Sie räusperte sich. »Wo war ich stehengeblieben?« Beide wußten wir, daß sie in einen Abgrund geblickt hatte, in einen Schlund der Sinnlosigkeit, wo alles namen- und beziehungslos war, und sie hatte sich geängstigt. Wir hatten uns beide geängstigt. Wir mochten es uns nicht eingestehen, oder eher: ich konnte es nicht, nicht bevor sie es tat.

Mittlerweile hatte sie den Faden wiedergefunden, wußte, was als nächstes anstand. Aber während des kurzen Seelendramas, das ihr Erwachen begleitete, nahm ich mir vor, der unausweichlichen Vorgabe – »der folgende Tag« – zu widerstehen. Ich wollte sie auf eine andere Fährte lenken. Den »folgenden Tag« hatten wir bereits ein halbes Dutzend Mal besprochen. Er gehörte zum Familiensilber, eine von ständiger Wiederholung blankgeputzte Geschichte, die weniger erinnert als vielmehr beschworen wurde wie ein auswendig gelerntes Gebet. Schon vor Jahren hatte ich in Polen davon gehört, als ich Jenny kennenlernte. Auch von Bernard, der strenggenommen kein Zeuge war, hatte ich sie häufig genug vernommen. Sie war zu Weihnachten und bei anderen Familienzusammenkünften dargeboten worden. Nach Junes Dafürhalten mußte die Geschichte das Kernstück meiner Skizze werden, so wie sie das Kernstück ihrer eigenen Lebensgeschichte war – das bestimmende Moment, die Erfahrung, die alles neu ausrichtete, die geoffenbarte Wahrheit, in deren Licht alle früheren Schlußfolgerungen neu überdacht werden mußten. Es war eine Geschichte, deren historische Genauigkeit von geringerer Bedeutung war als die Aufgabe, die sie erfüllte. Es war ein Mythos, der um so mächtiger wirkte, weil er als Tatsachenbericht hochgehalten wurde. June hatte sich eingeredet, mit dem »folgenden Tag« sei alles erklärt – weshalb sie aus der Partei austrat, weshalb sie und Bernard einer lebenslangen Zwietracht verfielen, weshalb sie ihren Rationalismus, ihren Materialismus überprüfte, wie sie dazu kam, ihr Leben so zu führen, wie sie es tat, weshalb sie lebte, wo sie lebte, dachte, was sie dachte.

Als Außenseiter der Familie war ich ebenso fasziniert wie skeptisch. Wendepunkte sind die Erfindung von Erzählern und Dramatikern, ein unerläßlicher Mechanismus, wenn ein Leben zu einem folgerichtigen Ablauf vereinfacht, auf diesen hingeordnet wird, wenn sich aus einer Reihe von Handlungen eine Moral herauskristallisieren soll, wenn ein Publikum mit etwas Unvergeßlichem, das die Entwicklung eines Charakters bezeichnet, nach Hause geschickt werden soll. Das Licht am Ende des Tunnels, die Stunde der Wahrheit, der Wendepunkt – borgen wir diese Vokabeln nicht von Hollywood oder aus der Bibel, um einer Überfülle von Erinnerungen nachträglichen Sinn abzugewinnen? Junes »schwarze Hunde«. Wie ich hier, das Notizbuch im Schoß, an ihrem Bett saß, bevorrechtigt zu einem flüchtigen Blick in ihren Abgrund und ihr Schwindelgefühl teilend, fand ich diese kaum vorhandenen Tiere allzu tröstlich.

Im Schlummer mußte sie im Bett hinabgerutscht sein. Sie bemühte sich aufzusitzen, aber ihre Handgelenke waren zu schwach, und ihre Hände fanden auf dem Bettzeug keinen Halt. Ich wollte sie aufrichten und ihr helfen, aber mit einem Laut, einem Knurren wies sie mich ab und drehte sich auf die Seite, um mir ihr Gesicht zuzuwenden. Den Kopf stützte sie mit dem umgeschlagenen Zipfel des Kissens ab.

Ich begann gemächlich. War ich boshaft? Der Gedanke beunruhigte mich, aber ich hatte schon angesetzt: »Glaubst du nicht, daß die Welt sowohl deiner wie auch Bernards Betrachtungsweise Platz bieten müßte? Ist es nicht am besten, wenn einige die Reise ins Innere antreten, während andere sich damit befassen, die Welt zu verbessern? Zeichnet sich eine Zivilisation nicht durch Vielfalt aus?«

Diese letzte rhetorische Frage war zuviel für June. Das Stirnrunzeln ihrer unbeteiligten Aufmerksamkeit wich einem johlenden Gewieher. Sie konnte es nicht länger ertragen, flach zu liegen. Sie rappelte sich auf, diesmal mit Erfolg, und sagte, unterbrochen von belustigten Lachern: »Jeremy, du bist ein lieber Kerl, aber du redest vielleicht ein dummes Zeug daher. Du bist viel zu sehr bemüht, es allen recht zu machen, damit dich auch ja alle mögen und sich untereinander auch ... So!«

Sie hatte sich aufgerichtet. Die ledernen Gärtnerinnenhände lagen gefaltet auf dem Laken, und sie betrachtete mich mit kaum verhaltener Schadenfreude. Oder mütterlichem Mitleid. »Warum hat sich denn dann die Welt nicht verbessert? Bei all der kostenlosen Gesundheitsversorgung, bei steigenden Löhnen und soundsoviel Autos und Fernsehern und elektrischen Zahnbürsten pro Haushalt? Warum sind die Leute nicht zufrieden? Fehlt nicht etwas bei diesen Verbesserungen?«

Jetzt, wo sie sich über mich lustig machte, fühlte ich mich frei von Rücksichtnahme. Mein Tonfall war ein wenig barsch. »So, die heutige Welt ist also eine spirituelle Wüste? Selbst wenn das Klischee zuträfe, was ist dann mit dir, June? Weshalb bist du nicht glücklich? Jedesmal, wenn ich komme, zeigt sich, wie verbittert du über Bernard bist. Warum kannst du die Sache nicht auf sich beruhen lassen? Was zählt das heute noch? Laß ihn ziehen. Die Tatsache, daß du es nicht getan hast oder fertigbringst, spricht nicht gerade für deine Methoden.«

War ich zu weit gegangen? Während ich sprach, starrte June durch das Zimmer zum Fenster hinüber. Das Schweigen wurde nur von ihrem langen Atemholen unterbrochen; danach eine noch angespanntere Stille, gefolgt von einem geräuschvollen Ausatmen. Sie sah mir gerade in die Augen.

»Das stimmt. Natürlich stimmt's ...« Sie verstummte, bevor sie sich entschloß zu sagen: »Alles Bedeutsame, was ich je getan habe, mußte ich allein tun. Damals machte es mir nichts aus. Ich war zufrieden – und übrigens erwarte ich gar nicht, glücklich zu sein. Glück ist etwas Zufälliges, wie ein Blitzstrahl im Sommer. Aber ich habe meinen Seelenfrieden gefunden, und all die Jahre über dachte ich, ich könnte es allein aushalten. Ich hatte Familie, Freunde, Besucher. Ich freute mich, wenn sie kamen, und ich freute mich, wenn sie gingen. Aber jetzt...«

Ich hatte sie aus ihren Erinnerungen heraus zu einem Bekenntnis aufgestachelt. In meinem Notizbuch schlug ich eine neue Seite auf.

»Als mir gesagt wurde, wie krank ich sei, und ich hierher kam, um mich zum letztenmal zurückzuziehen, sah es allmählich ganz so aus, als sei die Einsamkeit mein größtes Mißgeschick. Ein ungeheurer Irrtum. Wenn man aus seinem Leben etwas machen möchte, was für einen Sinn hat es, allein zu sein? Wenn ich über die Jahre in Frankreich nachdenke, ist mir manchmal so, wie wenn mir ein kalter Wind ins Gesicht weht. Bernard denkt, ich bin eine alberne Okkultistin, und ich finde, er ist ein fischäugiger Kommissar, der uns alle der Polizei ausliefern würde, wenn er sich dafür einen materiellen Himmel auf Erden eintauschen könnte – so lautet in unserer Familie die Geschichte, der gängige Scherz. In Wahrheit lieben wir uns, haben nie aufgehört, uns zu lieben, sind voneinander besessen. Und haben es nicht geschafft, damit etwas anzufangen. Wir konnten nicht miteinander leben. Wir konnten unsere Liebe nicht aufgeben, wollten uns aber auch ihrer Macht nicht beugen. Das Problem läßt sich leicht beschreiben, aber damals haben wir es nie benannt. Wir haben nie gesagt: Schau her, soundso empfinden wir, was sollen wir jetzt anfangen? Nein, es war immer ein heilloses Durcheinander, Streit, Absprachen wegen der Kinder, Alltagschaos, wachsende Entfremdung und verschiedene Länder. Ich fand meinen Frieden erst, als ich mir das alles vom Leib hielt. Wenn ich verbittert bin, dann nur deswegen, weil ich mir selbst nicht verziehen habe. Hätte ich gelernt, in einer Höhe von dreißig Metern frei in der Luft zu schweben, hätte mich das nicht dafür entschädigt, daß ich nie gelernt habe, mit Bernard zu reden oder mit ihm zusammenzusein. Immer wenn ich in das Lamento der Zeitungen über den neuesten Zusammenbruch des Gesellschaftsgefüges einstimmen möchte, muß ich mich hierauf besinnen – wieso erwarte ich von

Millionen Unbekannten mit widersprüchlichen Interessen, daß sie miteinander auskommen, wenn ich mit dem Vater meiner Kinder, den ich liebe und mit dem ich noch immer verheiratet bin, nicht einmal eine einfache Gemeinschaft aufbauen konnte? Und da ist noch etwas. Wenn ich Bernard in einem fort anschieße, so deswegen, weil du hier bist, weil ich weiß, daß du ihn hin und wieder siehst, und – das dürfte ich gar nicht sagen – weil du mich an ihn erinnerst. Gott sei Dank hast du nicht seine politischen Ambitionen, aber ihr strahlt beide eine Trockenheit und eine Distanz aus, die aufreizend und zugleich anziehend auf mich wirken. Und…«

Sie behielt den Gedanken für sich und verschmolz wieder mit ihren Kissen. Da ich mich geschmeichelt fühlen sollte, war ich an eine gewisse höfliche Zurückhaltung gebunden, mußte mit ihren Ausführungen vorliebnehmen. Indes enthielt ihr Bekenntnis ein Wort, auf das ich sobald wie möglich zurückkommen wollte. Aber erst mußten ein paar Nettigkeiten ausgetauscht werden.

»Ich hoffe, meine Besuche regen dich nicht auf.«

»Ich habe es gern, wenn du kommst.«

»Und du sagst mir, wenn ich dir zu persönlich werde?«

»Du kannst mich fragen, was du willst.«

»Ich will dir nicht zur Last fallen.«

»Ich sage doch, du kannst mich fragen, was du willst. Wenn ich dir nicht antworten möchte, werde ich es schon nicht tun.«

Genehmigung erteilt. Ich konnte mir denken, daß sie schon wußte, der schlaue Fuchs, woran sich meine Aufmerksamkeit festgehakt hatte. Sie wartete ab.

»Du sagst, daß du und Bernard voneinander ... besessen wart. Meinst du das, eh, physisch ...?«

»Was für ein typischer Vertreter deiner Generation du doch bist, Jeremy. Und dabei langsam alt genug, um schon geziert zu klingen. Ja, Sex, ich rede von Sex.«

Ich hatte das Wort noch nie von ihr gehört. Mit ihrer BBC-Kriegsberichterstatterinnenstimme preßte sie den Vokal auffallend zusammen, bis er fast wie ›six‹ klang. Von ihren Lippen klang das Wort unfein, durchaus obszön. Kam das daher, weil sie sich dazu zwingen mußte, es in den Mund zu nehmen und noch einmal zu wiederholen, um ihren Ekel zu überwinden? Oder hatte ich, ein Kind der sechziger Jahre, wenn auch stets zurückhaltend, das Thema einfach satt?

June und Bernard sexuell voneinander besessen. Da ich sie immer nur im Alter und verfeindet erlebt hatte, hätte ich ihr gern gesagt, daß ich mit der Vorstellung meine Schwierigkeiten hatte, so wie ein Kind mit seiner lästerlichen Vorstellung von der Queen auf dem Klosett.

Aber statt dessen sagte ich: »Ich glaube, das verstehe ich.«

»Das glaube ich nicht«, sagte sie, erfreut über ihre eigene Gewißheit. »Du machst dir ja keine Begriffe, wie es damals zuging.«

Noch während sie sprach, überstürzten sich Bilder und Eindrücke wie bei Alice im Wunderland, wie die Trümmer, die an ihr vorbeiziehen auf ihrem Weg durch einen breiter werdenden Zeitkegel: ein Geruch nach Bürostaub; in braunem und cremefarbigem Glanzlack gestrichene Korridorwände; alltägliche Gebrauchsgegenstände von

Schreibmaschinen bis zu Kraftfahrzeugen, solide, schwer und schwarzlackiert; ungeheizte Zimmer, argwöhnische Hauswirtinnen; lächerlich ernste junge Männer in Flanellhosen, die auf Pfeifen herumkauen; Gerichte ohne Kräuter, Knoblauch, Zitronensaft oder Wein; das ständige Herumfummeln mit Zigaretten, das als Form der Erotik gilt; und allenthalben der Amtsschimmel mit seinen herrischen, unmißverständlichen lateingetränkten Anweisungen auf Busfahrkarten, Formularen und handgeschriebenen Schildern, deren Zeigefinger den Weg durch eine ernste Welt von Braun und Schwarz und Grau weisen. Meine Vorstellung von den damaligen Zuständen war ein in Zeitlupe explodierender Trödelladen, und ich war froh, daß June nichts davon ahnte, denn für sexuelle Obsessionen war in meinen Augen dort kein Platz.

»Bevor ich Bernard kennenlernte, war ich mit ein, zwei anderen jungen Burschen ausgegangen, weil sie ›ganz nett‹ zu sein schienen. Ich brachte sie schon früh mit nach Hause, um sie meinen Eltern zur Beurteilung vorzustellen: Waren sie ›präsentabel‹? Immerzu maß ich Männer daran, ob sie als Ehemänner in Betracht kamen. So hielten es auch meine Freundinnen, darüber sprachen wir. Begehren spielte dabei eigentlich keine Rolle, jedenfalls mein eigenes nicht. Es gab nur ein unbestimmtes Sehnen nach einem Freund, der eben Mann war, nach einem Haus, einem Kind, einer Küche – dies war untrennbar damit verbunden. Die Gefühle des Mannes? Da war nur die Frage, wie weit man ihn gehen ließ. Wir hockten zusammen und sprachen ziemlich oft darüber. Wenn man heiraten wollte, war Sex der Preis, den man entrichten mußte. Nach der Hochzeit.

Es war ein schlimmer Handel, aber durchaus vernünftig. Umsonst ist der Tod.

Aber dann änderte sich alles. Wenige Tage, nachdem ich Bernard kennengelernt hatte, waren meine Gefühle... also, ich dachte, ich würde explodieren. Ich wollte ihn, Jeremy. Es war wie ein verzehrender Schmerz. Ich wollte keine Hochzeit und keine Küche, ich wollte diesen Mann. Ich hatte gräßliche Phantasien. Ich konnte mit meinen Freundinnen nicht freimütig sprechen. Sie wären schockiert gewesen. Durch nichts war ich hierauf vorbereitet worden. Ich wollte unbedingt Sex mit Bernard und hatte Angst davor. Ich wußte, wenn er danach fragte, wenn er darauf bestand, hätte ich keine Wahl. Und es war offenkundig, daß auch seine Gefühle leidenschaftlich waren. Er war nicht der Typ, der Forderungen stellt, aber eines Nachmittags, aus Gründen, die mir entfallen sind, befanden wir uns allein in einem Haus, das den Eltern einer Freundin von mir gehörte. Ich glaube, es hatte etwas damit zu tun, daß es heftig regnete. Wir gingen nach oben ins Gästezimmer und begannen uns auszuziehen. Gleich würde ich haben, woran ich seit Wochen gedacht hatte, aber mir war elend zumute, grauenvoll, als würde ich zu meiner eigenen Hinrichtung geführt...«

Als sie meinen spöttischen Blick auffing – weshalb elend? –, schöpfte sie ungeduldig Atem.

»Was deine Generation nicht weiß und meine beinahe vergessen hat, ist, wie ignorant wir damals waren, wie bizarr die Einstellungen waren – zum Sex und zu allem, was damit zusammenhing. Empfängnisverhütung, Scheidung, Homosexualität, Geschlechtskrankheiten. Und

Schwangerschaft war unvorstellbar, das Allerschlimmste von allem. In den zwanziger und dreißiger Jahren sperrten geachtete Familienväter ihre schwangeren Töchter in Nervenkliniken ein. Ledige Mütter wurden von den Organisationen, die sich angeblich um sie kümmern sollten, durch die Straßen geführt und gedemütigt. Mädchen kamen bei dem Versuch ums Leben, ihre Leibesfrucht abzutöten. Heute nimmt sich das wie Wahnsinn aus, doch damals empfand ein schwangeres Mädchen vermutlich, daß alle anderen recht hatten und sie die Wahnsinnige war, die kein besseres Los verdiente. Die offizielle Haltung war ja so strafend, so unnachsichtig. Selbstverständlich gab es keine finanzielle Unterstützung. Eine unverheiratete Mutter war ein Schandfleck, eine Ausgestoßene, die von rachgierigen Wohltätigkeitsvereinen, kirchlichen Gruppen oder wem auch immer abhängig war. Wir alle kannten ein halbes Dutzend furchtbar abschreckender Geschichten, mit denen man uns auf dem Pfad der Tugend halten wollte. An dem Nachmittag waren sie nicht mehr ausreichend, aber bestimmt dachte ich, daß ich in mein Verderben rannte, als wir die Treppe hinaufstiegen, zu der winzigen Dachkammer, wo, genau wie heute, der Wind und der Regen gegen das Fenster schlugen. Natürlich waren wir nicht geschützt, und in meiner Einfalt hielt ich eine Schwangerschaft für unvermeidlich. Aber ich wußte, umkehren konnte ich nicht. Mir war elend zumute, aber zugleich kostete ich die Freiheit aus. So stelle ich mir das Gefühl der Freiheit vor, das ein Verbrecher empfindet, wenn er seine Untat begeht, und sei es nur für einen Augenblick. Ich hatte immer getan, was man von mir erwartete, doch jetzt wußte ich erstmals selbst, was zu tun war. Und ich mußte, Jeremy, ich mußte diesem Mann einfach nahe sein...«

Ich räusperte mich leise. »Und, eh, wie war es?« Ich konnte es nicht fassen, daß ich June Tremaine diese Frage stellte. Jenny würde es mir nie glauben.

June juchzte wieder. Ich hatte sie noch nie so munter erlebt. »Es war eine Überraschung! Bernard war der größte Tolpatsch, der immer seinen Drink verschüttete oder sich den Kopf an einem Balken anschlug. Jemandem Feuer zu geben war für ihn eine Tortur. Ich war mir sicher, daß ich die erste Frau war, mit der er geschlafen hatte. Er machte wohl andere Andeutungen, aber das geschah nur der Form halber, das wurde von ihm erwartet. Insofern dachte ich, daß wir uns ganz unbedarft anstellen würden, und ehrlich gesagt, machte mir das nichts. Ich wollte ihn um jeden Preis. Wir kletterten in das enge Bett, ich kicherte vor Angst und Erregung, aber man hält es nicht für möglich – Bernard war ein Genie! All die Ausdrücke, die man in einem Liebesroman findet – zärtlich, stark, geübt – und, nun ja, *erfindungsreich*. Als wir fertig waren, tat er etwas Lächerliches. Er sprang plötzlich auf und lief ans Fenster, riß es auf für den Sturm und blieb nackend stehen, lang, hager und weiß, schlug sich auf die Brust und schrie wie Tarzan, während Blätter hereinwirbelten. Es war ja so albern! Stell dir vor, er brachte mich so sehr zum Lachen, daß ich ins Bett pinkelte. Wir mußten die Matratze umdrehen. Dann klaubten wir Hunderte von Blättern vom Teppichboden auf. Ich nahm die Bettlaken in einer Einkaufstasche mit nach Hause, wusch sie aus und schmuggelte sie mit Hilfe meiner Freundin wieder auf das Bett zurück. Sie war ein Jahr älter als ich und so entrüstet, daß sie monatelang nicht mehr mit mir sprach!«

Da ich Junes kriminelle Freiheit von vor fünfundvierzig Jahren nachempfinden konnte, war ich nahe daran, die Penisgröße, die Bernard hatte, zur Sprache zu bringen. War es, wie es jetzt den Anschein hatte, nur eine von Junes gelegentlichen Verleumdungen? Oder das paradoxe Geheimnis seines Erfolgs? Oder handelte es sich, wo er so lang aufgeschossen war, um eine schlichte Fehlbeurteilung der Proportionen? Aber es gibt Dinge, nach denen man seine Schwiegermutter nicht fragen darf, und außerdem legte sie, nach Worten ringend, die Stirn in Falten.

»Es mochte eine Woche später gewesen sein, als Bernard mit nach Hause kam und sich meinen Eltern vorstellte, und ich bin mir fast sicher, daß er eine volle Teekanne über den Wiltonteppich schüttete. Davon abgesehen war er ein Erfolg und paßte in jeder Beziehung zu uns – Public School, Cambridge, eine nette, schüchterne Art, sich mit Älteren zu unterhalten. So begannen wir ein Doppelleben. Wir waren das entzückende junge Paar, das alle Herzen erfreute, indem es zu heiraten gedachte, sobald der Krieg zu Ende wäre. Zugleich fuhren wir damit fort, womit wir begonnen hatten. Im Senate House und in anderen Regierungsgebäuden gab es unbenutzte Räume. Bernard wußte sich Schlüssel zu verschaffen. Im Sommer gab es die Buchenwälder um Amersham. Es war eine Sucht, eine Tollheit, ein Leben im Verborgenen. Zwar trafen wir mittlerweile Vorsichtsmaßregeln, aber um ehrlich zu sein, war mir zu dem Zeitpunkt alles einerlei.

Wann immer wir über die Außenwelt sprachen, sprachen wir vom Kommunismus. Das war unsere zweite Obsession. Wir beschlossen, der Partei ihre Dummheit zu Beginn des Krieges zu verzeihen und ihr beizutreten, sobald Frieden herrschte und wir unsere Stellen gekündigt hatten. Marx, Lenin, Stalin, der Weg nach vorn, wir waren in allem einer Meinung. Eine glänzende Verbindung von Körper und Geist! Wir hatten eine private Utopie begründet, und es war nur eine Frage der Zeit, bevor die Völker der Welt unserem Beispiel folgen würden. In diesen Monaten wurden wir geformt. Hinter der Frustration all der folgenden Jahre steckte das Verlangen, zu jenen glücklichen Tagen zurückzufinden. Als wir erst einmal anfingen, die Welt verschieden zu interpretieren, spürten wir, wie die Zeit uns davonlief, und waren unduldsam gegeneinander. Jede Meinungsverschiedenheit war eine Störung dessen, was wir als möglich erkannt hatten – und bald gab es nur noch Störungen. Und am Ende war unsere Zeit abgelaufen, aber die Erinnerungen sind immer noch da und bezichtigen uns, und immer noch können wir nicht voneinander lassen.

Eine Sache, die ich an dem Morgen nach dem Dolmen lernte, war, daß ich Mut besaß, tapfer sein und mich auf mich selbst verlassen konnte – für eine Frau eine wichtige Entdeckung, jedenfalls zu meiner Zeit. Vielleicht war es eine verhängnisvolle, eine katastrophale Entdeckung. Inzwischen bin ich mir nicht mehr so sicher, ob ich richtig daran getan habe, mich nur auf mich selbst zu verlassen. Der Rest läßt sich nicht so leicht erzählen, besonders einem Skeptiker wie dir.«

Ich wollte schon Einspruch erheben, aber sie winkte ab.

»Und trotzdem erzähle ich es noch einmal, obwohl ich langsam müde werde. Du mußt bald gehen. Und ich werde auch noch einmal den Traum schildern. Ich will sichergehen, daß du ihn richtig verstehst.«

Sie zögerte und sammelte Kraft für die letzten Ausführungen dieses Nachmittags.

»Ich weiß, daß alle denken, ich mache zuviel Aufhebens darum – ein junges Mädchen, daß sich von zwei Hunden auf einem Landweg Angst einjagen läßt. Aber warte nur, bis du einmal dazu kommst, deinem Leben einen Sinn abgewinnen zu müssen. Dann wirst du nämlich merken, daß du zu alt und träge bist, den Versuch zu wagen, oder du wirst dasselbe tun wie ich, dir einen bestimmten Vorfall herausgreifen, in etwas Alltäglichem und Erklärlichem den Ausdruck für etwas finden, was dir andernfalls verlorengehen würde – ein Konflikt, ein Sinneswandel, eine neue Einsicht. Ich sage nicht, daß diese Tiere etwas anderes waren, als was sie zu sein schienen. Trotz allem, was Bernard behauptet, glaube ich nicht wirklich daran, daß sie Satansengel, Höllenhunde oder gottgesandte Omen waren oder was er den Leuten sonst noch einzureden versucht. Aber die Geschichte hat noch einen anderen Aspekt, den er zu unterschlagen beliebt. Wenn du ihn das nächste Mal siehst, dann laß dir berichten, was uns der Bürgermeister von St.-Maurice über die Hunde erzählt hat. Er wird sich erinnern. Es war ein langer Nachmittag auf der Terrasse des Hôtel des Tilleuls. Ich habe doch diese Tiere nicht mythologisiert. Ich habe sie mir nur zunutze gemacht. Sie haben mich befreit. Ich habe etwas entdeckt.«

Sie schob mir über das Laken hinweg ihre Hand hin. Ich

brachte es nicht fertig, meine Hand auszustrecken und sie zu ergreifen. Irgendeine journalistische Regung, ein merkwürdiger Begriff von Neutralität hinderte mich daran. Während sie weitersprach und ich fortfuhr, das Gesagte mit Hilfe der hingeworfenen Arabesken meiner Kurzschrift aufzuzeichnen, fühlte ich mich schwerelos, hohlköpfig, in einem Schwebezustand der Ungewißheit zwischen zwei Punkten, dem Banalen und dem Profunden; ich wußte nicht, welches von beidem ich da vernahm. Verlegen beugte ich mich über meine Notizen, um ihrem Blick nicht begegnen zu müssen.

»Ich begegnete dem Bösen und entdeckte dabei Gott. Ich nenne es meine Entdeckung, aber selbstverständlich ist sie weder neu noch mein. Jeder muß sie für sich selbst machen. Um sie zu beschreiben, bedienen sich die Leute verschiedener Sprachen. Ich denke mir, alle großen Weltreligionen haben damit begonnen, daß erleuchtete Individuen mit einer spirituellen Wirklichkeit in Berührung kamen und daraufhin versuchten, diese Erkenntnis weiterzugeben. Das meiste davon verlor sich in Vorschriften und Bräuchen und Machtgier. So sind Religionen nun einmal. Aber am Ende ist es gleichgültig, wie man sie beschreibt, sobald man die entscheidende Wahrheit erst einmal begriffen hat – daß wir einen unermeßlichen Reichtum in uns tragen, das Potential für einen höheren Seinszustand, für Güte ...«

In der einen oder anderen Form hatte ich das doch bereits früher gehört, von einem spirituell interessierten Schulleiter, einem unorthodoxen Vikar, einer alten Freundin, die aus Indien zurückkehrte, von kalifornischen Fachleuten und benommenen Hippies. Sie sah mich auf meinem Stuhl hin- und herrutschen, ließ aber nicht locker.

»Nenne es Gott oder den Geist der Liebe, Atman oder Christus oder die Gesetze der Natur. Was ich an dem Tag sah und seitdem oft gesehen habe, war ein farbiger Lichtkranz um meinen Körper. Aber die äußere Erscheinung ist unerheblich. Was zählt, ist die Herstellung einer Verbindung mit diesem Zentrum, diesem inneren Wesenskern, und dessen Ausweitung und Vertiefung. Danach trägt man ihn nach außen, zu anderen. Die Heilkraft der Liebe ...«

Die Erinnerung an das, was folgte, schmerzt mich noch heute. Ich konnte mir nicht helfen, mein Unbehagen war einfach zu stark. Ich konnte es nicht länger anhören. Vielleicht waren die Jahre meiner Einsamkeit an meiner Skepsis schuld, an meiner Abwehrhaltung gegenüber allen Aufrufen, zu lieben, sich zu bessern, den Schutzpanzer der Selbstbezogenheit aufzugeben und sich in der warmen Milch allumfassender Liebe und Güte auflösen zu lassen. Derartiges Gerede bringt mich in Verlegenheit. Bei Leuten, die so reden, zucke ich zusammen. Ich verstehe es nicht, ich glaube es nicht.

Indem ich eine Ausrede über einen Krampf im Bein murmelte, erhob ich mich, aber zu stürmisch. Mein Stuhl kippte nach hinten und schlug mit einem lauten Krach gegen den Schrank. Ich war derjenige, der erschrak. Als ich anfing, mich für die Unterbrechung zu entschuldigen, musterte sie mich leicht amüsiert.

Sie sagte: »Ich weiß. Die Worte sind abgenutzt, und ich bin es auch. Es wäre besser, wenn ich dir ein andermal zeigen könnte, was ich meine. Ein andermal ...« Sie hatte nicht mehr die Kraft, gegen meine Ungläubigkeit anzukämpfen. Der Nachmittag war vorüber.

Wieder suchte ich mich für meine Unhöflichkeit zu entschuldigen, aber sie fiel mir ins Wort. Ihr Ton war beiläufig, aber es konnte durchaus sein, daß sie sich gekränkt fühlte.

»Würdest du, bitte, die Teetassen ausspülen, bevor du gehst? Danke, Jeremy.«

Als ich mit dem Rücken zu ihr am Waschbecken stand, hörte ich sie aufseufzen und sich tiefer ins Bett kuscheln. Draußen rüttelte noch immer der Wind an den Zweigen. Ich empfand eine flüchtige Freude darüber, daß ich mich wieder der Welt eingliedern, mich vom westlichen Wind nach London wehen lassen würde, hinein in meine Gegenwart, hinaus aus ihrer Vergangenheit. Während ich die Tassen und Untertassen abtrocknete und wieder ins Regal stellte, versuchte ich eine bessere Entschuldigung für mein ungehobeltes Benehmen zu formulieren. Die Seele, ein Leben nach dem Tode, ein mit Sinn ausgestattetes Universum: Gerade der Trost, den diese frohgemute Glaubensgewißheit spendete, machte mir zu schaffen; Glaube und eigener Nutzen waren zu eng miteinander verflochten. Wie konnte ich ihr das vermitteln? Als ich mich ihr wieder zuwandte, hatte sie die Augen geschlossen, und ihr Atem ging flach, aber regelmäßig.

Sie war jedoch noch nicht eingeschlafen. Als ich meine Tasche neben ihrem Bett vom Boden aufhob, murmelte sie, ohne die Augen aufzuschlagen: »Ich wollte doch noch einmal den Traum durchsprechen.«

Er stand in meinem Notizbuch, der kurze, immergleiche

Traum kurz vor dem Einschlafen, der sie seit vierzig Jahren quälte: Zwei Hunde rennen einen Weg hinunter in die Schlucht. Der größere hinterläßt auf den weißen Steinen eine weithin sichtbare Blutspur. June weiß, daß der Bürgermeister eines nahegelegenen Dorfes versäumt hat, seine Männer auszuschicken, um die Tiere zur Strecke bringen zu lassen. Sie jagen hinab in den Schatten, den die hohen Felswände werfen, hinunter ins Dickicht und auf der anderen Seite wieder hinauf. Sie erblickt sie wieder jenseits der Schlucht, wie sie auf die Berge zueilen, und obwohl sie sich immer weiter von ihr entfernen, ist dies der Augenblick, wo das Entsetzen sie packt; sie weiß, sie werden wiederkehren.

Ich beruhigte sie: »Ich habe ihn aufgeschrieben.«

»Vergiß nicht, daß ich von ihnen träume, auch wenn ich noch halbwach bin. Ich sehe sie richtiggehend vor mir, Jeremy.«

»Ich werde daran denken.«

Sie nickte, die Augen noch immer geschlossen. »Findest du selbst hinaus?«

Es war fast ein Scherz, eine abgeschwächte Ironie. Ich beugte mich über sie, küßte ihre Wange und flüsterte ihr ins Ohr: »Ich glaube, das schaffe ich schon.« Dann ging ich leise durchs Zimmer, trat auf den Gang hinaus, auf den rotgelb wirbelnden Teppich, und dachte wie jedesmal, wenn ich von ihr ging, daß dies das letzte Mal gewesen sei.

Und das war es auch.

Vier Wochen später starb sie; wie die Oberschwester sagte, die bei Jenny anrief, um ihr die traurige Nachricht zu übermitteln, war sie »sanft entschlafen«. Wir glaubten zwar nicht recht daran, aber daran zweifeln wollten wir auch nicht.

Beigesetzt wurde sie auf dem Dorffriedhof bei Chestnut Reach. Mit unseren Kindern und zweien unserer Neffen fuhren wir hin, Bernard nahmen wir mit. Die Fahrt war unbequem. Es war heiß, im Wagen war es eng, es gab mehrere Baustellen, und auf der Autobahn herrschte starker Verkehr. Bernard saß vorn und schwieg die ganze Zeit. Manchmal schlug er ein, zwei Sekunden lang die Hände vors Gesicht. Meistens stierte er nur vor sich hin. Er schien nicht zu weinen. Jenny, das Baby auf dem Schoß, saß hinten. Neben ihr erörterten die Kinder Junes Tod. Wir saßen da und hörten hilflos zu, außerstande, das Gespräch in andere Bahnen zu lenken. Alexander, unser Vierjähriger, war entsetzt, weil wir vorhatten, seine Oma, die er doch so gern hatte, in eine hölzerne Kiste zu packen, in eine Grube zu senken und mit Erde zu bedecken.

»Das wird ihr aber nicht gefallen«, sagte er im Brustton der Überzeugung.

Harry, sein siebenjähriger Cousin, kannte sich aus: »Sie ist tot, du Blödmann. Mausetot. Sie merkt nichts davon.«

»Wann kommt sie zurück?«

»Nie wieder. Wenn du tot bist, kommst du nicht zurück.«

»Aber wann kommt sie?«

»Nie, nie, nie, nie wieder. Sie ist im Himmel, du Blödmann.«

»Wann kommt sie wieder zurück, Opa? Wann kommt sie, Opa?«

Es war eine Erleichterung, daß die Trauergemeinde an einem so abgelegenen Ort so zahlreich war. An der Straße vor der normannischen Kirche parkten schräg auf dem Grasstreifen Dutzende von Autos. Die Luft über ihren heißen Dächern flimmerte. Ich hatte eben erst damit begonnen, regelmäßig auf Beerdigungen zu gehen; bislang waren es ausschließlich weltliche Zeremonien gewesen, für drei Freunde, die an Aids gestorben waren. Der anglikanische Gottesdienst war mir eher von Filmen her vertraut. Wie eine jener großartigen Ansprachen bei Shakespeare war die Grabrede, die bruchstückweise in meinem Gedächtnis haftet, eine Folge von brillanten Formulierungen, Buchtiteln, ersterbenden Schlußphrasen, jähen Einsichten, die mich erschaudern ließen. Ich beobachtete Bernard. Er stand, mit gerade herabhängenden Armen, rechts vom Vikar, und starrte wie im Auto vor sich hin, hatte sich aber durchaus in der Gewalt.

Nach dem Gottesdienst sah ich, wie er sich von Junes alten Freunden löste, zwischen den Grabsteinen herumspazierte, hie und da anhielt, um eine Inschrift zu lesen, und auf eine Eibe zustrebte. In ihrem Schatten blieb er, die Ellbogen auf die Friedhofsmauer gestützt, stehen. Ich ging auf ihn zu, um ihm die wenigen unbeholfenen Sätze zu sagen, die ich mir zurechtgelegt hatte, als ich hörte, wie er über die Mauer hinweg Junes Namen rief. Nähertretend sah ich, daß er schluchzte. Immer wieder beugte sein langer, dürrer Leib sich vor und richtete sich wieder auf, im Schutz der Mauer vom Weinen geschüttelt. Ich wandte mich ab und hastete an zwei Männern vorbei, die das Grab zuschütteten, der plaudernden Menge hinterher, deren

Traurigkeit in der sommerlichen Luft verebbte, während sie vom Friedhof aus an den abgestellten Wagen entlang die Straße hinunterlief, auf eine Wiese mit ungemähtem Gras zu, in deren Mitte ein cremefarbenes Zelt stand, dessen Seitenwände der Hitze wegen hochgerollt waren. Hinter mir klirrten trockener Lehm und Steine gegen die Schaufeln der Totengräber. Vor mir war es so, wie June es sich vorgestellt haben dürfte: Kinder, die zwischen den Spannschnüren spielten, Kellner in gestärkten weißen Kitteln, die hinter drapierten Tapeziertischen Getränke ausschenkten, und bereits die ersten Trauergäste – ein junges Paar, das sich ins Grün lümmelte.

II

Berlin

Nicht viel mehr als zwei Jahre später, an einem Novembermorgen um sechs Uhr dreißig, erwachte ich und entdeckte neben mir im Bett Jenny. Sie war zehn Tage in Straßburg und Brüssel gewesen und spätnachts heimgekommen. Wir fanden uns zu einer schläfrigen Umarmung zusammen. Kleine Wiedersehen dieser Art sind eine der exquisiteren häuslichen Freuden. Jenny fühlte sich vertraut an und doch neu – wie leicht man sich daran gewöhnt, allein zu schlafen! Als sie ihre Wange in die Vertiefung unterhalb meines Schlüsselbeins schmiegte, die sich über die Jahre ihrer Kopfform angepaßt zu haben schien, hielt sie die Augen geschlossen und lächelte leise. Wir hatten höchstens eine Stunde Zeit, wahrscheinlich weniger, bevor die Kinder aufwachen und sie vorfinden würden – ihre Aufregung würde um so größer sein, als ich mich für den Fall, daß sie die letzte Maschine verpaßt hätte, nur unbestimmt über ihre Rückkehr geäußert hatte. Ich langte nach unten und knetete ihr Gesäß. Ihre Hand glitt sachte über meinen Bauch. Ich tastete nach dem vertrauten Höcker am Ansatz ihres kleinen Fingers, wo ihr kurz nach der Geburt ein sechster Finger amputiert worden war. So viele Finger, pflegte ihre Mutter zu sagen, wie ein Insekt Beine hat. Einige Minuten später, die von einem kurzen Halbschlaf unterbrochen sein mochten, begannen wir mit jenem kameradschaftlichen Liebesspiel, welches das Vorrecht und die Kompromißform ehelichen Zusammenlebens ist.

Eben wurden wir uns der Dringlichkeit unserer Lust inne und begannen uns zu unser beiderseitigem Vergnügen kräftiger zu bewegen, als das Telephon auf dem Nachttisch läutete. Wir hätten daran denken sollen, es abzustellen. Wir tauschten einen Blick. Stumm verständigten wir uns darauf, daß ein Anruf zu so früher Stunde ungewöhnlich war, vielleicht ein Notfall.

Die wahrscheinlichste Anruferin war Sally. Sie hatte zweimal mit uns zusammengewohnt, bis die Belastung, der sie das Familienleben aussetzte, zu groß wurde, als daß wir sie hätten bei uns behalten können. Einige Jahre zuvor, mit einundzwanzig, hatte sie einen Mann geheiratet, der sie prügelte und mit einem Kind sitzenließ. Zwei Jahre später war Sally für untauglich erklärt worden, zu gewalttätig, um für ihren kleinen Jungen zu sorgen, der inzwischen bei Pflegeeltern untergekommen war. Nach Jahren hatte sie ihre Trunksucht überwunden, nur um eine zweite katastrophale Ehe einzugehen. Jetzt lebte sie in einem Wohnheim in Manchester. Ihre Mutter, Jean, war tot, und Sally rechnete auf unsere Zuneigung und Unterstützung. Um Geld bat sie nie. Ich habe nie den Eindruck abschütteln können, daß ich an ihrem unglücklichen Leben schuld sei.

Jenny lag auf dem Rücken, so daß ich derjenige war, der sich zum Telephon hinüberbeugte. Aber es war nicht Sally, es war Bernard, der sofort loslegte. Er sprach nicht, es sprudelte aus ihm heraus. Hinter ihm hörte ich einen aufgeregten Kommentar, der von einer Polizeisirene abgelöst wurde. Ich versuchte ihn zu unterbrechen, indem ich seinen Namen rief. Das erste, was ich verstehen konnte, war: »Jeremy, hörst du mich? Bist du noch dran?«

Ich spürte, wie ich in seiner Tochter zusammenschrumpfte, und schlug einen vernünftigen Tonfall an: »Bernard, ich habe nicht ein Wort mitgekriegt. Fang noch mal von vorn an, aber langsam.«

Jenny bedeutete mir mit Handzeichen, daß sie gewillt war, mir den Hörer abzunehmen. Doch Bernard hatte erneut angesetzt. Ich schüttelte den Kopf und bohrte meinen Blick in das Kopfkissen.

»Altes Haus, stell das Radio an. Oder noch besser den Fernseher. Die kommen alle rüber. Du wirst es nicht für möglich halten...«

»Bernard, wer kommt wo rüber?«

»Habe ich dir doch eben gesagt. Sie reißen die Mauer ein! Es ist kaum zu glauben, aber ich sehe es mit eigenen Augen, die Ostberliner kommen in Massen herüber...«

Mein erster, selbstsüchtiger Gedanke war, daß von mir nichts verlangt wurde. Ich brauchte mich nicht zu erheben, hinauszugehen und etwas Nützliches zu tun. Ich versprach Bernard, später zurückzurufen, legte den Hörer auf und teilte Jenny die Neuigkeit mit.

»Sensationell!«

»Unglaublich!«

Wir versuchten unser Bestes, uns die volle Bedeutung des Vorgangs vom Leib zu halten, denn noch gehörten wir nicht der Welt an, dieser emsigen Gemeinschaft vollbekleideter Menschen. Ein wichtiges Prinzip stand auf dem Spiel: daß wir den Vorrang unseres Privatlebens verteidigten. Und so machten wir denn weiter, wo wir aufgehört hatten. Doch der Bann war gebrochen. Jubelnde Menschenmengen brandeten durch das frühmorgendliche Dunkel unseres Schlafzimmers. Wir waren beide mit unseren Gedanken woanders.

Schließlich war es Jenny, die sagte: »Komm, laß uns nach unten gehen und fernsehen.«

Wir standen, den Teebecher in der Hand, in unseren Morgenmänteln im Wohnzimmer und stierten auf den Bildschirm. Es schien unpassend, sich hinzusetzen. Ostberliner in Nylonanoraks und verblichenen Jeansjacken zogen kinderwagenschiebend oder ihre Sprößlinge bei der Hand haltend durch Checkpoint Charlie – ungehindert und unkontrolliert. Die Kamera hüpfte auf und ab und schwankte ungeniert auf überschwengliche Umarmungen zu. Eine tränenüberströmte Frau, deren Gesichtsfarbe im Licht eines einzigen TV-Scheinwerfers schauerlich wirkte, breitete die Hände aus und wollte sprechen, doch ihre Stimme versagte ihr den Dienst. Gruppen von Westberlinern jubelten jedesmal auf, wenn sich ein lächerlicher Trabant wagemutig in die Freiheit vortastete, und klopften ihm gutmütig aufs Dach. Zwei Schwestern klammerten sich aneinander und wollten sich selbst für ein Interview nicht trennen lassen. Jenny und ich waren in Tränen aufgelöst, und als die Kinder hereingerannt kamen, um sie zu begrüßen, gewann unser kleines Wiedersehensdrama, die Umarmungen und Liebkosungen auf dem Wohnzimmerteppich, neue Eindringlichkeit dank der frohen Ereignisse in Berlin – Jenny weinte ungehemmt.

Eine Stunde später rief Bernard erneut an. Vor vier Jahren hatte er begonnen, mich »altes Haus« zu nennen, ich nehme an, seit er dem Garrick Club beigetreten war. Das, behauptete Jenny, war die Distanz, die er seit der Anrede mit »Genosse« zurückgelegt hatte.

»Altes Haus. Ich will so bald wie möglich nach Berlin fliegen.«

»Gute Idee«, sagte ich sofort. »Das solltest du tun.«

»Die Sitze sind Gold wert. Alle Welt möchte hinfliegen. Für einen Flug heute nachmittag habe ich zwei Plätze reservieren lassen. In einer Stunde muß ich Bescheid sagen.«

»Aber Bernard, ich fliege doch nach Frankreich.«

»Mach einen Abstecher. Es handelt sich um einen historischen Augenblick.«

»Ich ruf' dich zurück.«

Jenny war bissig. »Natürlich muß er dabeisein und zusehen, wie sein Großer Irrtum behoben wird. Er braucht jemanden, der ihm sein Gepäck trägt.«

So wie sie es ausdrückte, war ich bereits geneigt, nein zu sagen. Doch beim Frühstück, aufgerüttelt von dem blechernen Triumphgeschrei des tragbaren Schwarzweißfernsehers, den wir neben die Spüle balanciert hatten, wurde ich nach Tagen der Hausarbeit von ungeduldiger Erregung, von einem Drang nach Abenteuer erfaßt. Wieder stieß das Gerät ein dünnes Gebrüll aus, und ich kam mir vor wie ein Junge, der am Tag des Endspiels aus dem Fußballstadion ausgesperrt ist. Geschichte vollzog sich ohne mich.

Als wir die Kinder in die Spielgruppe und zur Schule gebracht hatten, brachte ich das Gespräch erneut darauf. Jenny war froh, wieder zu Hause zu sein. Sie ging von einem Zimmer ins andere, das schnurlose Telephon stets griffbereit, und sah nach den Zimmerpflanzen, die unter meiner Fürsorge verwelkt waren.

»Flieg du nur«, riet sie mir. »Hör nicht auf mich, ich bin nur eifersüchtig. Aber bevor du losfliegst, mußt du noch zu Ende bringen, womit du angefangen hast.«

Das Beste, was mir passieren konnte. Ich leitete meinen Flug nach Montpellier über Berlin und Paris um und bestätigte Bernards Buchung. Ich rief meinen Freund Günter in Berlin an und fragte ihn, ob wir uns in seiner Wohnung einquartieren dürften. Danach telephonierte ich mit Bernard, um ihm mitzuteilen, daß ich ihn um zwei Uhr mit dem Taxi abholen würde. Ich sagte Termine ab, hinterließ Anweisungen und packte meine Reisetasche. Im Fernsehen war eine kilometerlange Schlange von Ostberlinern zu sehen, die vor einer Bank auf ihre hundert Mark Begrüßungsgeld warteten. Jenny und ich kehrten für eine Stunde ins Schlafzimmer zurück, dann eilte sie zu einer Verabredung. Ich saß in meinem Morgenmantel in der Küche und nahm ein frühes Mittagessen aus aufgewärmten Resten zu mir. In dem tragbaren Fernseher waren inzwischen andere Teile der Mauer durchbrochen worden. Aus aller Welt strömten die Menschen nach Berlin. Ein großes Fest bahnte sich an. Journalisten und Kamerateams fanden keine Hotelzimmer mehr. Als ich, gekräftigt und geläutert von unserer Liebe, oben unter der Dusche stand und die Melodiefetzen aus Verdi-Opern grölte, die ich auf italienisch konnte, gratulierte ich mir zu meinem erlebnisreichen und interessanten Leben.

Eineinhalb Stunden später bat ich den Taxifahrer, in der

Addison Road zu warten, und sprang die Treppe hinauf zu Bernards Wohnung. Er stand gerade in der geöffneten Tür, Hut und Mantel in der Hand und das Gepäck zu seinen Füßen. Erst seit neuestem hatte er sich die fahrige Übergenauigkeit des Alters angewöhnt, jene unerläßliche Vorsicht, die mit einem Gedächtnis, auf das mit Sicherheit kein Verlaß mehr war, einhergeht. Ich hob seine Gepäckstücke auf (Jenny hatte recht behalten), und er wollte eben die Tür zuschlagen, da runzelte er auch schon die Stirn und reckte einen Zeigefinger in die Höhe.

»Nur noch ein letzter Blick.«

Ich setzte die Taschen wieder ab, folgte ihm in die Wohnung und sah gerade noch, wie er seine Hausschlüssel und seinen Reisepaß vom Küchentisch aufraffte. Er hielt sie hoch, wie um mir zu bedeuten: »Hab ich's nicht gesagt«, als sei ich derjenige, der sie vergessen hatte, und er gehöre beglückwünscht.

Ich war schon früher mit Bernard in Londoner Taxis gefahren. Seine Beine reichten fast bis zur Trennwand. Der Wagen war noch im ersten Gang und kaum angefahren, als Bernard das Kinn auf die gefalteten Hände stützte und loslegte: »Die Sache ist die…« Anders als June bediente er sich nicht der schneidigen Sprechweise hoher Beamter des Kriegsministeriums; vielmehr hatte er eine etwas zu hohe Stimme und eine überdeutliche Artikulation wie etwa der Schriftsteller Lytton Strachey oder wie Malcolm Muggeridge, der Fernsehmoderator. Gewisse gebildete Waliser sprachen so. Wer Bernard nicht schon kannte und gut leiden konnte, auf den mochte seine Stimme affektiert wirken. »Die Sache ist die: die Wiedervereinigung Deutschlands ist unvermeidlich. Die Russen werden mit dem Säbel rasseln, die Franzosen mit den Armen rudern, die Briten herumdrucksen. Wer weiß, was die Amerikaner wollen, was denen am besten in den Kram paßt. Aber das alles hat nichts zu sagen. Die Deutschen werden ihre Einheit kriegen, weil sie sie wollen und weil sie in ihrem Grundgesetz verankert ist, und niemand kann sie daran hindern. Und sie werden sie eher früher als später bekommen, weil kein Bundeskanzler, der recht bei Trost ist, seinem Nachfolger den Ruhm überlassen will. Und sie werden sie zu westdeutschen Bedingungen erhalten, denn für die Kosten werden die Westdeutschen aufkommen müssen.«

Er hatte eine Art, seine Meinungen allesamt als feststehende Tatsachen zu präsentieren; und seine Gewißheiten besaßen eine verführerische Überzeugungskraft. Von mir wurde erwartet, daß ich eine andere Ansicht zum besten gäbe, ob ich nun daran glaubte oder nicht. Bernards Gepflogenheiten im persönlichen Gespräch waren von Jahren öffentlicher Debatte geprägt. Ein ausgedehnter Schlagabtausch würde uns der Wahrheit näherbringen. Während wir nach Heathrow fuhren, argumentierte ich entgegenkommend, daß sich die Ostdeutschen womöglich eine gewisse Anhänglichkeit gegenüber einigen Aspekten ihres Systems bewahren und insofern nicht so leicht einzugliedern sein würden; daß die Sowjetunion Hunderttausende von Soldaten in der DDR stationiert habe und, wenn sie wolle, das Geschehen beeinflussen könne und daß das Zusammenwachsen der beiden Systeme in praktischer und wirtschaftlicher Hinsicht Jahre beanspruchen würde.

Er nickte befriedigt. Seine Finger stützten noch immer

sein Kinn, und geduldig wartete er auf das Ende meiner Ausführungen, um meine Argumente zerpflücken zu können. Ganz methodisch nahm er sich eines nach dem anderen vor. Die gewaltige Volksbewegung gegen den Staatsapparat der DDR habe ein Stadium erreicht, in dem etwa verbleibende Anhänglichkeiten zu spät erkannt werden würden, in Form von Nostalgie; die Sowjetunion habe das Interesse daran verloren, ihre östlichen Satelliten zu kontrollieren. Sie sei, außer auf militärischem Gebiet, keine Supermacht mehr und dringend auf westliches Wohlwollen und deutsche Gelder angewiesen; mit den praktischen Schwierigkeiten der deutschen Wiedervereinigung könne man sich zu einem späteren Zeitpunkt befassen, wenn die Wiederherstellung der politischen Einheit dem Kanzler seinen Platz in den Geschichtsbüchern gesichert und aufgrund von Millionen dankbarer neuer Wähler gute Aussichten auf einen Sieg bei den nächsten Wahlen beschert habe.

Bernard redete immer noch und schien nicht bemerkt zu haben, daß das Taxi vor unserem Terminal vorgefahren war. Während er sich ausführlich meines dritten Arguments annahm, beugte ich mich vor und bezahlte. Der Fahrer wandte sich in seinem Sitz um und hörte Bernard durch die geöffnete Trennwand zu. Er war in den Fünfzigern, völlig kahlköpfig, hatte ein gummiartiges Babygesicht und große, starrende Augen von einem funkelnden, fluoreszierenden Blau.

Als Bernard ausgeredet hatte, mischte er sich ins Gespräch ein. »Jawoll, und was dann, Kumpel? Dann spielen die Hunnen sich wieder wer weiß wie auf. Und der ganze Salat geht wieder von vorn los...«

Als der Fahrer zu sprechen begann, zuckte Bernard zusammen und tastete nach seiner Tasche. Vermutlich waren die Auswirkungen der deutschen Einheit das nächste Diskussionsthema, doch statt sich darauf einzulassen, und sei es auch nur für eine gönnerhafte Minute, war Bernard peinlich berührt und beeilte sich, ins Freie zu gelangen.

»Was wird dann mit der Stabilität?« fragte der Fahrer. »Was wird mit dem Kräftegleichgewicht? Im Osten haben wir Rußland, das vor die Hunde geht, und die ganzen kleinen Länderkens, Polen und so'n Kram, sitzen tief in der Scheiße mit Schulden und allem ...«

»Ja, ja, Sie haben recht, es ist wirklich besorgniserregend«, sagte Bernard, als er die Sicherheit des Bürgersteigs erreichte. »Jeremy, wir dürfen die Maschine nicht verpassen.«

Der Taxifahrer hatte sein Fenster heruntergekurbelt. »Im Westen haben wir England, auch nicht gerade ein überzeugter Europäer. Kriecht immer noch den Amis in den Arsch, wenn Sie meine Ausdrucksweise entschuldigen wollen. Bleiben nur noch die Franzosen. Große Güte, die Franzosen!«

»Danke und auf Wiedersehen«, säuselte Bernard und war sogar dazu bereit, sein Gepäck selbst anzuheben und damit loszustolpern, um nur ja Abstand zu schaffen. An den automatischen Türen des Terminals holte ich ihn ein. Er setzte seine Taschen vor mir ab, rieb sich die rechte Hand mit der linken und sagte: »Ich kann den Sermon von Taxifahrern einfach nicht ertragen.«

Ich verstand zwar, was er meinte, dachte aber auch bei

mir, daß Bernard in der Wahl seiner Diskussionspartner allzu heikel sei. »Auf Tuchfühlung mit dem Volk bist du auch nicht mehr gerade.«

»War ich noch nie, altes Haus. Mich haben Ideen interessiert.«

Eine halbe Stunde nach dem Start bestellten wir vom Getränkewagen Champagner und stießen an auf die »Freiheit«. Dann kam Bernard erneut auf die Tuchfühlung mit dem Volk zu sprechen.

»June, die verstand sich darauf. Die kam mit jedem aus. Sie hätte es auch mit diesem Taxifahrer aufgenommen. Erstaunlich für jemanden, der am Ende ganz abgeschieden gelebt hat. Eigentlich war sie eine viel bessere Kommunistin als ich.«

Damals jagte mir jede Erwähnung Junes ein fast körperliches Schuldgefühl ein. Seit ihrem Tod im Juli 1987 hatte ich für die biographische Skizze, die ich abfassen sollte, nichts weiter getan als die Notizen geordnet und in einen Karteikasten weggeräumt. Meine Arbeit (ich leite einen kleinen Verlag, der auf Lehrbücher spezialisiert ist), das Familienleben, ein Umzug im vergangenen Jahr – die üblichen Ausflüchte beruhigten mich nicht. Vielleicht würden meine Reise nach Frankreich, die Bergerie und die damit verbundenen Eindrücke mich wieder in Gang bringen. Und außerdem gab es da immer noch einiges, das ich gern von Bernard gewußt hätte.

»Ich glaube nicht, daß June das als Kompliment aufgefaßt hätte.«

Bernard hielt seinen durchsichtigen Plastikbecher in die Höhe, und das Sonnenlicht, das die Kabine durchflutete, ließ seinen Champagner funkeln. »Wer würde das heute schon? Aber es gab einmal eine Zeit – ein, zwei Jahre –, in der sie wie eine Löwin für die Sache gekämpft hat.«

»Bis zu der Geschichte mit der Gorge de la Vis.«

Er merkte es, wenn ich ihn aushorchen wollte. Er lehnte sich zurück und lächelte, ohne mich anzublicken. »Dreht es sich schon wieder um deine Lebensbeschreibung?«

»Es ist höchste Zeit, daß ich mich an die Arbeit mache.«

»Hat sie dir je von dem Streit erzählt, den wir miteinander hatten? In der Provence, auf dem Heimweg von Italien, mindestens eine Woche oder so, bevor wir an der Gorge ankamen?«

»Ich erinnere mich nicht, daß sie ihn erwähnt hätte.«

»Es war auf einem Bahnsteig in der Nähe einer kleinen Stadt, deren Name mir entfallen ist. Wir warteten auf den Bummelzug, der uns nach Arles bringen würde. Der Bahnhof, eigentlich kaum mehr als eine Bedarfshaltestelle, war nicht überdacht und lag in Trümmern. Der Wartesaal war niedergebrannt. Es war heiß, es gab keinen Schatten und keine Sitzgelegenheit. Wir waren müde, und der Zug hatte Verspätung. Außerdem waren wir völlig allein. Äußerst günstige Voraussetzungen für unseren ersten Ehekrach.

Irgendwann ließ ich June bei unserem Gepäck zurück und schlenderte den gesamten Bahnsteig entlang – wie man es eben tut, wenn einem die Zeit lang wird –, ganz vor bis zum Ende. Der Bahnhof war in einem fürchterlichen Zustand. Ich glaube, ein Faß Teer oder Farbe war verschüttet worden. Die Steinplatten hatten sich gelöst, Unkraut war emporgeschossen und in der Hitze verdorrt.

Hinten, in einiger Entfernung von den Geleisen, befand sich eine Gruppe Erdbeerbäume, die dort, weshalb auch immer, recht hübsch gediehen. Ich bewunderte sie gerade, als ich auf einem Blatt eine Bewegung wahrnahm. Ich trat näher, und da sah ich sie, eine Libelle, eine Blutrote Heidelibelle, *Sympetrum sanguineum*, ein Männchen, weißt du, leuchtendrot. Nicht gerade eine Rarität, aber doch ungewöhnlich groß, ein Prachtexemplar.

Verblüffenderweise gelang es mir, sie mit den hohlen Händen zu fangen, darauf rannte ich den Bahnsteig entlang zurück zu June und überredete sie dazu, sie in ihre Hände zu nehmen, während ich in meiner Tasche nach meinem Reisebesteck suchte. Ich öffnete es und entnahm ihm das Giftglas und bat June, mir das Insekt herüberzubringen. Sie hatte die Hände noch immer gewölbt, so, betrachtete mich jedoch mit einem sonderbaren Ausdruck, mit einer Art Entsetzen. Sie sagte: ›Was wirst du tun?‹ Und ich sagte: ›Ich will sie mit nach Hause nehmen.‹ Sie kam nicht näher. Sie sagte: ›Das heißt, du wirst sie töten?‹ ›Natürlich‹, antwortete ich. ›Das ist ein Prachtexemplar.‹ Da wurde sie ganz kalt und logisch. ›Sie ist schön, deshalb willst du sie töten.‹ Wie du weißt, ist June fast auf dem Land aufgewachsen und hat sich nie viel Gewissensbisse darüber gemacht, Mäuse, Ratten, Küchenschaben, Wespen zu töten – eigentlich alles, was ihr in die Quere kam. Es war wirklich heiß, und das war nicht der rechte Augenblick, um eine ethische Diskussion über das Lebensrecht von Insekten zu beginnen. So sagte ich denn: ›June, bring sie mir jetzt.‹ Vielleicht war mein Ton zu grob. Sie trat einen halben Schritt zurück, und ich konnte sehen, daß sie im Begriff war, das Tier freizulassen. Ich sagte: ›June, du weißt, wieviel sie mir bedeutet. Wenn du sie wegfliegen läßt, werde ich dir nie verzeihen.‹ Sie kämpfte mit sich. Ich wiederholte, was ich gesagt hatte, und da kam sie ungeheuer verdrießlich auf mich zu, legte mir die Libelle in die Hände und sah mir zu, wie ich sie ins Giftglas steckte und dieses wegpackte. Während ich meine Sachen wieder in der Reisetasche verstaute, schwieg sie, aber dann geriet sie, vielleicht weil sie sich vorwarf, die Libelle nicht freigelassen zu haben, in furchtbare Wut.«

Der Getränkewagen kam zum zweitenmal vorbei, und Bernard zögerte, doch dann entschied er sich gegen die Bestellung eines zweiten Champagners.

»Wie alle guten Auseinandersetzungen entwickelte sich auch diese rasch vom Besonderen zum Allgemeinen. Meine Haltung dieser armen Kreatur gegenüber sei typisch für meine Haltung den meisten anderen Dingen gegenüber, einschließlich ihrer selbst. Ich sei kalt, theoretisch, arrogant. Nie zeigte ich irgendwelche Gefühle und hinderte sie daran, ihrerseits welche zu zeigen. Sie fühle sich beobachtet, analysiert und komme sich vor wie ein Bestandteil meiner Insektensammlung. Ich sei lediglich an Abstraktionen interessiert. Ich behauptete, die ›Schöpfung‹, wie sie es nannte, zu lieben, aber in Wahrheit wolle ich sie nur kontrollieren, alles Lebendige in ihr abtöten, sie etikettieren und in Reihen anordnen. Und mit meinen politischen Anschauungen verhalte es sich auch nicht anders. Was mich bedrücke, sei nicht so sehr Ungerechtigkeit als vielmehr Unordnung. Was mich anspreche, nicht so sehr die Gemeinschaft aller Menschen als vielmehr die effektive Organisation der Menschen. Worauf ich hinauswolle, sei eine Gesellschaft, so sauber und ordentlich wie eine Kaserne, abgesichert durch wissenschaftliche Theorie. So standen wir im grellen Sonnenlicht, und sie schrie auf mich ein: ›Du kannst ja die Angehörigen der Arbeiterklasse nicht einmal ausstehen! Du sprichst ja nie mit ihnen. Du weißt gar nicht, wie sie sind. Du verabscheust sie. Du willst sie nur in säuberlichen Kolonnen anordnen wie deine gottverdammten Insekten!‹«

»Und was hast du ihr entgegnet?«

»Zunächst nicht sehr viel. Du weißt ja, wie sehr mir Szenen zuwider sind. Ich dachte immer nur, jetzt habe ich dieses hübsche Mädchen geheiratet, und sie haßt mich! Was für ein entsetzlicher Irrtum! Und dann, weil ich doch irgend etwas sagen mußte, setzte ich zu einer Verteidigung meines Steckenpferds an. Die meisten Menschen, sagte ich ihr, hätten eine instinktive Abneigung gegen die Welt der Insekten, und es seien die Entomologen, die ihnen Beachtung schenkten, ihr Verhalten und ihre Lebenszyklen studierten und sich um sie sorgten. Die Bestimmung von Insekten, ihre Einteilung nach Arten und Unterarten sei ein wichtiger Bestandteil dessen. Wenn man einen Teil der Welt zu benennen lerne, lerne man ihn lieben. Ein paar Insekten zu töten sei demgegenüber unerheblich. Insektenpopulationen seien riesig, selbst bei seltenen Spezies. Genetisch seien sie Klone, es sei also unsinnig, von Individuen zu sprechen, oder gar von ihren Rechten. ›Jetzt fängst du schon wieder an‹, sagte sie. ›Du redest ja gar nicht mit mir. Du hältst mir einen Vortrag.‹ Da kam ich aber allmählich auf Hochtouren. Was meine Politik angehe, fuhr ich fort, jawohl, Ideen sprächen mich an, und was daran denn so schlimm wäre. Anderen Leuten stehe es frei, ihnen zuzustimmen oder sie zu verwerfen und zu widerlegen. Und es sei schon richtig, mir sei bei Angehörigen der Arbeiterklasse unbehaglich zumute, aber das bedeute doch nicht, daß ich sie verabscheue. Das sei doch absurd. Ich könne sehr gut verstehen, wenn ihnen in meiner Gegenwart unbehaglich zumute sei. Was meine Gefühle für sie angehe, jawohl, ich sei wohl nicht gerade gefühlsbetont, aber das bedeute nicht, daß ich keine Gefühle hätte. So sei ich eben nun einmal erzogen, und falls sie es durchaus wissen wolle, ich liebte sie mehr, als ich es je in Worte kleiden könne, so sei das nun einmal, und wenn ich es ihr nicht oft genug sagte, dann täte es mir leid, aber in Zukunft würde ich es eben nachholen, falls nötig, jeden Tag.

Und dann geschah etwas Außergewöhnliches. Oder eigentlich passierten gleich zwei Dinge auf einmal. Während ich noch sprach, fuhr mit lautem Geratter und einer Menge Rauch und Dampf unser Zug ein, und gerade als er anhielt, brach June in Tränen aus, schlang ihre Arme um mich und teilte mir mit, daß sie schwanger sei, und seit sie das kleine Insekt in den Händen gehalten habe, fühle sie sich nicht nur für das Leben, das in ihr heranwachse, verantwortlich, sondern für jedwedes Leben, und zugelassen zu haben, daß ich die wunderschöne Libelle tötete, sei ein furchtbarer Fehler gewesen, sie sei überzeugt, die Natur werde sich rächen und dem Baby etwas Entsetzliches zufügen. Der Zug fuhr ab, und wir standen immer noch eng umschlungen auf dem Bahnsteig. Ich war nahe dran, vor Freude auf dem Bahnsteig herumzuhopsen, doch statt dessen versuchte ich Idiot, June die Darwinsche Lehre auseinanderzusetzen und sie damit zu trösten, daß in der Weltordnung eine solche Rache wie die, von der sie spreche, nicht vorgesehen sei und unserem Baby schon nichts zustoßen werde...«

»Jenny.«

»Ja, natürlich. Jenny.«

Bernard drückte den Rufknopf über seinem Kopf und sagte dem Steward, er habe es sich anders überlegt und wir würden doch noch einen Champagner trinken. Als dieser eintraf, hoben wir unsere Gläser, wie um auf die bevorstehende Geburt meiner Frau zu trinken.

»Nach dieser Neuigkeit konnten wir es nicht verkraften, auf einen anderen Zug warten zu müssen, sondern liefen in die Stadt, die eigentlich kaum mehr als ein größeres Dorf war. Wenn mir doch nur der Name einfallen würde! Wir fanden das einzige Hotel und bezogen ein geräumiges, knarzendes Zimmer im ersten Stock mit einem Balkon, der auf einen kleinen Platz ging. Ein herrlicher Ort, wir wollten immer mal dorthin zurück. June wußte den Namen, und jetzt kann ich sie nie mehr danach fragen. Dort blieben wir zwei Tage, feierten unser Kind, ließen unser Leben Revue passieren und schmiedeten Pläne wie alle anderen jungvermählten Paare auch. Es war eine wunderbare Aussöhnung – und wir gingen kaum aus dem Zimmer.

Aber am zweiten Abend war June frühzeitig eingeschlafen, und ich war ruhelos. Ich machte einen Bummel um den Platz und nahm in einem Café zwei, drei Drinks zu mir. Du weißt ja, wie das ist, wenn man mit jemandem tagelang so intensiv zusammen war und dann plötzlich wieder allein ist. Es ist, als hätte man geträumt. Man besinnt sich auf sich selbst. Ich saß vor der Bar und sah den Leuten beim Boule zu. Es war ein schrecklich heißer Abend, und zum erstenmal hatte ich die Gelegenheit, mir einiges von dem, was June auf dem Bahnhof gesagt hatte, durch den Kopf gehen zu lassen. Ich versuchte mir vorzustellen, wie es wäre, wenn ich glaubte, wirklich daran glaubte, daß die Natur für den Tod eines Insekts an einem Fötus Rache nehmen könnte. Es war ihr damit todernst gewesen, bis hin zum Weinkrampf. Aber ich vermochte es nicht, ehrlich nicht. Das war magisches Denken, mir vollkommen fremd...«

»Aber Bernard, verspürst du denn nie derartige Anwandlungen, wenn du das Schicksal herausforderst? Sagst du niemals toi, toi, toi?«

»Das ist doch nur Spielerei, eine Redensart. Wir wissen, es ist Aberglaube. Diese Auffassung, daß das Leben gerechten Lohn und gerechte Strafe kennt, daß allem eine tiefere Bedeutung zukommt als die, die wir ihm beimessen – das ist doch alles nur tröstliche Magie. Nur...«

»Biographen?«

»Ich wollte sagen, Frauen. Vielleicht will ich damit nur sagen, daß ich damals, als ich auf dem heißen kleinen Platz vor meinem Drink saß, den Unterschied zwischen Männern und Frauen zu begreifen begann.«

Ich überlegte, was meine vernünftige, praktische Frau Jenny dazu gesagt hätte.

Bernard hatte seinen Champagner ausgetrunken und beäugte den unberührten Rest in meiner Flasche. Ich reichte sie ihm, und er sagte: »Machen wir uns doch nichts vor, die physischen Unterschiede sind doch nur der, nur die ...«

»Die Spitze des Eisbergs?«

Er lächelte. »Der Anfang vom Ende. Wie auch immer, ich saß da und trank noch ein, zwei Gläschen. Und dann, ich weiß, es ist närrisch, dem, was die Leute im Zorn von sich geben, zuviel Bedeutung beizulegen, aber dann brütete ich darüber nach, was sie über meine politische Haltung gesagt hatte, vielleicht weil es ein Körnchen Wahrheit enthielt, das uns alle anging, und weil sie ähnliche Dinge schon früher geäußert hatte. Ich weiß noch, wie ich dachte, in der Partei wird sie's aber nicht lange aushalten. Sie hat ihre eigenen Vorstellungen, und die sind eigensinnig und eigentümlich.

All das kam mir heute nachmittag wieder in den Sinn, als ich vor dem Taxifahrer davonrannte. Wenn es June gewesen wäre, die June des Jahres fünfundvierzig, nicht die June, die die Politik insgesamt aufgegeben hat, hätte sie eine fröhliche halbe Stunde damit verbracht, mit dem Kerl über europäische Politik zu diskutieren, hätte ihn auf die richtige Literatur hingewiesen, ihn für die Adressenliste nach seinem Namen gefragt und ihn, wer weiß, als Mitglied gewonnen. Sie hätte es darauf ankommen lassen, das Flugzeug zu verpassen.«

Wir hoben unsere Flaschen und Gläser, um Platz für die Essenstabletts zu machen.

»So, da hast du sie, was immer du davon hältst, jedenfalls eine weitere Episode für Junes ›Leben und Zeit‹. Sie war eine bessere Kommunistin als ich. Aber der Wutanfall auf dem Bahnhof nahm ihre zukünftige Entwicklung vorweg.

Man konnte ihre Unzufriedenheit mit der Partei kommen sehen und die Anfänge des faulen Zaubers, der ihr Leben von da an bestimmen sollte. Gewiß kam es nicht plötzlich über sie, eines Morgens in der Gorge de la Vis, was immer sie darüber gesagt haben mag.«

Es schmerzte mich, meine eigene Skepsis mir entgegenschlagen zu hören. Als ich mein gefrorenes Brötchen mit Butter bestrich, fühlte ich mich versucht, in Junes Namen für böses Blut zu sorgen: »Aber Bernard, was ist mit der Rache des Insekts?«

»Was soll damit sein?«

»Jennys sechster Finger!«

»Altes Haus, was sollen wir zum Essen trinken?«

Wir fuhren als erstes zu Günters Wohnung in Kreuzberg. Ich ließ Bernard im Taxi warten, während ich unsere Taschen durch den Hinterhof trug und ins vierte Stockwerk des Hinterhauses hinaufschleppte. Die Nachbarin von gegenüber, die den Schlüssel für mich verwahrte, sprach ein paar Brocken Englisch und wußte, daß wir wegen des Mauerfalls hier waren.

»Nicht gut«, beharrte sie. »Zu viele Leute hier. Im Geschäft keine Milch, kein Brot, kein Obst. In der U-Bahn auch. Zu viele!«

Bernard trug dem Fahrer auf, uns zum Brandenburger Tor zu fahren, doch das erwies sich als Fehler, und langsam verstand ich, was Günters Nachbarin gemeint hatte. Es gab zu viele Menschen, zu viel Verkehr. Die ohnehin schon belebten Straßen beförderten eine zusätzliche Last stinkender Wartburg und Trabant auf ihrer ersten nächtlichen

Stadtrundfahrt. Die Bürgersteige waren überfüllt. Jedermann, ob Ost- oder Westberliner oder Außenstehende, war mit einem Mal Tourist. Trauben von Westberliner Teenagern mit Bierdosen und Sektflaschen zogen an unserem eingekreisten Wagen vorbei und grölten Fußballieder. Im Dunkel des Fond begann ich ein unbestimmtes Bedauern darüber zu empfinden, daß ich nicht schon in der Bergerie weilte, hoch über St. Privat, und das Haus für den Winter herrichtete. An lauen Abenden konnte man selbst um diese Jahreszeit noch die Zikaden hören. Dann, als mir Bernards Geschichte aus dem Flugzeug wieder einfiel, wandelte ich mein Bedauern in den Vorsatz um, ihn während unseres Aufenthalts so gut wie möglich auszuhorchen und die biographische Skizze wieder in Angriff zu nehmen.

Wir verzichteten auf das Taxi und gingen zu Fuß weiter. Bis zur Siegessäule brauchten wir zwanzig Minuten, und vor uns erstreckte sich die breite Straße des 17. Juni bis hin zum Brandenburger Tor. Jemand hatte ein Stück Pappe vor das Straßenschild gebunden und »9. November« darauf gepinselt. Hunderte von Menschen wälzten sich in dieselbe Richtung. Vierhundert Meter vor uns stand erleuchtet das Brandenburger Tor. Angesichts seiner welthistorischen Bedeutung wirkte es eigentlich zu klein, zu gedrungen. An seinem Fuß schien die Dunkelheit sich wie ein breiter Streifen zu verdichten. Erst als wir dort anlangten, sollten wir entdecken, daß dies die herbeidrängende Volksmenge war. Bernard schien zurückzubleiben. Er hielt die Hände hinter dem Rücken verschränkt und stemmte sich gegen einen imaginären Wind. Alles überholte uns.

»Wann warst du zuletzt hier, Bernard?«

»Weißt du, daß ich hier noch nie entlanggelaufen bin? Berlin? Sechsundsechzig gab es eine Konferenz zum fünften Jahrestag des Mauerbaus. Davor, mein Gott! Neunzehnhundertdreiundfünfzig. Wir waren eine inoffizielle Delegation britischer Kommunisten, die bei der SED Protest einlegen wollten – nein, das ist zu stark ausgedrückt –, die unserer ehrerbietigen Besorgnis über die Art und Weise Ausdruck verleihen wollten, wie der Aufstand niedergeschlagen worden war. Einige der Genossen mußten teuer dafür büßen, als wir wieder nach Hause kamen.«

Zwei Mädchen in schwarzen Lederjacken, hautengen Jeans und Cowboystiefeln mit Silberbeschlägen streiften uns. Sie hatten sich untergehakt und trotzten nicht den Blicken, die sie auf sich zogen, sondern beachteten sie gar nicht erst. Die Haare hatten sie sich schwarz gefärbt. Mit ihren identischen, wippenden Pferdeschwänzen ließen sie einen unwillkürlich an die fünfziger Jahre denken. Freilich nicht Bernards fünfziger Jahre, konnte ich mir vorstellen. Er sah ihnen nach und zog leicht die Stirn kraus. Er beugte sich zu mir, um mir vertraulich etwas ins Ohr zu raunen. Das war kaum nötig, denn niemand befand sich in unserer Nähe, und um uns herum brandete der Lärm von Stimmen und Schritten.

»Seit ihrem Tod habe ich angefangen, junge Mädchen anzugaffen. Natürlich ist das in meinem Alter mitleiderregend. Aber es sind nicht so sehr ihre Körper, die ich anstarre, als vielmehr ihre Gesichter. Ich fahnde nach einer Spur von ihr. Es ist mir zur Gewohnheit geworden. Dauernd suche ich nach einer Geste, einem Ausdruck, nach etwas in den Augen oder in den Haaren, irgend etwas, das mir June lebendig erhält. Nicht die June, die du kanntest, suche ich – sonst würde ich noch alte Damen zu Tode erschrecken –, sondern das Mädchen, das ich geheiratet habe...«

June im gerahmten Photo. Bernard legte mir die Hand auf den Arm.

»Da ist noch etwas. In den ersten sechs Monaten konnte ich die Vorstellung nicht loswerden, daß sie versuchen würde, Zwiesprache mit mir zu halten. Das soll öfters vorkommen. Trauer macht abergläubisch.«

»In deiner Welt der Wissenschaft wohl kaum.« Ich bereute schon die schroffe Leichtfertigkeit dieser Bemerkung, doch Bernard nickte.

»Genau, und sobald ich mich wiederhergestellt fühlte, kam ich zur Vernunft. Aber eine Weile konnte ich den Gedanken nicht unterdrücken, daß sie, falls die Welt durch irgendeinen unmöglichen Zufall wirklich so war, wie sie sie hinstellte, bestimmt versuchen würde, mit mir Verbindung aufzunehmen, um mir zu sagen, daß ich unrecht hätte und sie recht – daß es einen Gott gibt, ein ewiges Leben, einen Ort, wohin das Bewußtsein gelangt. Der ganze Mumpitz halt. Und daß sie es vermittels eines Mädchens tun würde, das ihr ähnlich sähe. Und eines Tages würde eines dieser Mädchen mit einer Botschaft an mich herantreten.«

»Und jetzt?«

»Inzwischen ist es eine bloße Angewohnheit. Ich betrachte ein Mädchen und beurteile es danach, wieviel von June ich in ihm wiederfinde. Die Mädchen, die eben an uns vorüberkamen...«

»Ja?«

»Die links. Hast du nicht gesehen? Sie hatte Junes Mundpartie und auch ein bißchen von ihren Wangenknochen.«

»Ich habe ihr Gesicht nicht gesehen.«

Bernard umklammerte meinen Arm fester. »Ich muß dich danach fragen, weil es mich beschäftigt. Ich habe dich schon lange fragen wollen. Hat sie Intimitäten ausgeplaudert – über mich und sich?«

Die peinliche Erinnerung an die »Penisgröße«, die Bernard »hatte«, ließ mich nach Worten suchen. »Natürlich. Du hast sie sehr beschäftigt.«

»Aber worüber genau?«

Da ich ihm einige beschämende Details vorenthalten hatte, glaubte ich ihm andere schuldig zu sein. »Nun, äh, sie hat mir erzählt, wie ihr das erste Mal... wie ihr das erste Mal miteinander...«

»Aha.« Bernard zog seine Hand zurück und steckte sie in die Tasche. Schweigend gingen wir weiter, während er sich das Gesagte durch den Kopf gehen ließ. Vor uns auf der Straße des 17. Juni sahen wir eine Ansammlung von Pressefahrzeugen, Übertragungswagen, Parabolantennen, Hebekränen und Lastwagen mit Stromaggregaten, die kreuz und quer auf dem Mittelstreifen abgestellt waren. Unter den Bäumen des Tiergartens luden deutsche Arbeiter einen Satz dunkelgrüner mobiler Klokabinen ab. Bernards mächtige Kinnlade umspielten kleine Muskelzuckungen. Seine Stimme klang fern. Er war drauf und dran, wütend zu werden.

»Und darüber willst du schreiben?«

»Nun, ich habe noch nicht einmal damit angefangen...«

»Auf den Gedanken, meine Gefühle in dieser Angelegenheit zu berücksichtigen, kommst du wohl gar nicht?«

»Ich hatte stets die Absicht, dir alles, was ich schreibe, vorzulegen. Das weißt du.«

»Himmelherrgott! Was hat sie sich nur dabei gedacht, dir so etwas zu erzählen?«

Mittlerweile befanden wir uns auf Höhe der ersten Parabolantenne. Von einer Brise getrieben, rollten aus der Dunkelheit leere Styroporbecher auf uns zu. Bernard zertrat einen. Die Menge, die sich vor dem immer noch mehr als dreißig Meter entfernten Brandenburger Tor eingefunden hatte, spendete Beifall. Es handelte sich um jenen läppischen, wohlmeinenden Applaus, wie man ihn von einem Konzertpublikum hört, wenn der Flügel auf die Bühne gehoben wird.

»Hör doch, Bernard, was sie mir erzählt hat, war auch nicht intimer als deine Geschichte von euerm Streit auf dem Bahnhof. Wenn du es unbedingt wissen willst, es drehte sich vor allem darum, was für ein mutiger Schritt das damals für ein junges Mädchen war – ein Beweis dafür, wie sehr sie von dir besessen war. Überhaupt kommst du ziemlich gut dabei weg. Anscheinend warst du auf dem Gebiet ganz, äh, ausgezeichnet – sie hat das Wort ›Genie‹ verwendet. Sie hat mir erzählt, wie du während eines Sturms durchs Zimmer gesprungen bist, ein Fenster geöffnet und Tarzanschreie ausgestoßen hast und wie Tausende von Blättern hereinwehten...«

Bernard mußte schreien, um das Dröhnen eines Dieselgenerators zu übertönen. »Heiliger Strohsack! Das war doch ein andermal. Das war zwei Jahre später. Das war in Italien, als wir über dem alten Massimo und seiner mageren Frau gewohnt haben. Die duldeten im Haus keinen Lärm. Wir haben es immer im Freien getrieben, auf den Feldern, wo immer wir ein Plätzchen fanden. Aber eines Nachts zog dieser gewaltige Sturm auf und zwang uns nach drinnen, und es war so laut, daß sie uns sowieso nicht hören konnten.«

»Nun«, setzte ich an. Bernards Zorn richtete sich inzwischen auf June.

»Was hat sie nur damit bezweckt, sich so etwas auszudenken? Geschichtsklitterung nennt man das. Unser erstes Mal war ein Malheur, eine einzige Katastrophe. Sie hat die Geschichte umgeschrieben für die offizielle Version. Schon wieder die alte Leier!«

»Falls du die Tatsachen richtigstellen möchtest...«

Bernard warf mir einen raschen Blick konzentrierter Verachtung zu und entfernte sich ein Stück, als er sagte: »Meine Auffassung von biographischer Skizze ist es nicht, das Sexualleben von jemandem aufzuschreiben, als wär's ein gottverdammter Zuschauersport. Glaubst du etwa, das Leben ließe sich darauf reduzieren? Aufs Vögeln? Auf sexuelle Siege und Niederlagen? Urkomisch, was?«

Wir kamen an einem Ü-Wagen vorbei. In seinem Innern sah ich ein gutes Dutzend Bildschirme, von denen jeder dasselbe Bild zeigte: einen Reporter, der stirnrunzelnd auf seine Notizen in der einen Hand blickte, während in der anderen ein geistesabwesend gehaltenes Mikrophon über einer Kabelschlaufe baumelte. Der Menge entrang sich ein lauter Seufzer, ein langgedehntes, anschwellendes Stöhnen der Mißbilligung, das sich zu einem Brüllen steigerte.

Plötzlich überlegte Bernard es sich anders. Abrupt drehte er sich zu mir um. »Meine Güte, was bist du so erpicht darauf«, rief er. »Ich will dir eines sagen. An dichterischer Wahrheit oder ihren eigenen Privatmythen mag meine Frau ja interessiert gewesen sein, aber die *Wahrheit*, die Wahrheit der Tatsachen, die zwei Menschen unabhängig voneinander erkennen können, die war ihr völlig schnurzegal. Sie hat Muster gewebt, Mythen ersonnen. Die Tatsachen hat sie dann zurechtgebogen, bis sie dazu paßten. Um Himmels willen, laß doch den Sex aus dem Spiel. Das hier ist dein Thema: wie Leute vom Schlage Junes die Tatsachen zurechtbiegen, um sie ihren Ideen anzupassen, statt umgekehrt. Warum tun die Leute das? Warum tun sie es immer wieder?«

Ich zögerte noch mit der naheliegenden Erwiderung, als wir auch schon zu den Ausläufern der Zuschauermenge gelangten. Zwei- oder dreitausend Menschen waren in der Hoffnung zusammengeströmt, mitansehen zu können, wie die Mauer an ihrer bedeutsamsten, symbolträchtigsten Stelle eingerissen würde. Auf den mehr als dreieinhalb Meter hohen Betonplatten, die die Zufahrt zum Brandenburger Tor versperrten, stand, mit dem Gesicht nach Westen, in Rührt-euch-Haltung eine Reihe nervöser junger Grenzsoldaten. Ihre Dienstpistolen trugen sie außer Sichtweite, hinter dem Rücken versteckt. Ein Offizier schritt rauchend vor ihnen auf und ab und behielt den Menschenauflauf im Auge. Hinter den Soldaten erhob sich die beleuchtete, abbröckelnde Fassade des Brandenburger

Tors mit der Flagge der Deutschen Demokratischen Republik, die sich leicht bewegte. Absperrgitter hielten die Menge zurück, und das enttäuschte Stöhnen mußte der Westberliner Polizei gegolten haben, die ihre Mannschaftswagen vor den Betonblöcken aufgefahren hatte. Als wir ankamen, warf jemand eine volle Bierdose auf einen der Soldaten. In hohem Bogen sauste sie durch die Luft, eine weißsprühende Schaumspur im Licht der Straßenlaternen, und als sie über den Kopf des jungen Soldaten hinwegschwirrte, stieß die Menge sofort mißbilligende Schreie aus und rief: »Keine Gewalt!« Durch die Art, wie der Schall sich ausbreitete, wurde ich darauf aufmerksam, daß in den Bäumen Trauben von Menschen hingen.

Es war nicht schwer, sich einen Weg nach vorn zu bahnen. Jetzt, da wir Teil von ihr geworden waren, erwies sich die Menge als gutmütiger und buntscheckiger, als ich vermutet hatte. Kleinkinder saßen auf den Schultern ihrer Eltern und genossen eine ebenso gute Aussicht wie Bernard. Zwei Studenten boten Eis und Luftballons feil. Ein alter Mann mit dunkler Brille und einem Blindenstock stand mit geneigtem Kopf und lauschte. Um ihn herum war ein weiter Abstand gelassen worden. Als wir die Absperrung erreichten, wies Bernard auf einen Westberliner Polizeioffizier, der sich mit einem Ostberliner Armeeoffizier unterhielt. »Die sprechen sich ab, wie sie die Menge im Zaum halten können. Sind schon halb vereint.«

Seit seinem Wutausbruch gab sich Bernard unbeteiligt. Er blickte mit einer kalten, herrischen Miene um sich, die zu seiner Erregung vom frühen Morgen nicht recht passen wollte. Es war, als übten die Menschen und das Geschehen eine gewisse Faszination auf ihn aus, aber nur bis zu einem bestimmten Grad. Nach einer halben Stunde war offenkundig, daß sich nichts abspielen würde, was die Masse zufriedengestellt hätte. Nirgendwo waren Kräne zu sehen, die Mauersegmente abtrugen, keine schweren Maschinen, die die Betonplatten zur Seite schoben. Aber Bernard wollte bleiben. So standen wir in der Kälte herum. Eine Menschenmasse ist ein träger, blöder Organismus, weitaus weniger klug als jedes seiner Glieder. Diese hier war bereit, die ganze Nacht auszuhalten und mit der Ausdauer eines Hundes auf etwas zu harren, von dem wir alle wußten, daß es sich nicht ereignen konnte. Meine Stimmung wurde allmählich gereizt. Woanders in der Stadt wurde freudig gefeiert; hier gab es nur dumpfe Geduld und Bernards würdevolle Gefaßtheit. Eine weitere Stunde verstrich, bevor ich ihn dazu überreden konnte, mit mir zum Checkpoint Charlie zu laufen.

Wir gingen auf einem schlammigen Pfad dicht an der Mauer entlang, deren grellbunte Graffiti in der Straßenbeleuchtung einfarbig wirkten. Zu unserer Rechten befanden sich leerstehende Häuser, unbebaute Grundstücke mit Drahtverhau und aufgehäuftem Schutt. Das Unkraut vom vergangenen Sommer stand noch immer hoch.

Ich war nicht länger geneigt, meine Frage zu unterdrücken. »Aber du bist zehn Jahre in der Partei geblieben. Um das zu bewerkstelligen, mußt du doch selbst ungeheuer viele Tatsachen zurechtgebogen haben.«

Ich wollte ihn aus seiner selbstzufriedenen Gelassenheit hervorlocken. Doch er zuckte nur seine hohen Schultern, kauerte sich tiefer in seinen Mantel und sagte: »Natürlich.«

Er wartete ab, bis sich eine lärmende Schar amerikanischer Studenten in einem engen Durchlaß zwischen der Mauer und einem verfallenen Gebäude an uns vorbeigezwängt hatte. »Wie heißen doch gleich die Zeilen von Isaiah Berlin, die alle Welt zitiert, besonders heute – über die verhängnisvolle Eigenart von Utopien? Er sagt, wenn ich sicher weiß, wie ich der Menschheit zu Frieden, Gerechtigkeit, Glück, unbegrenzter Schöpferkraft verhelfen kann, welcher Preis könnte mir dafür zu hoch sein? Um ein Omelett zuzubereiten, darf ich mit der Zahl der Eier, die ich möglicherweise aufschlagen muß, nicht geizen. Nach allem, was ich weiß, würde ich meiner Pflicht nicht nachkommen, wenn ich nicht akzeptieren könnte, daß Tausende heute sterben müssen, damit Millionen für immer glücklich sind. Auf diese Weise haben wir es uns damals wohl kaum klargemacht, aber unserer Gemütsverfassung entsprach es. Wenn man, um der Einheit der Partei willen, einige wenige unbequeme Tatsachen ignorierte oder verfälschte, was war das schon im Vergleich zu den Lügengespinsten des kapitalistischen Propagandaapparats, wie wir ihn nannten? So setzten wir unsere gute Arbeit fort, und die ganze Zeit steigt die Flut um einen an. June und ich waren erst später dazugestoßen und standen von Anfang an bis zu den Knöcheln im Wasser. Die Nachrichten, die wir nicht wahrhaben wollten, sickerten durch. Die Schauprozesse und Säuberungen der dreißiger Jahre, Zwangskollektivierung, Massenumsiedlungen, Arbeitslager, Zensur, Lüge, Verfolgung, Völkermord ... Schließlich werden einem die Widersprüche zuviel, und man zerbricht daran. Aber immer tut man's später, als man eigentlich sollte. Ich bin '56 ausgetreten, beinahe wäre ich '53 ausgetreten, dabei hätte ich '48 austreten sollen. Und doch zögert man. Man denkt, die Ideen sind schon in Ordnung, es sitzen nur die verkehrten Leute im Apparat, und das wird sich schon noch ändern. Und wie könnte man sich eingestehen, daß all die redliche Arbeit für die Katz war? Man sagt sich, daß es gar nicht anders als mühsam sein kann, daß die Praxis mit der Theorie noch nicht übereinstimmt und daß alles seine Zeit braucht. Man redet sich ein, daß das meiste von dem, was man hört, Verunglimpfungen Kalter Krieger sind. Wie könnte man sich auch so irren, wie könnten so viele intelligente, mutige, gutwillige Menschen sich irren?

Wenn ich keine naturwissenschaftliche Ausbildung genossen hätte, wäre ich vermutlich noch länger bei der Stange geblieben. Die Arbeit im Labor öffnet einem mehr als alles andere die Augen dafür, wie leicht es ist, ein Meßresultat so zu frisieren, daß es mit einer Theorie zusammenstimmt. Das ist nicht einmal eine Frage der Unehrlichkeit. Es liegt einfach in unserer Natur – unser Wunsch beflügelt unsere Wahrnehmung. Ein gutangelegtes Experiment bewahrt uns davor, doch dieses war längst außer Kontrolle geraten. Tagtraum und Wirklichkeit haben mich zerrissen. Ungarn war der letzte Anstoß. Daran bin ich zerbrochen.«

Er hielt inne, bevor er bedächtig sagte: »Und das ist der Unterschied zwischen June und mir. Sie ist Jahre vor mir aus der Partei ausgeschieden, aber zerbrochen ist sie daran nie, Traum und Wirklichkeit hat sie nie auseinanderhalten können. Sie hat eine Utopie gegen eine andere eingetauscht. Ob Politikerin oder Priesterin, das tat nichts dazu, im wesentlichen schlug sie immer eine harte Linie ein...«

Nunmehr war ich derjenige, dem der Geduldsfaden riß. Wir passierten den Mauerabschnitt, der, obwohl Ödland, noch immer Potsdamer Platz hieß, und bahnten uns einen Weg durch Schwärme von Menschen, die sich um die Stufen der Aussichtsplattform und um den Andenkenkiosk versammelt hatten und darauf warteten, daß etwas geschah. Was mir durch den Sinn fuhr, war nicht bloß die Ungerechtigkeit von Bernards Bemerkungen, sondern ein unbändiger Zorn über die Schwierigkeit jeglicher Kommunikation. Als ich mich zu Bernard umwandte, stieß ich mit dem Handgelenk gegen etwas Weiches und Warmes in der Hand eines Mannes, der neben mir stand. Es war ein Würstchen. Aber ich war zu erregt, um mich zu entschuldigen. Die Leute am Potsdamer Platz lechzten nach einem Zwischenfall; als ich laut wurde, drehten sich Köpfe nach uns um, und es begann sich ein Kreis um uns zu bilden.

»Das ist doch Stuß, Bernard! Noch schlimmer, es ist die reinste Gehässigkeit. Du bist ein Lügner!«

»Altes Haus.«

»Du hast dir nie angehört, was sie dir zu sagen hatte. Sie sich umgekehrt auch nicht. Ihr habt euch gegenseitig dieselben Vorwürfe gemacht. Sie war keinen Deut dogmatischer als du. Zwei Schwächlinge! Ihr habt euch gegenseitig mit euern Schuldgefühlen erdrückt.«

Hinter mir hörte ich, wie meine letzten Worte mit einem verhaltenen, hastigen Gemurmel ins Deutsche übersetzt wurden. Bernard versuchte, mich aus dem Kreis zu lotsen.

Aber in meinem Zorn war ich wie berauscht und wollte mich nicht von der Stelle rühren.

»Sie hat mir gesagt, sie hätte dich stets geliebt. Das gleiche hast du behauptet. Wie konntet ihr nur so viel Zeit vergeuden, auch die der anderen, und eure Kinder...?«

Es war diese letzte, unausgesprochene Anschuldigung, die Bernard trotz der Peinlichkeit der Szene traf. Er preßte den Mund zu einem dünnen Strich zusammen und wich zurück. Plötzlich war mein Ärger verraucht, und an seine Stelle trat die unvermeidliche Reue; wer war dieser Gernegroß, der sich anmaßte, dem distinguierten Herrn ins Gesicht zu schreien, eine Ehe zu analysieren, die so alt war wie er selbst? Die Menge hatte das Interesse verloren und reihte sich wieder in die Schlange ein, die um maßstabgetreue Modell-Wachtürme und Ansichtskarten vom Niemandsland und von den leeren Stränden des Todesstreifens anstand.

Wir gingen weiter. Ich war zu aufgewühlt, um mich zu entschuldigen. Nur die Lautstärke meiner Stimme nahm ich zurück und wirkte wie zur Vernunft gekommen. Wir liefen nebeneinander her, rascher als zuvor. Hinter Bernards ausdrucksloser Miene spürte man seine eigene Erregung.

Ich sagte: »Sie hat nicht eine phantastische Utopie gegen eine andere vertauscht. Es war eine Suche. Sie hat nicht behauptet, auf alles eine Antwort zu wissen. Es war eine Suche, auf der sie jeden gern gesehen hätte, jeden auf seine Weise, aber gezwungen hat sie dazu niemanden. Wie sollte sie auch? Sie hat niemanden der Inquisition unterworfen. Sie hatte kein Interesse an Dogmen oder an institutionalisierter Religion. Es war eine spirituelle Wanderschaft. Isaiah Berlins Beschreibung paßt auf sie nicht. Es gab kein Endziel, für das sie andere aufgeopfert hätte. Es brauchten keine Eier aufgeschlagen zu werden...«

Die Aussicht auf eine Auseinandersetzung belebte Bernard. Er fiel über mich her, und gleichzeitig wollte es mir vorkommen, als habe er mir verziehen. »Da täuschst du dich, altes Haus, da täuschst du dich aber gewaltig. Ihr Vorgehen eine Suche zu nennen ändert nichts an ihrem Hang zum Absoluten. Entweder war man auf ihrer Seite und folgte ihr in allem, was sie tat, oder man war abserviert. Sie wollte meditieren, mystische Texte lesen und anderes mehr, und das war ja auch ganz in Ordnung, aber für mich war das nichts. Ich zog es vor, der Labour Party beizutreten. Davon wollte sie nichts wissen. Schließlich beharrte sie darauf, daß wir getrennt lebten. Ich war eines der Eier. Die Kinder zählten ebenfalls dazu.«

Während Bernard noch sprach, fragte ich mich, was ich mit meinem Versuch, ihn mit seiner verstorbenen Frau auszusöhnen, eigentlich beabsichtigte.

So signalisierte ich ihm denn, als er ausgeredet hatte, mit offenen Händen meine Zustimmung und erkundigte mich nur: »Aber was hast du an ihr vermißt, als sie starb?«

Unterdessen waren wir an einem jener Mauerabschnitte angelangt, wo Kartographie und längst vergessene politische Halsstarrigkeit einen plötzlichen Knick erzwungen hatten, eine Richtungsänderung im Verlauf der Sektorengrenze, die bereits nach einigen Metern wieder zurückgenommen wurde. Gleich daneben stand eine menschenleere Aussichtsplattform. Wortlos begann Bernard die Stufen zu erklimmen, und ich folgte ihm. Oben deutete er mit dem Finger.

»Sieh dir das an.«

In der Tat war der Wachturm uns gegenüber bereits verlassen, und unter ihm, im gleißenden Licht der Scheinwerfer, hoppelten friedlich Dutzende von Kaninchen über den geharkten Sand, der Tretminen, Sprengladungen und Selbstschußanlagen verbarg, und suchten nach Grasnarben, an denen sie knabbern konnten.

»Immerhin etwas, das gediehen ist.«

»Deren Zeit dürfte bald abgelaufen sein.«

Eine Weile standen wir schweigend da. Unser Blick folgte dem Verlauf der Mauer, die eigentlich aus zwei Mauern bestand, an dieser Stelle hundertfünfzig Meter voneinander entfernt. Ich hatte die Grenze noch nie bei Nacht erlebt, und als ich auf den breiten Korridor aus Draht, Sand, Panzerstraße und gleichmäßig aufgestellten Bogenlampen hinunterstarrte, war ich erstaunt über die harmlose Helligkeit, die schamlose Niedertracht; während Staaten ihre Greueltaten gewöhnlich im Verborgenen begingen, wirkte ihre Zurschaustellung hier greller als jede Neonreklame auf dem Kurfürstendamm.

»Utopie.«

Bernard seufzte und wollte möglicherweise gerade zu einer Antwort ansetzen, als wir aus verschiedenen Richtungen Stimmen und Gelächter vernahmen. Dann begann der Beobachtungsstand zu erzittern, als Leute die hölzernen Stufen hinaufgestampft kamen. Unsere Abgeschiedenheit war reiner Zufall gewesen, eine Lücke in der Menge. Binnen Sekunden drängten sich fünfzehn weitere Zuschauer um uns herum, ließen ihre Kameras klicken und schwatzten aufgeregt auf deutsch, japanisch und dänisch durcheinander. Wir stemmten uns gegen den Strom nach unten und setzten unseren Spaziergang fort.

Ich nahm an, daß Bernard meine Frage vergessen hatte oder es vorzog, sie nicht zu beantworten; als wir jedoch die Stelle erreichten, wo unser Pfad an den Stufen des alten preußischen Landtagsgebäudes entlangführte, sagte er: »Was ich am meisten vermisse, ist ihr Ernst. Sie war einer der wenigen Menschen, die ich kenne, die ihr Leben als Projekt, als Verpflichtung begreifen, als etwas, das man in die Hand nimmt, das man, nun ja, auf Einsicht, auf Weisheit ausrichtet – zu ihren besonderen Bedingungen. Die meisten von uns beschränken ihre Zukunftsplanung auf Geld, Karriere, Kinder und dergleichen. June wollte, weiß Gott, sich selbst, das Leben, die ›Schöpfung‹ verstehen. Sie war sehr ungehalten über uns andere, die sich nur treiben lassen, sich eines nach dem anderen vornehmen, die ›schlafwandeln‹, wie sie es nannte. Ich haßte den Unsinn, mit dem sie sich den Kopf vollstopfte, aber ich liebte ihre Ernsthaftigkeit.«

Auf einem Terrain mit Erdaufschüttungen waren wir am Rand einer großen Grube, eines zwanzig Meter langen Grabens in Kellergeschoßtiefe, angelangt. Bernard hielt an und fügte hinzu: »Im Lauf der Jahre haben wir entweder miteinander gestritten oder einander ignoriert, aber du hast recht, sie hat mich geliebt, und wenn einem das genommen wird . . .« Er wies auf die Grube. »Ich habe davon gelesen. Es ist das alte Gestapo-Hauptquartier. Sie haben es freigelegt, um die Vergangenheit zu erforschen.

Ich weiß nicht, ob Angehörige meiner Generation das akzeptieren können – die Verbrechen der Gestapo, von der Archäologie neutralisiert.«

Erst jetzt sah ich, daß der Graben entlang einer Fluchtlinie ausgehoben worden war, die früher Zutritt zu dem Trakt weißgekachelter Zellen gestattete, auf den wir hinabblickten. Die Zellen boten kaum einem Gefangenen Platz, in jeder von ihnen waren zwei Eisenringe in die Mauer eingelassen. Am anderen Ende des Geländes stand ein niedriges Gebäude, der Martin-Gropius-Bau.

Bernard sagte: »Wenn die einen Fingernagel finden, der einem armen Teufel ausgerissen worden ist, werden sie ihn säubern und ihn mit einem Etikett versehen in eine Glasvitrine legen, während drüben, nicht mal einen Kilometer von hier, die Stasi ihre Zellen säubert.« Die Bitterkeit in seiner Stimme überraschte mich, und ich wandte mich zu ihm um. Er lehnte sein Gewicht gegen eine Eisenstange. Er sah müde aus und dünner denn je, in seinem Mantel wirkte er beinahe selbst wie eine Stange. Er war mehr als drei Stunden auf den Beinen gewesen, und der latente Zorn über einen Krieg, den nur die Alten und Schwachen noch aus eigener Anschauung kannten, hatte weiter an ihm gezehrt.

»Du mußt dich ausruhen«, sagte ich. »In der Nähe gibt es ein Café, am Checkpoint Charlie.«

Ich hatte keine Ahnung, wie weit es noch war. Als ich ihn wegführte, fiel mir auf, wie steif und langsam er seine Füße voreinander setzte. Ich machte mir meine Gedankenlosigkeit zum Vorwurf. Wir überquerten eine Straße, die von der Mauer zu einer Sackgasse zerschnitten worden war. Im Licht der Straßenlaternen war Bernards Gesicht von einem schweißigen Grau, und seine Augen glänzten zu stark. Seine mächtige Kinnlade, der freundlichste Teil seines großen Gesichts, zitterte leicht vor Altersschwäche. Ich schwankte zwischen der Notwendigkeit, ihn zur Eile anzutreiben, hin zu Wärme und Nahrung, und der Furcht, daß er mir unterwegs zusammenbrechen könnte. Ich wußte nicht, wie man in Westberlin einen Krankenwagen herbeirief, und hier, in dem verfallenen Grenzrandgebiet, gab es keine Fernsprechzellen, und selbst die Deutschen waren Touristen. Ich fragte ihn, ob er sich nicht setzen und eine Weile ausruhen wolle, er schien mich aber nicht zu hören.

Ich wiederholte meine Frage, als ich eine Autohupe und abgerissene Jubelrufe hörte. Hinter einem leerstehenden Gebäude, das vor uns lag, rief die geballte Beleuchtung von Checkpoint Charlie einen milchigen Lichthof hervor. Nach wenigen Minuten kamen wir direkt vor dem Café an, vor uns erblickten wir wie in träumerischer Zeitlupe jene vertraute Szene, die ich mir am Morgen mit Jenny angesehen hatte: das Grenzmobiliar von Wachstuben, mehrsprachigen Schildern und gestreiften Schlagbäumen und die jubelnden Menschen, die noch immer die Fußgänger aus dem Osten willkommen hießen und auf die Dächer der Trabis patschten, wenn auch nicht ganz so leidenschaftlich, wie um den Unterschied zwischen einem Fernsehfilm und dem wirklichen Leben zu bekräftigen.

Ich stützte Bernards Arm, während wir anhielten, um das Bild in uns aufzunehmen. Dann zwängten wir uns durch die Menge zum Eingang des Cafés. Doch die Menschen, an denen wir uns vorbeischoben, standen Schlange. Man wurde nur eingelassen, wenn Sitzplätze frei wurden. Wer würde zu dieser nächtlichen Stunde seinen Tisch räumen? Durch die beschlagenen Fensterscheiben konnten wir die privilegierten Gäste erkennen, die, in ihren Dunst eingehüllt, aßen und tranken.

Unter Berufung auf unsere medizinische Notlage wollte ich uns eben Einlaß verschaffen, als Bernard sich losriß und davonhastete, um die Straße zu überqueren und zu der Verkehrsinsel bei der Wachstube der Amerikaner zu gelangen, wo sich der größte Teil der Menge aufhielt. Noch hatte ich nicht gesehen, was er gesehen hatte. Später versicherte er mir, sämtliche Elemente der Situation hätten sich bereits an Ort und Stelle befunden, als wir angekommen seien, doch erst als ich ihm nachrief und hinterhereilte, erblickte ich die rote Fahne. Sie hing an einer kurzen Stange, möglicherweise ein abgesägter Besenstiel, und wurde von einem schmächtigen Mann Anfang der Zwanziger gehalten. Er sah aus wie ein Türke. Er hatte schwarze Locken und trug schwarze Kleidung – einen schwarzen Zweireiher über einem schwarzen T-Shirt und schwarzen Jeans. Den Kopf in den Nacken geworfen, marschierte er mit geschulterter Fahnenstange vor der Menge auf und ab. Als er beim Rückwärtsgehen einem Wartburg im Weg stand, weigerte er sich, Platz zu machen, und der Fahrer sah sich genötigt, den Wagen um ihn herum zu manövrieren.

Falls es sich um eine Provokation handelte, begann sie bereits Wirkung zu zeigen, und das war es auch, was Bernard zur Straße trieb. Die Widersacher des jungen Mannes waren ein bunt zusammengewürfelter Haufen; was ich jedoch in diesem ersten Augenblick wahrnahm, waren zwei Männer in Anzügen – Geschäftsleute oder Rechtsanwälte – unmittelbar am Bordstein. Als der junge Mann an ihnen vorüberging, schlug ihm einer der beiden unter das Kinn. Es war weniger ein Kinnhaken als eine verächtliche Geste. Der romantische Revolutionär fuhr zurück und tat so, als sei nichts gewesen. Eine alte Dame mit Pelzhut schleuderte ihm wutkreischend einen langen Satz entgegen und drohte ihm mit dem Regenschirm. Der Herr an ihrer Seite hielt sie zurück. Der Standartenträger hob seine Fahne höher. Der zweite Anwaltstyp tat einen Schritt nach vorn und boxte ihn aufs Ohr. Zwar saß der Hieb nicht richtig, doch war er kräftig genug, um den jungen Mann aus dem Gleichgewicht zu bringen. Dieser betastete sich nicht etwa die Wange, wo der Schlag gelandet war, sondern setzte unbeirrt seine Wanderung fort. Inzwischen hatte Bernard die Straße halb überquert, und ich folgte ihm auf dem Fuße.

Von mir aus durfte der Fahnenträger getrost auslöffeln, was er sich eingebrockt hatte. Meine Sorge galt Bernard. Sein linkes Knie schien ihm Mühe zu bereiten, doch humpelte er in leidlichem Tempo vor mir her. Er hatte bereits bemerkt, daß uns als nächstes eine häßlichere Kundgebung bevorstand. Was da im Laufschritt von der Kochstraße her auf ihn zugerannt kam, war ein halbes Dutzend Leute, die sich etwas zuriefen. Zwar hörte ich die Parolen, die sie schrien, doch achtete ich in diesem Moment nicht weiter darauf. Ich dachte eher, daß es sie nach dem langen Abend in einer jubelnden Stadt nach Aktionen dürstete. Sie hatten gesehen, wie einem Mann ins Gesicht geschlagen wurde, und fühlten sich angespornt. Sie waren zwischen sechzehn und zwanzig Jahre alt. Ihre pickelige Gesichtsblässe, ihre glattrasierten Schädel und offenen, speicheltriefenden Mäuler ließen eine kümmerliche Verworfenheit, die übertriebenen Allüren der Unterprivilegierten erkennen. Als der Türke sah, wie sie auf ihn zustürzten, warf er den Kopf zurück wie ein Tangotänzer und wandte ihnen den Rücken zu. Daß er ausgerechnet an dem Tag, da der Kommunismus endgültig bloßgestellt war, hier stand und demonstrierte, ließ entweder auf die Inbrunst eines Märtyrers schließen oder auf einen unbegreiflichen masochistischen Drang, in aller Öffentlichkeit eine Tracht Prügel zu beziehen. Gewiß hätte ihn die Menschenansammlung mehrheitlich als Spinner abgetan und keine Notiz von ihm genommen; immerhin war Berlin eine tolerante Stadt. Heute abend herrschte jedoch gerade genug Trunkenheit, und einige Leute verspürten die undeutliche Empfindung, daß irgend jemandem die Schuld an irgend etwas zuzuschreiben wäre – und der Mann mit der Fahne schien sie alle auf einmal angetroffen zu haben.

Ich holte Bernard ein und legte ihm die Hand auf den Arm. »Halt du dich da heraus, Bernard. Du wirst dir weh tun.«

»Unfug«, sagte er und schüttelte meine Hand ab.

Wir trafen mehrere Sekunden vor den Jugendlichen an der Seite des jungen Mannes ein. Er roch stark nach Patschuli, meiner Meinung nach nicht eben der wahre Duft marxistisch-leninistischen Gedankenguts. Bestimmt war er ein Schwindler. Ich hatte gerade noch Zeit, Bernard zum

Gehen aufzufordern, und zupfte ihn am Ärmel, als der Trupp auch schon anrückte. Bernard stand zwischen den Jugendlichen und ihrem Opfer und breitete die Arme aus.

»Aber nicht doch«, sagte er mit der altmodischen, freundlich-gestrengen Stimme eines englischen Bobby. Glaubte er ernstlich, er wäre zu alt, zu groß und mager, zu vornehm für Schläge? Die Jugendlichen, ein wirrer Haufen, waren jäh stehengeblieben und ließen schwer atmend Köpfe und Zungen hängen, so verblüfft waren sie beim Anblick dieser Bohnenstange, dieser Vogelscheuche im Mantel, die sich ihnen in den Weg stellte. Ich bemerkte, daß zwei von ihnen silberne Hakenkreuze ans Revers geheftet hatten. Ein anderer hatte sich ein Hakenkreuz auf den Fingerknöchel tätowiert. Ich wagte es nicht, mich umzudrehen, aber ich hatte den Eindruck, daß der Türke die Gelegenheit nutzte, seine Fahne einzurollen und sich davonzustehlen. Die Anwaltstypen, verwundert über die Folgen, die ihre eigene Gewalttätigkeit hervorgerufen hatte, hatten sich tiefer in die Menge zurückgezogen, um zuzuschauen.

Ich sah mich nach Hilfe um. Ein amerikanischer Sergeant und zwei Soldaten, die auf ihre ostdeutschen Kollegen zugingen, um sich mit ihnen zu beratschlagen, hatten uns den Rücken zugewandt. Die Verblüffung der Jugendlichen verkehrte sich in Wut. Plötzlich rannten zwei von ihnen an Bernard vorbei, doch der Fahnenträger hatte sich bereits einen Weg durch die Menge gebahnt und sprintete die Straße entlang. An der Ecke bog er in die Kochstraße und war verschwunden.

Halbherzig nahmen die beiden die Verfolgung auf, dann

kamen sie wieder zu uns zurück. Bernard würde auch ein Opfer abgeben.

»Nun aber fort mit euch«, sprach er mit heller Stimme und scheuchte sie mit dem Handrücken beiseite. Ich fragte mich noch, ob die Sache dadurch verständlicher oder eher verabscheuungswürdiger wurde, daß diese Burschen mit Hakenkreuzen Deutsche waren, als der kleinste unter ihnen, ein dummer Flegel in einer Bomberjacke, nach vorn flitzte und Bernard vors Schienbein trat. Ich hörte den dumpfen Aufschlag von Stiefel auf Knochen. Mit einem leisen Ächzer der Überraschung sackte Bernard auf dem Bürgersteig in sich zusammen.

Die Menge gab einen Unmutslaut von sich, doch es regte sich niemand. Ich trat vor und holte zu einem Schwinger gegen den Jungen aus, verfehlte ihn jedoch. Er und seine Freunde waren an mir nicht interessiert. Sie scharten sich um Bernard, wie ich meinte in der Absicht, ihn zu Tode zu trampeln. Ein letzter Blick zur Wachstube hin ergab, daß weder der Sergeant noch die Soldaten zu sehen waren. Ich riß einen der Burschen am Kragen zurück und versuchte einen weiteren zu packen. Aber es waren zu viele für mich. Ich sah, wie zwei, vielleicht drei schwarze Stiefel zum Tritt ausholten.

Aber sie rührten sich nicht. Sie erstarrten mitten in der Bewegung, denn in diesem Augenblick sprang aus der Zuschauermenge eine Gestalt hervor, die um uns herumwirbelte und die Burschen mit abgehackten Sätzen gellender Rüge peitschte. Es war eine wutschnaubende junge Frau. Ihre Macht entstammte der Straße. Sie war glaubwürdig. Sie war eine Altersgenossin, Objekt der Begierde und der Sehnsucht. Sie war ein Star und hatte sie dabei ertappt, wie sie sich, selbst ihren eigenen Maßstäben zufolge, schändlich benahmen.

Die Macht ihres Abscheus war sexueller Natur. Die dort bildeten sich ein, Männer zu sein, doch sie degradierte sie zu unartigen Kindern. Sie konnten es sich nicht leisten, vor ihr zurückzuweichen, einen Rückzieher zu machen. Aber genau das taten sie jetzt, auch wenn sie nach außen hin lachten, die Achseln zuckten und ihr unerhörte Beschimpfungen an den Kopf warfen. Sie täuschten sich und einander vor, daß sie sich plötzlich langweilten, daß es anderswo lustiger zuging. Langsam bewegten sie sich in Richtung Kochstraße, doch die Frau ließ in ihrer Schimpfkanonade nicht nach. Vermutlich wären sie gern vor ihr davongerannt, indes verlangte das Protokoll von ihnen ein forciertes, befangenes Stolzieren. Während sie ihnen schimpfend und fäusteschüttelnd die Straße hinunter folgte, mußten sie weiterhin durch die Zähne pfeifen und ihre Daumen in die Jeanstaschen haken.

Ich half Bernard auf. Erst als die junge Frau zurückkehrte, um sich zu vergewissern, wie es ihm ging, und ihre gleichgekleidete Freundin an ihrer Seite auftauchte, erkannte ich sie wieder: Es waren die beiden Mädchen, die auf der Straße des 17. Juni an uns vorbeigeschwirrt waren. Gemeinsam stützten wir Bernard, während er prüfend sein Körpergewicht auf sein eines Bein verlagerte. Gebrochen war es augenscheinlich nicht. Als er seinen Arm um meine Schulter legte und wir vom Checkpoint Charlie wegschlurften, gab es in der Menge einigen Applaus für ihn.

Es dauerte mehrere Minuten, bis wir die Straßenecke erreicht hatten, wo wir ein Taxi zu finden hofften. Währenddessen war mir daran gelegen, daß Bernard die Identität seiner Retterin dankbar anerkenne. Ich fragte sie nach ihrem Namen – Grete – und nannte ihm diesen. Er konzentrierte sich auf seine Schmerzen, er krümmte sich geradezu und mochte einen leichten Schock davongetragen haben, aber ich beharrte im Interesse von..., ja wovon eigentlich? Wollte ich den Rationalisten erschüttern? In ihm? In mir?

Schließlich hielt Bernard ihr die Hand hin und sagte: »Grete, danke sehr, meine Liebe. Sie haben meine Haut gerettet.« Dabei schaute er sie jedoch nicht an.

Ich dachte, in der Kochstraße würde ich Zeit haben, Grete und ihre Freundin Diane über sich zu befragen, doch sobald wir ankamen, sahen wir ein Taxi, dem Fahrgäste entstiegen, und winkten es herbei. Es folgten das mühsame Geschäft, Bernard in den Wagen zu bugsieren, und Danksagungen und Abschiedsgrüße und erneute Danksagungen, in deren Verlauf ich darauf hoffte, er möge seinem Schutzengel, der Inkarnation Junes, endlich einen Blick zuwerfen. Als die Mädchen davongingen, winkte ich ihnen durch die Rückscheibe zu, und bevor ich dem Fahrer unser Reiseziel nannte, sagte ich zu Bernard: »Hast du sie denn nicht erkannt? Das waren doch die Mädchen, die wir am Brandenburger Tor sahen, als du mir erzählt hast, du hättest früher immer auf eine Nachricht gewartet von...«

Bernard legte gerade seinen Kopf zurecht, indem er ihn ganz nach hinten gegen die Nackenstütze bog, und er unterbrach mich mit einem Seufzer. Ungeduldig sagte er in Richtung der nur wenige Zentimeter von seiner Nase entfernten gepolsterten Wagendecke: »Ja. Ein ziemlicher Zufall, möchte ich meinen. Aber jetzt bring mich um Gottes Willen nach Hause, Jeremy!«

III

Majdanek. Les Salces. St.-Maurice-de-Navacelles 1989

Am nächsten Tag rührte er sich nicht aus der Wohnung in Kreuzberg. Mit verdrießlichem Gesicht lag er in dem winzigen Wohnzimmer auf der Couch, eher zum Fernsehen aufgelegt als zu einem Schwatz. Ein mit Günter befreundeter Arzt kam vorbei, um sich das verletzte Bein anzusehen. Vermutlich hatte Bernard sich nichts gebrochen, doch legte ihm der Arzt nahe, sich in London röntgen zu lassen. Spätvormittags ging ich spazieren. Die Straßen sahen verkatert aus, auf dem Boden lagen Bierdosen und zerbrochene Flaschen herum, und um die Würstchenbuden flatterten mit Senf und Tomatenketchup beschmierte Papierservietten. Am Nachmittag las ich, während Bernard schlief, die Zeitungen und machte mir Notizen über unsere Gespräche vom Vortag. Am Abend war er immer noch nicht sehr redselig. Ich ging wieder spazieren und trank um die Ecke ein Bier. Die Karnevalsstimmung setzte aufs neue ein, aber ich hatte genug gesehen. Nach einer Stunde war ich schon wieder in der Wohnung, und um halb elf waren wir beide eingeschlafen.

Unsere Flüge am folgenden Morgen, Bernards nach London und meiner über Frankfurt und Paris nach Montpellier, lagen nur eine Stunde auseinander. Ich hatte veranlaßt, daß einer von Jennys Brüdern ihn in Heathrow vom Flughafen abholen würde. Bernard wirkte lebhafter. Er hinkte durch das Abfertigungsgebäude in Tegel. Der

Spazierstock, den er sich geliehen hatte, stand ihm gut, und er benutzte ihn, um einen Angestellten der Fluggesellschaft herbeizuwinken und ihn an den Rollstuhl zu erinnern, den er bestellt hatte. Bernard erhielt die Versicherung, er werde am Flugsteig bereitstehen.

Als wir zum Flugsteig gingen, sagte ich: »Bernard, ich wollte dich noch nach Junes Hunden fragen...«

Er fiel mir ins Wort. »Für deinen Lebensbericht? Ich will dir mal was sagen. Diesen ganzen Schwachsinn über die ›Konfrontation mit dem Bösen‹ kannst du vergessen. Religiöses Gefasel. Aber weißt du, ich war derjenige, der ihr von Churchills schwarzem Hund erzählt hat. Erinnerst du dich? Es ist der Name, den Churchill den Depressionen gab, an denen er hin und wieder litt. Ich glaube, die Wendung hat er von Samuel Johnson übernommen. June hat sich gedacht, wenn ein Hund eine persönliche Depression ist, dann sind zwei Hunde eine Art kultureller Depression, die Nachtseite der Zivilisation. Eigentlich gar nicht schlecht. Ich habe das Bild oft verwendet. Am Checkpoint Charlie ist es mir durch den Sinn gegangen. Es lag nämlich gar nicht an seiner roten Fahne, weißt du? Ich glaube nicht einmal, daß sie die gesehen haben. Hast du gehört, was sie geschrien haben?«

»Ausländer raus.«

»Genau, Ausländer raus. Die Mauer fällt, und alles tanzt in den Straßen, aber früher oder später...«

Wir waren am Flugsteig angekommen. Ein Mann in einer betreßten Uniform manövrierte den Rollstuhl hinter Bernard, und dieser ließ sich mit einem Seufzer nieder.

Ich sagte: »Aber danach wollte ich gar nicht fragen.

Gestern habe ich meine alten Notizen durchgesehen. Als ich June zum letztenmal sah, trug sie mir auf, dich zu fragen, was dir der Bürgermeister von St.-Maurice-de-Navacelles über die beiden Hunde erzählt hat, als du an dem bewußten Nachmittag im Café saßt...«

»Im Hôtel des Tilleuls? Wozu diese Hunde abgerichtet worden waren? Das ist doch wieder typisch. Die Geschichte des Bürgermeisters war schlicht und einfach nicht wahr. Zumindest ließ sie sich nicht überprüfen. Aber June geruhte sie zu glauben, weil sie ihr so gut in den Kram paßte. Ein typischer Fall von Tatsachenverdrehung zugunsten einer Idee.«

Ich händigte Bernards Taschen dem Flugbegleiter aus, der sie hinter dem Rollstuhl verstaute. Dann blieb er, die Hände an den Griffen, stehen und wartete darauf, daß wir unser Gespräch beendeten. Den Stock quer über dem Schoß, lehnte Bernard sich zurück. Es störte mich, daß mein Schwiegervater sich so leicht in seinen Invalidenstand ergab.

»Aber Bernard«, sagte ich. »Wie ging die Geschichte weiter? Was sagte er denn nun, wozu die Hunde abgerichtet worden seien?«

Bernard schüttelte den Kopf. »Ein andermal. Altes Haus, danke, daß du mitgekommen bist.« Damit hob er seinen Stock mit der Gummispitze, teils zum Gruß, teils als Signal an den Flugbegleiter, der mir knapp zunickte und seinen Passagier davonschob.

Ich war zu unruhig, um meine einstündige Wartezeit sinnvoll zu nutzen. Ich trödelte an einer Bar herum und überlegte mir, ob ich einen letzten Kaffee brauchte, eine letzte deutsche Mahlzeit. Im Buchladen schaute ich mich ausführlich um, ohne mir auch nur eine Zeitung zu kaufen, hatte ich doch am Tag zuvor drei Stunden lang welche verschlungen. Ich hatte immer noch zwanzig Minuten Zeit, genug für einen weiteren gemächlichen Bummel durch das Abfertigungsgebäude. Oft, wenn ich auf einem fremden Flughafen umsteige und nicht nach England unterwegs bin, schaue ich, um die Anziehungskraft von Zuhause, Jenny, Familie zu ermessen, zur Anzeigetafel auf und studiere die Flüge nach London. Jetzt, da ich nur einen Flug angekündigt sah – im internationalen Flugverkehr war Berlin tiefste Provinz –, kam mir, ausgelöst von einer Bemerkung Bernards, eine meiner frühesten Erinnerungen an meine Frau ins Gedächtnis.

Im Oktober 1981 war ich auf Einladung der polnischen Regierung als Mitglied einer zusammengewürfelten Kulturdelegation in Polen. Damals war ich Leiter einer einigermaßen erfolgreichen Theatertruppe aus der Provinz. Der Delegation gehörten ein Romanschriftsteller, ein Kunstkritiker, ein Übersetzer und zwei oder drei Kulturbürokraten an. Die einzige Frau war Jenny Tremaine, Vertreterin einer in Paris ansässigen und von Brüssel subventionierten Institution. Da sie nicht nur eine Schönheit war, sondern auch energisch auftrat, zog sie die Feindseligkeit einiger der anderen auf sich. Insbesondere der Romanschriftsteller, erregt von dem Paradox einer attraktiven Frau, der sein Ruf nicht imponierte, schloß mit dem Journalisten und einem der Bürokraten eine Wette ab, wer ihr als erster »den Zaum anlegen« würde. Es herrschte allgemein die Auffassung, daß Miss Tremaine, mit ihrer weißen Sommersprossenhaut und ihren grünen Augen, ihrem dichten roten Haarschopf, effizienten Terminkalender und fehlerfreien Französisch, auf ihren Platz verwiesen werden müsse. Bei der zwangsläufigen Langeweile eines offiziellen Besuchs wurde über nächtlichen Drinks in der Hotelbar einiges Murren laut. Die Wirkung war enervierend. Es war unmöglich, mit dieser Frau, deren frostiges Benehmen, wie ich bald herausfand, lediglich ihre Nervosität überdeckte, auch nur ein Wort zu wechseln, ohne daß die anderen im Hintergrund sich mit den Ellbogen anstießen, mir zuzwinkerten und mich später ausfragten, ob ich »gut im Rennen« läge.

Was mich noch wütender stimmte, war, daß sie in gewissem Sinne, aber auch nur in gewissem Sinne, recht hatten. Innerhalb weniger Tage nach unserer Ankunft in Warschau war ich gezeichnet, liebeskrank, ein altmodisch hoffnungsloser Fall, und für den übermütigen Romanschriftsteller und seine Freunde eine lustige Komplikation. Jeden Morgen beim Frühstück, wenn ich sie durch das Hotelrestaurant auf unseren Tisch zukommen sah, löste ihr Anblick eine derart schmerzhafte Beklemmung in meiner Brust aus, ein so hohles, flaues Gefühl in meinem Magen, daß ich, wenn sie sich setzte, sie weder ignorieren noch beiläufig höflich sein konnte, ohne mich den anderen zu verraten. Mein hartgekochtes Ei und mein Schwarzbrot rührte ich nicht an.

Es gab keine Gelegenheit, sich ungestört mit ihr zu unterhalten. Den ganzen Tag saßen wir mit Lektoren, Übersetzern, Journalisten, Regierungsbeamten und Vertretern von Solidarność in Konferenzräumen oder Vorlesungssälen, denn dies war die Zeit des Aufstiegs von Solidarność und, auch wenn wir es damals nicht ahnen konnten, nur wenige Wochen vor ihrem Fall, ihrem Verbot nach dem Staatsstreich General Jaruzelskis. Es gab nur ein Gesprächsthema: Polen. Seine Dringlichkeit wirbelte um uns her und stürmte auf uns ein, während wir uns von einem trüben, schmutzigen Zimmer, einem Zigarettendunst zum anderen bewegten. Was war Polen? Was war Solidarność? Konnte die Demokratie gedeihen? Würde sie überdauern? Würden die Russen einmarschieren? Gehörte Polen zu Europa? Wie stand es mit den Bauern? Die Schlangen vor den Lebensmittelgeschäften wurden mit jedem Tag länger. Die Regierung gab Solidarność schuld, alle anderen der Regierung. In den Straßen kam es zu Demonstrationen, zu Schlagstockeinsätzen der Zomo-Polizei, Studenten besetzten die Universität, und es wurde die Nächte hindurch diskutiert. Ich hatte mir vorher nie viel Gedanken um Polen gemacht, aber innerhalb einer Woche wurde ich, wie alle anderen – Ausländer und Polen –, leidenschaftlicher Experte, wenn nicht in meinen Antworten, dann doch in meiner Art, die richtigen Fragen zu stellen. Meine eigenen politischen Auffassungen gerieten völlig durcheinander. Die Polen, die ich instinktiv bewunderte, drängten mich, ausgerechnet jene westlichen Politiker zu unterstützen, denen ich am meisten mißtraute, und hier, wo Kommunismus ein Mischmasch aus Privilegien, Korruption und behördlich genehmigter Gewalt war, eine Geisteskrankheit, ein Aufgebot lächerlicher, unwahrscheinlicher Lügen und, am offensichtlichsten, das Herrschaftsinstrument einer fremden Besatzungsmacht, hier ging die Sprache des Antikommunismus – die ich bis dahin mit den verschrobenen Ideologen der Rechten assoziiert hatte – allen leicht über die Lippen.

An jedem Tagungsort saß irgendwo, etliche Stühle entfernt, Jenny Tremaine. Mein Hals schmerzte, meine Augen brannten von Zigarettendunst in ungelüfteten Räumen, mir war schwindelig und schlecht vom langen Aufbleiben und vom allmorgendlichen Kater, ich hatte eine schwere Erkältung, konnte nirgendwo Papiertaschentücher auftreiben, um mir die Nase zu schneuzen, und hatte ständig eine deutlich erhöhte Temperatur. Auf dem Weg zu einer Sitzung über das Theater in Polen erbrach ich mich in die Gosse, zur Entrüstung der Frauen in einer Brotschlange nahebei, die mich für einen Betrunkenen hielten. Mein Fieber, mein Hochgefühl und mein Kummer waren unentwirrbar verwoben mit Polen, mit Jenny sowie dem hämischen, zynischen Romancier und seinen Kumpanen, die ich zu verachten gelernt hatte, die mich hingegen zu den Ihren zu zählen beliebten und mich provozierten, indem sie mir verrieten, auf welchem Platz ich ihrer Meinung nach an dem betreffenden Tag im Rennen lag.

Zu Beginn unserer zweiten Woche verblüffte mich Jenny, indem sie mich bat, sie in das hundertfünfzig Kilometer entfernte Lublin zu begleiten. Dort wollte sie das Konzentrationslager Majdanek aufsuchen, um Aufnahmen für einen Freund zu machen, der an einem Buch schrieb. Drei Jahre vorher war ich, in meiner früheren Eigenschaft als Fernsehredakteur, in Bergen-Belsen gewesen und hatte mir vorgenommen, nie wieder ein anderes

Lager zu besichtigen. Ein Besuch war eine notwendige Erziehungsmaßnahme, ein zweiter war morbid. Doch jetzt forderte mich diese geisterhaft blasse Frau zu einem weiteren auf. Wir standen gerade, kurz nach dem Frühstück, vor meinem Zimmer. Zum ersten Termin des Tages kamen wir bereits zu spät, und sie schien auf der Stelle eine Antwort zu verlangen. Sie erklärte, sie habe noch nie ein Konzentrationslager besucht und ziehe es vor, mit jemandem zu fahren, den sie für einen Freund halten könne. Als sie dieses letzte Wort aussprach, streifte sie mit den Fingern über meinen Handrücken. Ihre Berührung fühlte sich kühl an. Ich nahm ihre Hand, und weil sie einen bereitwilligen Schritt auf mich zugetan hatte, küßte ich sie. Es war ein langer Kuß in der düsteren Menschenleere des Hotelkorridors. Als wir hörten, wie sich ein Türknauf drehte, hielten wir inne, und ich sagte, ich führe gerne mit ihr. Dann rief jemand von der Treppe nach mir. Bis zum nächsten Morgen, als wir Vorkehrungen für die Fahrt mit dem Taxi trafen, ergab sich keine weitere Gelegenheit mehr, miteinander zu sprechen.

Damals war der polnische Zloty an seinem Tiefpunkt angelangt, und der amerikanische Dollar hatte seinen Höchstwert erreicht. Es war möglich, sich einen Wagen zu mieten, der uns nach Lublin bringen, dort, falls erforderlich, über Nacht auf uns warten und uns wieder zurückfahren würde, alles für zwanzig Dollar. Es gelang uns, fortzuschleichen, ohne daß der Romanschriftsteller und seine Freunde es bemerkten. Der Kuß, sein Nachgeschmack, die außerordentliche Tatsache des Kusses, die Erwartung eines weiteren und was danach kommen würde –

all das hatte mich vierundzwanzig Stunden lang beschäftigt. Doch jetzt, als wir, unseres Reiseziels gewärtig, durch das triste Weichbild Warschaus fuhren, verflüchtigte sich der Kuß. Wir saßen, jeder für sich, im Fond des Lada und tauschten grundlegende Informationen über unser Leben aus. Auf diese Weise erfuhr ich, daß sie die Tochter jenes Bernard Tremaine war, dessen Namen ich flüchtig von Rundfunksendungen und einer Biographie Nassers kannte. Jenny sprach von der Entfremdung ihrer Eltern und ihrem schwierigen Verhältnis zur Mutter, die allein an einem abgeschiedenen Ort in Frankreich lebte und die Welt um sich her aufgegeben hatte, auf der Suche nach einem Leben in geistiger Meditation. Schon bei dieser ersten Erwähnung Junes war ich neugierig auf ihre Bekanntschaft. Ich erzählte Jenny davon, wie meine Eltern, als ich acht war, bei einem Verkehrsunfall ums Leben kamen, wie ich bei meiner Schwester Jean und meiner Nichte Sally aufwuchs, für die ich immer noch eine Art Vater war, und wie geschickt ich darin war, mich bei anderer Leute Eltern einzuschmeicheln. Ich glaube, schon damals scherzten wir darüber, wie ich mir die Zuneigung von Jennys reizbarer Mutter erschleichen könne.

Das Polen, das zwischen Warschau und Lublin lag, habe ich vage als einen ungeheuren, bräunlich-schwarzen umgepflügten Acker in Erinnerung, der von einer schnurgeraden, baumlosen Landstraße durchschnitten wurde. Als wir ankamen, schneite es leicht. Dem Rat polnischer Freunde folgend, ließen wir uns im Stadtzentrum von Lublin absetzen. Von dort machten wir uns auf den Weg. Ich hatte nicht recht begriffen, wie nahe sich die Stadt an dem Lager befand, in dem sämtliche Juden, drei Viertel ihrer Bevölkerung, untergegangen waren. Sie lagen dicht nebeneinander, Lublin und Majdanek, Materie und Antimaterie. Vor dem Haupteingang blieben wir stehen, um ein Schild zu lesen, auf dem geschrieben stand, daß soundsoviele Hunderttausende, Polen, Litauer, Russen, Franzosen, Briten und Amerikaner, hier umgekommen waren. Es war sehr still. Niemand war zu sehen. Etwas in mir sträubte sich flüchtig dagegen einzutreten. Jennys Flüstern schreckte mich auf.

»Die Juden werden nicht einmal erwähnt. Sehen Sie? Es geht immer noch weiter. Und das ist amtlich.« Dann fügte sie, mehr zu sich selbst, hinzu: »Die schwarzen Hunde.«

Die letzten Worte überhörte ich. Was ihre andere Bemerkung anging, so enthielt sie, selbst wenn ich die Übertreibung darin außer acht ließ, immer noch genügend Wahrheit, um Majdanek im Nu aus einer Gedenkstätte, einer ehrenwerten Anstrengung der Gesellschaft, gegen das Vergessen anzukämpfen, in einen krankhaften Auswuchs der Phantasie, eine akute Gefahr, ein kaum bewußtes Einverständnis mit dem Bösen zu verwandeln. Ich hakte mich bei Jenny ein, und wir gingen an der äußeren Umzäunung entlang und durch den Eingang hinein, vorbei an der Wachstube, die nach wie vor benutzt wurde. Auf ihrer Schwelle standen zwei volle Milchflaschen. Der Zentimeter Schnee unterstrich noch die zwanghafte Sauberkeit des Lagers. Wir liefen über einen Todesstreifen und ließen die Arme hängen. Über uns erhoben sich die Wachtürme, vierschrötige Hütten mit spitz zulaufenden Dächern und wackligen Holzleitern; sie gewährten Ausblick auf den inneren Doppelzaun. Von diesem eingeschlossen die Baracken, länger, niedriger und zahlreicher, als ich erwartet hatte. Sie nahmen den gesamten Horizont ein. Dahinter ragte, vor dem weiß-orangen Himmel schwimmend wie ein schmutziger Trampfrachter mit einem einzigen Schornstein, der Verbrennungsofen auf. Eine Stunde lang sprachen wir nicht. Jenny las ihre Anweisungen und machte Aufnahmen. Wir folgten einer Gruppe von Schulkindern in eine Baracke, wo Drahtkäfige standen, vollgestopft mit Schuhen, Zehntausenden von Schuhen, flach gedrückt und zusammengeschnurrt wie Dörrobst. In einer anderen Baracke weitere Schuhe, und in einer dritten – unvorstellbar – noch mehr, diesmal nicht vergittert, sondern zu Tausenden über den Boden verstreut. Ich sah einen Nagelstiefel neben einem Babyschuh, dessen aufgesticktes Lamm durch den Staub hindurch noch zu erkennen war. Das zu Lumpen verkommene Leben. Die extravagante Zahlenskala, die leicht dahinzusagenden Ziffern – Zehn- und Hunderttausende, Millionen – brachten die Einbildungskraft um das angemessene Mitgefühl, das rechte Vorstellungsvermögen für das Leiden, und man geriet in heimtückische Nähe zu der Annahme der Verfolger, daß das Leben billig war, ein Plunder, der sich in Haufen besichtigen ließ. Während wir weitergingen, versiegten meine Empfindungen. Wir konnten nichts tun, um zu helfen. Es gab niemanden, den man hätte füttern oder befreien können. Wir schlenderten umher wie Touristen. Entweder kam man hierher und verzweifelte, oder man grub die Hände tiefer in die Taschen, umklammerte sein warmes, loses Wechselgeld und ertappte sich dabei, daß man einen Schritt näher auf diejenigen zugetreten war, die den Alptraum ersonnen hatten. Das war unsere unvermeidliche Schande, unser Anteil am Leid. Wir standen auf der anderen Seite, liefen, wie einst der Lagerkommandant oder sein politischer Gebieter, ungehindert umher, steckten hier und da unsere Nasen hinein und kannten den Ausgang, unserer nächsten Mahlzeit gewiß.

Nach einer Weile konnte ich die Opfer nicht länger ertragen und dachte nur noch an deren Verfolger. Wir gingen zwischen den Baracken umher. Wie solide sie gebaut waren, wie gut sie überdauert hatten! Saubere Pfade verbanden sämtliche Eingangstüren mit dem Weg, den wir beschritten. Die Baracken dehnten sich vor uns so weit, daß das Ende der Reihe nicht abzusehen war. Dabei war dies nur eine Reihe, in einem Teil des Lagers, und dies war nur ein Lager, und dazu noch ein vergleichsweise kleines. Ich versank in verquere Bewunderung, düsteres Staunen: sich diese Unternehmung auszudenken, diese Lager zu planen, sie zu erbauen und dabei keine Mühe zu scheuen, sie einzurichten, zu verwalten und zu unterhalten und aus Städten und Dörfern ihren Brennstoff aus Menschenleibern antreten zu lassen. Diese Tatkraft, diese Hingabe! Wie konnte man darauf verfallen, an einen Irrtum zu denken?

Wir trafen die Kinder wieder und folgten ihnen in ein Backsteingebäude mit Schornstein. Wie alle anderen auch bemerkten wir den Namen des Herstellers auf den Ofentüren. Ein Sonderauftrag, prompt ausgeführt. Wir erblickten einen alten Behälter mit dem Wasserstoffzyanid Zyklon B, geliefert von der Firma Degesch. Auf dem Weg ins Freie ergriff Jenny zum ersten Mal seit einer Stunde das Wort. Sie erzählte mir, daß die deutschen Behörden im November 1943 an einem einzigen Tag sechsunddreißigtausend Juden aus Lublin mit Maschinengewehrsalven niedergemäht hatten. Sie zwangen sie dazu, sich in riesige Massengräber zu legen, und metzelten sie nieder zu den Lautsprecherklängen von Tanzmusik. Wir sprachen wieder über das Schild vor dem Haupteingang und ihre Nichterwähnung.

»Die Deutschen haben ihnen die Arbeit abgenommen. Selbst wenn es keine Juden mehr gibt, hassen sie sie immer noch«, sagte Jenny.

Plötzlich fiel mir wieder ein: »Was haben Sie da vorhin über Hunde gesagt?«

»Schwarze Hunde. Ein geläufiger Ausdruck in unserer Familie, von meiner Mutter.« Sie wollte zu einer Erklärung anheben, doch dann überlegte sie es sich anders.

Wir verließen das Lager und gingen zurück nach Lublin. Zum ersten Mal nahm ich wahr, wie reizend die Stadt war. Der Zerstörung und dem Wiederaufbau nach dem Kriege, die Warschau verunstaltet hatten, war sie entgangen. Wir befanden uns auf einer abschüssigen Straße mit nassem Kopfsteinpflaster, das ein orange-glühender Wintersonnenuntergang in Goldtaler verwandelt hatte. Es war, als seien wir einer langen Gefangenschaft entronnen und erregt darüber, wieder der Welt anzugehören, der Alltäglichkeit Lublins mit seinem nicht eben ausgeprägten Stoßverkehr. Jenny ergriff ganz unbefangen meinen Arm und ließ ihre Kamera locker am Riemen herabbaumeln, während sie mir eine Geschichte über eine polnische

Freundin erzählte, die nach Paris ging, um die Kochkunst zu erlernen. Ich habe bereits erwähnt, daß ich in Sachen Sexualität und Liebe stets sehr zurückhaltend gewesen bin und daß es meine Schwester war, der jede Verführung unschwer gelang. Doch an jenem Tag, befreit von den üblichen Zwängen der Selbstbezogenheit, tat ich etwas ganz und gar Uncharakteristisches – ein Geniestreich. Ich unterbrach Jenny mitten im Satz und küßte sie, und dann sagte ich ihr einfach, sie sei die schönste Frau, die mir je unter die Augen gekommen sei, und daß ich mir nichts dringlicher wünschte, als den Rest des Tages mit ihr im Bett zuzubringen. Ihre grünen Augen erforschten meine, dann hob sie den Arm, und einen Moment glaubte ich, sie wolle mir ins Gesicht schlagen. Doch deutete sie über die Straße hinweg auf eine schmale Tür, über der ein verblichenes Schild hing. Auf Goldnuggets schritten wir zum Hotel Wisla. Dort verbrachten wir, nachdem wir den Fahrer entlassen hatten, drei volle Tage. Zehn Monate später waren wir verheiratet.

Ich stoppte den Wagen, den ich mir am Flughafen von Montpellier gemietet hatte, vor dem dunklen Haus. Dann stieg ich aus, blieb eine Weile im Obstgarten stehen und betrachtete den sternenübersäten Novemberhimmel, bevor ich meine Abneigung überwand einzutreten. Es war nie ein angenehmes Gefühl, zur Bergerie zurückzukehren, wenn sie monate- oder auch nur wochenlang verschlossen gewesen war. Seit dem Ende unserer langen Sommerferien, seit unserem lärmenden, chaotischen Aufbruch eines Morgens Anfang September war niemand mehr hier gewesen.

Danach war das letzte Echo der Kinderstimmen in den alten Steinen verhallt, und die Bergerie hatte sich wieder ihrer längerfristigen Bestimmung zugewandt, nicht der von Ferienwochen oder Jahren des Heranwachsens, nicht einmal der jahrzehntelangen Besitzes, sondern der der Jahrhunderte, ländlicher Jahrhunderte. Zwar glaubte ich nicht wirklich daran, aber vorstellen konnte ich mir doch, wie Junes Seele, ihre vielen Geister in unserer Abwesenheit heimlich ihren Besitzanspruch geltend machten, sich nicht nur ihres Mobiliars, ihrer Küchengeräte und Bilder bemächtigten, sondern auch des aufgerollten Deckblatts einer Illustrierten, des alten australienförmigen Fleckens auf der Badezimmerwand und des Abdrucks ihres Körpers in der ausgebeulten Gartenjacke, die noch immer hinter einer Tür hing, weil niemand es übers Herz brachte, sie hinauszuschaffen. Nach einer Zeit der Abwesenheit veränderte sich gar der Abstand zwischen den Gegenständen selbst, verschob sich und nahm ein blasses Braun oder die Essenz dieser Farbe an, und Geräusche – wie die erste Umdrehung des Schlüssels im Schloß – gewannen eine kaum spürbar veränderte akustische Qualität, ein dumpfes Echo jenseits des Hörbereichs, das auf die Anwesenheit eines unsichtbaren, aber beinahe vernehmbaren Schemens hindeutete. Jenny haßte es, das Haus aufzuschließen. Vor allem nachts war es unangenehm; im Verlauf von vierzig Jahren war das Haus Zug um Zug ausgebaut worden, und inzwischen war die Eingangstür ein gutes Stück vom Schaltkasten entfernt. Um hineinzugelangen, mußte man durch die gesamte Wohnküche laufen, und ich hatte versäumt, eine Taschenlampe mitzubringen.

Ich öffnete die Eingangstür und stand vor einer Mauer aus Finsternis. Dann griff ich hinein, auf ein Regalbrett, auf dem wir, wenn wir daran dachten, eine Kerze und eine Schachtel Streichhölzer aufbewahrten. Aber da war nichts. Ich stand da und lauschte. Was auch immer ich mir an Vernünftigem einzureden versuchte, ich konnte mich des Gedankens nicht erwehren, daß ein Haus, in dem sich so viele Jahre hindurch eine Frau der Betrachtung der Ewigkeit hingegeben hatte, eine zarte Aura umgab, daß ihm ein hauchdünnes Gespinst Bewußtsein innewohnte und meiner gewärtig war. Ich konnte mich nicht dazu überwinden, Junes Namen auszusprechen, obwohl mich danach verlangte, nicht etwa um den Geist zu beschwören, sondern um ihn auszutreiben. Statt dessen räusperte ich mich geräuschvoll – ein skeptischer, männlicher Laut. Wenn erst einmal die Lichter brannten, das Radio lief und die Sprotten, die ich am Wegrand erstanden hatte, in Junes Olivenöl brutzelten, würden die Geister sich ins Dunkel zurückziehen. Tageslicht würde gleichfalls helfen, aber es würde zwei, drei Tage dauern, zwei, drei ungemütliche Abende, bevor das Haus wieder mein war. Um die Bergerie ohne Umschweife in Besitz nehmen zu können, mußte man mit Kindern angereist kommen. Mit ihrer Wiederentdeckung vergessener Spiele und Projekte, ihrem Gelächter und ihren Kabbeleien darüber, wer im Hochbett schlafen durfte, wich der Geist vor den Energien der Lebenden taktvoll zurück, und man konnte sich überall im Haus sorgenfrei bewegen, selbst in Junes Schlafkammer oder in ihrem alten Studierzimmer.

Ich streckte die Hand vor meinem Gesicht aus und

durchquerte die Diele. Überall lag ein süßer Geruch in der Luft, den ich mit June in Verbindung brachte. Er rührte von der Lavendelseife her, die sie en gros gekauft hatte. Ihre Vorräte hatten wir nicht einmal zur Hälfte aufgebraucht. Ich tastete mich durchs Wohnzimmer und öffnete die Tür zur Küche. Hier roch es nach Metall und schwach nach Butangas. Sicherungskasten und Hauptschalter waren in einem Wandschränkchen auf der anderen Seite des Zimmers untergebracht. Selbst in dieser Düsternis machte es sich als schwärzerer Fleck bemerkbar. Als ich mich am Küchentisch entlangschob, verstärkte sich mein Eindruck, daß ich beobachtet wurde. Meine Hautoberfläche war zum entscheidenden Sinnesorgan geworden, empfindsam für Dunkelheit und jedes einzelne Luftmolekül. Meine bloßen Arme verspürten eine Gefahr. Etwas war nicht in Ordnung, die Küche fühlte sich anders an. Ich bewegte mich in die falsche Richtung. Ich wollte schon umkehren, aber das wäre lächerlich gewesen. Das Auto war zu klein, um darin zu schlafen. Das nächste Hotel lag vierzig Kilometer entfernt, und es war schon fast Mitternacht.

Das formlose, tiefere Schwarz des Schaltkastens war etwa sechs Meter entfernt, und ich steuerte darauf zu, indem ich meine Hand an der Kante des Küchentischs entlanggleiten ließ. Seit meiner Kindheit hatte Dunkelheit mich nicht mehr so eingeschüchtert. Wie eine Figur in einem Zeichentrickfilm summte ich leise, ohne Überzeugung, vor mich hin. Es wollte mir keine Melodie einfallen, und meine zufällige Notenfolge war albern. Meine Stimme klang dünn. Ich verdiente es, daß mir etwas geschah. Wieder kam mir der Gedanke, diesmal deutlicher, daß ich nur aus dem Haus zu gehen brauchte. Meine Hand streifte etwas Hartes, Rundes. Es war der Knauf der Küchentischschublade. Fast hätte ich daran gezogen, aber dann entschied ich mich dagegen. Ich zwang mich dazu, weiterzugehen, bis ich freihändig neben dem Tisch stand. Der Flecken an der Wand war von pulsierender Schwärze. Er besaß ein Zentrum, aber keine Ränder. Ich hob ihm die Hand entgegen, aber dann versagten mir die Nerven. Ich wagte ihn nicht zu berühren. Ich trat einen Schritt zurück und blieb, in Unentschlossenheit verharrend, stehen. Ich war eingefangen zwischen meinem Verstand, der mich dazu drängte, rasch zu handeln, den Strom einzuschalten und bei hellem künstlichem Licht zu sehen, daß das gewöhnliche Leben wie eh und je seinen Fortgang nahm, und meiner abergläubischen Furcht, deren Unmittelbarkeit die des Alltags noch überstieg.

Mehr als fünf Minuten mußte ich so dagestanden haben. Einmal wäre ich beinahe vorgetreten, um die Schranktür aufzureißen, doch die ersten Impulse drangen nicht recht zu meinen Beinen durch. Ich wußte, wenn ich aus der Küche ginge, würde ich an diesem Abend nicht mehr zurückkehren können. So stand ich da, bis mir endlich die Küchentischschublade einfiel und weshalb ich im Begriff gewesen war, sie zu öffnen. Vielleicht lagen darin die Kerze und die Schachtel Streichhölzer, die sich an der Eingangstür hätten befinden sollen. Ich fuhr mit der Hand am Tisch entlang, fand die Schublade und tastete zwischen einer Gartenschere, Heftzwecken und Kordel herum.

Der kaum zwei Zoll messende Kerzenstummel leuchtete beim ersten Versuch auf. Die Schatten des Schaltkastens sprangen, als ich mich näherte, zur Wand. Der Kasten sah anders aus. Der kleine Holzgriff an seiner Tür war länger, reicher verziert und saß in einem anderen Winkel. Ich war einen halben Meter entfernt, als die Verzierung sich in die Gestalt eines fetten, gelben Skorpions auflöste, dessen Scheren sich über die Diagonalachse krümmten und dessen stämmig gegliederter Hinterleib den Griff darunter knapp verdeckte.

Die Vorfahren dieser uralten, mit Freßzangen bewehrten Spinnentiere gehen bis auf das Kambrium vor fast 600 Millionen Jahren zurück, und es ist eine Art Unschuld, eine rettungslose Unkenntnis der modernen Lebensbedingungen des Post-Holozäns, die sie in die Häuser der neumodischen Affen lockt; man findet sie in ungeschützter Lage an Wänden klebend, ihre Klauen und ihr Stachel kläglich veraltete Abwehrwaffen gegen den vernichtenden Hieb eines Schuhs. Ich nahm einen schweren Holzlöffel von der Küchentheke und tötete das Tier mit einem Streich. Es fiel zu Boden, und zur Sicherheit zertrat ich es auch noch. Aber ich mußte immer noch mein Widerstreben überwinden, die Stelle anzufassen, an der es seinen Körper gelagert hatte. Jetzt entsann ich mich auch, daß wir vor Jahren in demselben Schrank ein Nest mit jungen Skorpionen entdeckt hatten.

Die Lichter gingen an, der bauchige Kühlschrank aus den fünfziger Jahren erbebte und begann sein vertrautes brummendes Klagelied. Ich wollte nicht gleich über mein Erlebnis nachdenken. Ich holte mein Gepäck herein, bezog ein Bett, briet die Fische, spielte bei voller Lautstärke eine alte Art Pepper-Platte und trank eine halbe Flasche Wein. Um drei Uhr früh schlief ich mühelos ein. Am nächsten Vormittag machte ich mich daran, das Haus für unsere Weihnachtsferien herzurichten. Ich nahm mir den Anfang meiner Liste vor, brachte mehrere Stunden auf dem Dach zu, wo ich die Schindeln befestigte, die im September von einem Sturm losgerissen worden waren, und den Rest des Tages erledigte ich Arbeiten im Haus. Das Wetter war warm, und gegen Abend schlang ich die Hängematte unter der Tamariske fest, Junes Lieblingsplatz. Von dort sah ich im Liegen das goldene Licht, das nach St.-Privat hin über dem Tal lag, und dahinter die Wintersonne tief über den Hügeln um Lodève. Den ganzen Tag hatte ich über meine Panik nachgedacht. Während meiner Arbeit waren mir zwei undeutliche Stimmen im Haus umhergefolgt, und nun, da ich mich, eine Kanne Tee zur Seite, ausstreckte, wurden sie schärfer.

June war ungeduldig. »Wie kannst du nur so tun, als würdest du bezweifeln, was dir doch in die Augen springt? Wie kannst du nur so abartig sein, Jeremy? Du hast meine Anwesenheit verspürt, sobald du das Haus betratst. Du hast eine Vorahnung von Gefahr gehabt und gleich darauf die Bestätigung, daß du böse gestochen worden wärst, wenn du deinen Gefühlen nicht gefolgt wärst. Ich habe dich gewarnt und dich beschützt, so einfach war das, und wenn dir einzig daran liegt, deine Skepsis nicht aufs Spiel zu setzen, dann bist du ein undankbarer Gesell, und ich hätte nie die Mühe auf mich nehmen sollen. Rationalismus ist ein blinder Glaube. Jeremy, wie kannst du je darauf hoffen, sehend zu werden?«

Bernard war aufgeregt. »Das ist nun wirklich einmal ein nützliches Beispiel. Natürlich kann man die Möglichkeit nicht ausschließen, daß eine Form von Bewußtsein über den Tod hinaus fortlebt und hier in deinem besten Interesse gehandelt hat. Man sollte stets unvoreingenommen sein, sich davor hüten, Phänomene abzutun, nur weil sie mit landläufigen Theorien nicht übereinstimmen. Andrerseits, wenn es so oder so an sicheren Beweisen fehlt, warum dann gleich so voreilige und radikale Schlüsse ziehen, ohne andere, einfachere Möglichkeiten zu berücksichtigen? Du hast im Haus häufig ›Junes Gegenwart verspürt‹ – das ist nur eine andere Formulierung dafür, daß das Haus früher ihr gehörte, noch immer voll von ihren Habseligkeiten ist und daß ein Aufenthalt an diesem Ort, besonders nach einer Zeit der Abwesenheit, bevor deine eigene Familie die Zimmer in Beschlag genommen hat, dir sicherlich Gedanken an sie eingibt. Mit anderen Worten, diese ›Gegenwart‹ war nur in deinen Gedanken und ist von dir auf deine Umgebung übertragen worden. In Anbetracht unserer Furcht vor den Toten ist es begreiflich, daß du argwöhnisch warst, als du im Dunkeln durchs Haus getappt bist. Und angesichts deiner Geistesverfassung mußte dir ja der Schaltkasten an der Wand als schreckenerregender Gegenstand erscheinen – ein Flecken zusätzlicher Schwärze im Finstern, nicht wahr? Du hattest eine verschüttete Erinnerung daran, daß ihr dort ein Nest von Skorpionen entdeckt hattet. Und du solltest die Möglichkeit in Betracht ziehen, daß du die Umrisse des Skorpions bei der schlechten Beleuchtung unterschwellig wahrgenommen hast. Und dann die Tatsache, daß deine Vorahnungen gerechtfertigt gewesen seien. Ja nun, altes Haus! Skorpione in dieser Gegend Frankreichs sind wahrhaftig nichts Ungewöhnliches. Weswegen sollte ein Exemplar nicht auf dem Wandschränkchen sitzen? Andrerseits wiederum, angenommen, er hätte dich in die Hand gestochen? Das Gift hättest du leicht aussaugen können. Die Schmerzen und Beschwerden hätten nicht länger als ein, zwei Tage angehalten – schließlich war es kein schwarzer Skorpion. Weshalb sollte sich ein Geist aus dem Jenseits die Mühe machen, dich vor einer so geringfügigen Verletzung zu schützen? Wenn die Sorge der Toten so weit geht, wieso setzen sie sich dann nicht dafür ein, die Millionen menschlicher Tragödien zu verhindern, die sich tagtäglich abspielen?«

»Pah!« hörte ich June sagen. »Woher willst du wissen, daß wir das nicht tun? Du würdest es ja ohnehin nicht glauben. In Berlin habe ich auf Bernard aufgepaßt und gestern abend auf dich, weil ich dir etwas beweisen wollte – weil ich dir zeigen wollte, wie wenig du weißt vom gottgeschaffenen und gotterfüllten All. Aber es gibt kein Beweismaterial, das ein Skeptiker nicht zurechtbiegt, um es seinem langweiligen, winzigen Systemchen anzupassen ...«

»Humbug«, murmelte Bernard mir ins andere Ohr. »Die Welt, die die Wissenschaft uns offenbart, ist ein geistsprühender, wunderbarer Ort. Wir brauchen keinen Gott zu erfinden, nur weil wir sie nicht restlos verstehen. Unsere Nachforschungen haben ja kaum begonnen!«

»Glaubst du denn, du würdest mich jetzt hören, wenn nicht ein Teil von mir noch lebte?«

»Du hörst nichts, alter Knabe. Du erfindest uns beide

und denkst das weiter, was du von uns weißt. Hier ist niemand außer dir.«

»Es gibt einen Gott«, meinte June, »und es gibt den Teufel.«

»Wenn ich der Teufel bin«, entgegnete Bernard, »dann ist die Welt kein gar so schlechter Ort.«

»Es ist gerade Bernards Unschuld, die sein Tun so verderbenbringend macht. Du warst in Berlin, Jeremy. Schau dir den Schaden an, den er und seinesgleichen im Namen des Fortschritts angerichtet haben.«

»Diese frömmelnden Monotheisten! Die Engstirnigkeit, die Unduldsamkeit, die Unwissenheit, die Grausamkeit, die sie in ihrer Selbstgewißheit entfesselt haben...«

»Es ist ein liebevoller Gott, und er wird Bernard verzeihen...«

»Wir können auch ohne Gott lieben, danke bestens. Ich verabscheue die Art, wie die Christen dieses Wort für sich beanspruchen.«

Die beiden Stimmen nisteten sich ein, sie verfolgten mich und begannen mich zu quälen. Anderntags, als ich im Garten die Pfirsichbäume beschnitt, bemerkte June, der Baum, den ich gerade ausputzte, und seine Schönheit seien Gottes Werk. Bernard erwiderte, wir wüßten eine ganze Menge darüber, wie dieser und andere Bäume sich entwickelt hätten, und unsere Erklärungen bedürften keines Gottes. Behauptungen und Gegenbehauptungen jagten einander im Kreise, während ich Holz hackte, verstopfte Dachrinnen säuberte und Zimmer ausfegte. Es war ein Gesumme, das sich nicht verscheuchen ließ. Selbst als es mir gelang, meine Aufmerksamkeit anderen Dingen zuzuwenden, setzte es sich fort. Wie ich auch lauschte, ich lernte nichts. Jede Annahme machte die vorhergehende zunichte oder wurde von der nachfolgenden zunichte gemacht. Es war ein Streit, der sich selbst ad absurdum führte, eine Multiplikation von Nullen, und ich konnte ihn nicht abstellen. Als ich alle meine Arbeiten verrichtet hatte und auf dem Küchentisch die Notizen für meinen biographischen Versuch ausbreitete, erhoben meine Schwiegereltern ihre Stimmen.

Ich versuchte mich einzuschalten. »Hört zu, ihr zwei, ihr seid auf getrennten Gebieten zu Hause, keiner von euch fällt in den Zuständigkeitsbereich des anderen. Es ist nicht Aufgabe der Wissenschaft, die Existenz Gottes zu beweisen oder zu widerlegen, ebensowenig wie es Aufgabe des Geistes ist, die Welt zu vermessen.«

Es folgte ein verlegenes Schweigen. Sie schienen darauf zu warten, daß ich fortfuhr. Dann hörte – oder ließ – ich Bernard leise sagen, und zwar zu June, nicht zu mir: »Das ist ja alles gut und schön. Aber die Kirche hat die Wissenschaft stets im Zaum halten wollen, ach was, jegliche Erkenntnis. Nimm nur den Fall Galileo ...«

Aber June fiel ihm ins Wort. »Wer in Europa die Gelehrsamkeit jahrhundertelang am Leben erhalten hat, das war doch die Kirche. Erinnerst du dich noch an den Mann, der uns 1954 in Cluny in der Bibliothek umherführte ...?«

Als ich zu Hause anrief und mich bei Jenny beklagte, daß ich den Verstand zu verlieren drohte, versagte sie mir schadenfroh jeden Trost.

»Du wolltest ihre Geschichten ja. Du hast sie ermutigt,

du hast sie umworben. Jetzt hast du sie, mitsamt ihren Zänkereien.« Sie erholte sich von einem zweiten Lachanfall und fragte mich, weshalb ich nicht aufschrieb, was sie da von sich gaben.

»Das hat keinen Sinn. Es dreht sich alles immerfort im Kreis.«

»Ich habe es dir ja schon immer gesagt. Aber du wolltest nicht hören. Jetzt wirst du dafür bestraft, daß du sie dazu gereizt hast.«

»Von wem?«

»Frag meine Mutter.«

Wieder war es ein klarer Tag, als ich mich, kurz nach dem Frühstück, aller meiner Pflichten entledigte, mich von aller geistigen Anstrengung lossagte und im wohligen Gefühl der Faulenzerei meine Wanderstiefel anzog, eine Landkarte im großen Maßstab auftrieb und eine Feldflasche mit Wasser sowie zwei Orangen in meinem Rucksack verstaute.

Ich begann meine Wanderung auf dem Fußpfad, der hinter der Bergerie in die Höhe führt, oberhalb eines trockenen Bachbetts durch Wälder mit verkrüppelten Eichen nach Norden ansteigt und sich unter dem Felsmassiv des Pas de l'Azé entlangschlängelt, bevor er das Hochplateau erreicht. Bei zügigem Tempo braucht man nur eine halbe Stunde, um auf den Causse du Larzac zu gelangen, wo eine kühle Brise zwischen den Pinien weht und der Blick zum Pic de Vissou und weiter zum silbernen Schiefer des sechzig Kilometer entfernten Mittelmeers reicht. Ich folgte einem Sandweg durch die Pinienwälder, vorbei an Kalksteinfelsen, die zu Ruinen verwittert waren, gelangte danach auf offenes Gelände, das zur Bergerie de Tédenat ansteigt. Von dort konnte ich über das Plateau auf die mehrstündige Wegstrecke nach St.-Maurice-de-Navacelles blicken. Weniger als anderthalb Kilometer davon entfernt tat sich die ungeheure Erdspalte der Gorge de la Vis auf. Irgendwo zur Linken, an ihrem Rand, stand der Dolmen de la Prunarède.

Zunächst jedoch galt es den Abstieg durch die Baumgrenze nach La Vacquerie zu bewerkstelligen. Zu Fuß in ein Dorf und wieder hinaus zu gehen ist ein reines Vergnügen. Vorübergehend kann man sich der Illusion hingeben, daß andere ein Leben führen, das sich um Häuser, Beziehungen und Arbeit dreht, während man selbst frei und ledig ist, unbelastet von Besitztümern und Verpflichtungen. Es ist ein begünstigtes Gefühl der Unbeschwertheit, das man nicht verspürt, wenn man ein Dorf im Auto durchfährt, Teil des Straßenverkehrs ist. Ich beschloß, in der Bar nicht zu rasten und keinen Kaffee zu mir zu nehmen, sondern nur haltzumachen, um das gegenüberliegende Mahnmal eingehender zu betrachten und die Inschrift auf dem Sockel in mein Notizbuch zu übertragen.

Ich verließ das Dorf auf einer schmalen Landstraße und wandte mich auf einem hübschen Weg, der zur Schlucht führt, nach Norden. Zum ersten Mal seit meiner Ankunft war ich wirklich mit mir ausgesöhnt und fand meine alte Liebe zu dieser verlassenen Gegend Frankreichs völlig wiederhergestellt. Das quälende Zanklied von June und Bernard verklang, ebenso die erregende Unruhe Berlins.

Es war, als lockerten sich langsam unzählige winzige Muskeln in meinem Nacken und ließen dabei einen großzügig bemessenen Raum innerer Ruhe entstehen, welcher der weiten Landschaft entsprach, die ich durchwanderte. Wie ich gelegentlich zu tun pflegte, wenn ich glücklich war, sann ich über den Verlauf meines Lebens nach – im Zeitraffer von meinem achten Lebensjahr bis Majdanek – und wie ich erlöst und befreit worden war. Tausend Meilen entfernt, in oder bei einem der Millionen von Häusern, hielten sich Jenny und unsere vier Kinder auf, meine Sippe. Ich gehörte dazu, hatte Wurzeln geschlagen und führte ein abwechslungsreiches Leben. Der Pfad war eben, und ich schritt stetig aus. Langsam bekam ich eine Vorstellung davon, wie sich das Material für meinen Lebensbericht anordnen ließe, ich dachte über meine Arbeit nach und darüber, wie ich mein Büro zum Vorteil meiner Mitarbeiter umräumen könnte. Diese und verwandte Pläne beschäftigten mich den ganzen Weg über bis nach St.-Maurice.

Meine Stimmung heiterer Selbstgenügsamkeit begleitete mich auf meinem Weg durch das Dorf. Auf der Terrasse des Hôtel des Tilleuls trank ich ein Bier, womöglich an demselben Tisch, an dem das junge Hochzeitspaar beim Mittagessen dem Bürgermeister zugehört hatte. Ich ließ mir für die Nacht ein Zimmer reservieren, dann brach ich zu dem etwa anderthalb Kilometer entfernten Dolmen auf. Um Zeit zu gewinnen, lief ich auf der Landstraße. Einige hundert Meter zu meiner Rechten befand sich der Rand der Schlucht, der von einer Bodenerhebung verdeckt war, links von mir und vor mir erstreckte sich die rauhere Causselandschaft: harter, ausgedörrter Boden, Beifuß,

Telegraphenmasten. Kurz hinter einem verfallenen Bauernhof, La Prunarède, bog ich in einen Sandweg ein, und fünf Minuten später stand ich vor dem Dolmen. Ich stellte meinen Rucksack ab, setzte mich auf den großen, flachen Deckstein und schälte mir eine Orange. Trotz der Nachmittagssonne war der Stein kaum erwärmt. Auf dem Herweg hatte ich meinen Kopf bewußt von allen Vorhaben freigehalten, doch jetzt, nach meiner Ankunft, schienen sie ziemlich eindeutig. Statt weiterhin das willfährige Opfer der Stimmen meiner Hauptpersonen zu sein, war ich gekommen, ihnen nachzustellen, Bernard und June wiederauferstehen zu lassen, wie sie hier saßen, ihr Würstchen aufschnitten, ihr vertrocknetes Brot zerbröselten, während sie über die Gorge nach Norden, in ihre Zukunft, starrten, mit dem Optimismus ihrer Generation sich vertraulich unterhielten und Junes erste Zweifel am Vorabend jener Begegnung einer Prüfung unterzogen. Ich wollte sie im Zustand der Verliebtheit überraschen, bevor der lebenslange Zwist einsetzte.

Nach meinem fünfstündigen Fußmarsch jedoch fühlte ich mich geläutert. Ich war ausgeglichen, zielbewußt und nicht zu Geistern aufgelegt. Innerlich war ich immer noch mit meinen eigenen Plänen und Projekten beschäftigt. Für irgendwelchen Spuk war ich nicht mehr zu haben. Die Stimmen waren verstummt, außer mir gab es keine Menschenseele hier. Die niedrige Novembersonne zu meiner Rechten hob die schattige Maserung der gegenüberliegenden Felswand hervor. Mir genügte meine Freude an dem Ort und meine Erinnerungen an die Familienpicknicks, die wir hier mit Bernard und unseren Kindern veranstaltet hatten, als wir uns des mächtigen Decksteins als unserer Tischplatte bedienten.

Ich aß meine Orangen auf und wischte mir, wie ein Schulbub, die Hände am Hemd ab. Ich hatte vor, auf dem Pfad zurückzugehen, der am Saum der Schlucht entlang verläuft, doch seit meinem letzten Besuch war er von dornigen Sträuchern überwuchert. Schon nach hundert Metern mußte ich umkehren. Ich war aus dem Takt. Ich hatte mir eingebildet, Herr der Lage zu sein, und sogleich gab es den Gegenbeweis. Indes beruhigte ich mich mit der Erinnerung, daß dies der Pfad nach St.-Maurice war, den Bernard und June an jenem Abend gewählt hatten. Dies war ihr Weg, meiner war ein anderer – zurück zu dem alten Gehöft und die Straße entlang; wenn mir ein zugewachsener Pfad zum Symbol werden mußte, dann eben hierfür.

Ich hatte beabsichtigt, den vorliegenden Abschnitt meiner biographischen Skizze an ebender Stelle abzubrechen, da ich vom Dolmen zurücklief und mich von meinen Hauptpersonen frei genug fühlte, um über sie schreiben zu können. Aber ich muß kurz berichten, was sich an dem Abend im Hotelrestaurant zutrug, denn es handelt sich um ein Drama, das anscheinend allein mir zuliebe dargeboten wurde. Es war eine wie immer verzerrte Inszenierung meiner Hauptsorge, der Einsamkeit meiner Kindheit; es stellte eine Katharsis, einen Exorzismus dar, bei dem ich im Namen meiner Nichte Sally wie auch in meinem eigenen handelte und Rache für uns nahm. Mit Junes Worten ausgedrückt: es war ein weiterer »Spuk«, bei dem sie selbst zugegen war und mir zusah. Jedenfalls bezog ich Kraft aus dem Mut, den sie bei ihrer Prüfung vor dreiundvierzig Jahren, anderthalb Kilometer entfernt, bewiesen hatte. June hätte vielleicht gesagt, daß das, womit ich fertig werden mußte, in Wahrheit ein tiefer Instinkt war, denn am Ende wurde ich mit Worten zurückgehalten und zur Ordnung gerufen, die man gewöhnlich Hunden vorbehält: Ça suffit!

Ich kann mich nicht mehr recht entsinnen, wie es dazu kam, aber irgendwann nach meiner Rückkehr ins Hôtel des Tilleuls, entweder als ich an der Bar saß und einen Pernod trank, oder eine halbe Stunde später, als ich auf der Suche nach einem Stück Seife erneut aus meinem Zimmer nach unten ging, erfuhr ich, daß die Besitzerin Mme Monique Auriac hieß, ein Name, den ich aus meinen Aufzeichnungen kannte. Bestimmt war sie die Tochter jener Mme Auriac, die sich um June gekümmert hatte, vielleicht war sie das junge Mädchen, welches das Mittagessen aufgetragen hatte, während der Bürgermeister seine Geschichte zum besten gab. Ich dachte daran, ihr einige Fragen zu stellen, um herauszufinden, wieviel ihr noch gegenwärtig war. Aber die Bar war plötzlich wie ausgestorben und der Speisesaal ebenfalls. In der Küche vernahm ich Stimmen. In der Empfindung, daß die familiäre Atmosphäre mein Vergehen irgendwie entschuldigte, stieß ich die verschrammte Pendeltür auf und trat ein.

Auf dem Tisch vor mir lag in einem Weidenkorb ein blutbeflecktes Fellknäuel. Am anderen Ende der Küche war ein Streit entbrannt. Mme Auriac, ihr Bruder, der als Koch fungierte, und das Mädchen, das die Doppelrolle des

Zimmermädchens und der Kellnerin ausfüllte, blickten sich zu mir um und fuhren alsdann fort, aufeinander einzureden. Ich blieb wartend neben dem Herd stehen, auf dem ein Suppentopf köchelte. Wenn ich nicht gemerkt hätte, daß der Streit mir galt, hätte ich mich nach einer halben Minute auf Zehenspitzen davongestohlen und es später noch einmal versucht. Das Hotel sei eigentlich geschlossen. Weil das Mädchen den Herrn aus England aufgenommen habe – Mme Auriac deutete mit dem Rücken ihres Handgelenks auf mich –, sei sie, Mme Auriac, verpflichtet gewesen, um der Gleichbehandlung willen in zwei Zimmern eine Familie unterzubringen, und jetzt sei auch noch eine Dame aus Paris eingetroffen. Was sollten die Herrschaften essen? Noch dazu leide man unter Personalmangel!

Ihr Bruder argumentierte, solange alle Gäste das Menü zu fünfundsiebzig Franc bestellten – Suppe, Salat, Kaninchen, Käse – und keine Auswahl erwarteten, werde man schon zurechtkommen. Das Mädchen unterstützte ihn. Mme Auriac entgegnete, das sei nicht die Art Restaurant, das sie zu führen wünsche. Daraufhin räusperte ich mich, entschuldigte mich und sagte, ich sei sicher, daß alle Gäste sich freuten, das Hotel zu so später Jahreszeit noch geöffnet zu finden, und daß das Tagesgedeck unter diesen Umständen durchaus genehm sei. Mit einem ungeduldigen Zischlaut und einem Zurückwerfen des Kopfes, das eine Form der Einverständniserklärung war, verließ Mme Auriac die Küche, und ihr Bruder breitete triumphierend die Hände aus. Aber es war noch ein weiteres Zugeständnis erforderlich; um die Arbeit zu erleichtern, sollten alle

Gäste zur gleichen Zeit um halb acht Uhr speisen. Ich sagte, was mich angehe, so sei mir das durchaus recht, und der Koch sandte das Mädchen aus, um die anderen davon in Kenntnis zu setzen.

Eine halbe Stunde später nahm ich als erster meinen Platz im Speisesaal ein. Mir war, als sei ich mehr als nur ein Gast. Ich war dazugehörig, eingeweiht in die inneren Angelegenheiten des Hotels. Mme Auriac brachte mir höchstpersönlich Brot und Wein. Inzwischen war sie guter Dinge, wir stellten fest, daß sie in der Tat 1946 hier gearbeitet hatte, und wiewohl sie sich an den Besuch von Bernard und June naturgemäß nicht mehr erinnerte, war ihr die Geschichte des Bürgermeisters von den Hunden offensichtlich bekannt, und sie versprach mir, sich mit mir zu unterhalten, sobald sie weniger zu tun hätte. Als nächstes trat die Dame aus Paris auf den Plan. Anfang dreißig und trotz ihrer abgehärmten, ausgezehrten Gesichtszüge schön, besaß sie das zerbrechliche, übermanikürte Aussehen, das einige Französinnen haben, für meinen Geschmack zu sehr zurechtgemacht, zu streng. Sie hatte eingefallene Wangen und die großen Augen der Hungernden. Ich vermutete, daß sie nicht viel essen würde. Sie schritt mit klappernden Absätzen über den gekachelten Boden in die entgegengesetzte Ecke, zu dem Tisch, der meinem am fernsten war. Indem sie die Anwesenheit des einzigen Gastes im Saal so geflissentlich übersah, hinterließ sie den gegenteiligen Eindruck, als sei jede ihrer Bewegungen einzig auf mich abgestellt. Ich hatte das Buch, in dem ich las, sinken lassen und fragte mich gerade, ob es sich wirklich so verhielt oder ob es nur eine jener männlichen Übertragungen war, über die Frauen sich manchmal beklagen, als die Familie hereinkam.

Sie bestand aus drei Personen: Mann, Frau und ein sieben- oder achtjähriger Knabe. In Schweigen gehüllt, traten sie ein und bewegten sich, von einer Aura familiärer Zusammengehörigkeit umgeben, durch die tiefe Stille des Speisesaals, um am übernächsten Tisch Platz zu nehmen. Unter lautem Stühlerücken ließen sie sich nieder. Der Mann, Hahn einer winzigen Hühnerschar, legte seine tätowierten Unterarme auf den Tisch und sah sich um. Erst starrte er zu der Pariserin hinüber, die von ihrer Speisekarte nicht aufschaute oder aufschauen wollte, dann trafen sich unsere Blicke. Obgleich ich ihm zunickte, ließ er nicht die leiseste Andeutung eines Grußes erkennen. Er nahm mich lediglich zur Kenntnis, dann murmelte er etwas in Richtung seiner Frau, die ihrer Handtasche eine Schachtel Gauloises und ein Feuerzeug entnahm. Während sich die Eltern ihre Zigaretten anzündeten, betrachtete ich den Knaben, der allein an seiner Seite des Tisches saß. Meinem Eindruck zufolge war es wenige Minuten vor Betreten des Speisesaals zu einer Szene gekommen, irgendeine Ungezogenheit, für die das Kind zurechtgewiesen worden war. Es saß lustlos, vielleicht schmollend da, die linke Hand hing herab, die rechte spielte mit dem Besteck.

Mme Auriac kam mit Brot, Wasser und dem kaum genießbaren gekühlten Liter Rotwein. Als sie gegangen war, sank der Junge weiter in sich zusammen, legte den Ellbogen auf den Tisch und stützte seinen Kopf auf. Sofort flog die Hand der Mutter über das Tischtuch und verpaßte dem Jungen einen derben Schlag auf den Unterarm, den sie wegstieß. Der Vater, der durch den Rauch blinzelte, schien nichts zu bemerken. Keiner sprach. Die Pariserin, die ich hinter der Familie sehen konnte, blickte entschlossen in eine leere Ecke des Saals. Der Junge sackte gegen die Rückenlehne seines Stuhls, starrte auf seinen Schoß und rieb sich den Arm. Seine Mutter schnippte behutsam ihre Zigarettenasche in den Aschenbecher. Sie sah nicht danach aus, als würde sie immer gleich zuschlagen. Sie war plump gebaut, rosig, mit einem hübschen runden Gesicht und roten Flecken auf ihren Puppenwangen, und der Widerspruch zwischen ihrem Verhalten und ihrer mütterlichen Erscheinung war unheimlich. Von der Anwesenheit dieser Familie und ihrer elenden Lage, an der ich nichts ändern konnte, fühlte ich mich bedrückt. Wenn es im Dorf ein anderes Eßlokal gegeben hätte, wäre ich dorthin gegangen.

Ich hatte mein Lapin au chef aufgegessen, aber die Familie war noch beim Salat. Einige Minuten lang war nur das Kratzen des Bestecks auf den Tellern zu hören. Es war mir nicht möglich zu lesen, so daß ich sie über meinen Buchrand hinweg still beobachtete. Der Vater zerdrückte Brotstücke auf seinem Teller, mit denen er den Rest seiner Vinaigrette aufwischte. Wenn er einen Bissen zum Munde führte, beugte er jedesmal den Kopf vor, als sei die Hand, die ihn fütterte, nicht die seine. Der Junge beendete seine Mahlzeit, indem er seinen Teller zur Seite schob und seinen Mund mit dem Handrücken abtupfte. Es wirkte wie eine geistesabwesende Geste, denn der Junge war ein untadeliger Esser, und soweit ich sehen konnte, waren seine Lippen nicht beschmiert. Doch war ich ein Außenstehender, und vielleicht war es eine Provokation, die Fortsetzung eines langwährenden Konflikts. Sein Vater murmelte unverzüglich etwas, eine Wendung, die das Wort »Serviette« enthielt. Die Mutter hatte aufgehört zu essen und musterte ihn scharf. Der Junge nahm seine Serviette vom Schoß und preßte sie sorgfältig nicht etwa an den Mund, sondern erst an eine Wange, dann an die andere. Bei einem so kleinen Kind konnte es sich nur um den arglosen Versuch handeln, es ihnen recht zu machen. Sein Vater indessen faßte es anders auf. Er lehnte sich über die leere Salatschüssel und stieß den Knaben heftig vor das Schlüsselbein. Von der Wucht des Hiebes wurde das Kind aus seinem Stuhl auf den Boden geschleudert. Die Mutter erhob sich halb von ihrem Stuhl und packte ihn am Arm. Sie wollte ihn hochreißen, bevor er zu heulen anfing, und so die Anstandsregeln des Restaurants wahren. Das Kind wußte kaum, wie ihm geschah, als sie ihn auch schon zischend ermahnte: »Tais-toi! Tais-toi!« Ohne aufzustehen, brachte sie es fertig, ihn auf seinen Stuhl zurückzuzerren, den ihr Mann mit dem Fuß geschickt zurechtgerückt hatte. Offensichtlich war das Ehepaar gut aufeinander eingespielt. Sie schienen anzunehmen, dadurch, daß sie nicht aufgestanden waren, sei es ihnen gelungen, eine unerfreuliche Szene zu vermeiden. Der Junge saß wieder auf seinem Platz und wimmerte vor sich hin. Seine Mutter hielt ihm einen starren, warnenden Zeigefinger hin, den sie so lange in die Höhe reckte, bis er vollständig verstummt war. Die Augen noch immer auf ihn gerichtet, ließ sie die Hand sinken.

Meine Hand zitterte, als ich mir von Mme Auriacs wässrig-saurem Wein eingoß. Ich leerte mein Glas in hastigen

Zügen. In der Kehle verspürte ich einen Kloß. Daß dem Jungen sogar zu weinen untersagt war, erschien mir noch unerträglicher als der Schlag, der ihn zu Boden geworfen hatte. Es war seine Einsamkeit, die mich ergriff. Ich mußte daran denken, wie hoffnungslos allein ich mit meiner Verzweiflung beim Tod meiner Eltern war, wie ich vom Leben nichts mehr erwartete. Für diesen Knaben war Unglück schlichtweg die Verfassung der Welt. Wer konnte ihm helfen? Ich schaute mich um. Die allein sitzende Frau hatte das Gesicht abgekehrt, aber die nervöse Art, wie sie sich ihre Zigarette ansteckte, bewies deutlich, daß sie alles mitbekommen hatte. Am anderen Ende des Speisesaals, am Büfett, stand das junge Mädchen und wartete darauf, unsere Teller abzutragen. Die Franzosen sind bekannt dafür, daß sie Kindern gegenüber freundlich und geduldig sind. Sicher würde jemand eine Bemerkung machen. Jemand anders mußte eingreifen, nicht ich.

Ich stürzte ein weiteres Glas Wein hinunter. Eine Familie nimmt einen unverletzlichen privaten Raum ein. Hinter Mauern, die ebenso eingebildet wie greifbar sind, legt sie für ihre Mitglieder Verhaltensmaßregeln fest. Das Mädchen trat näher und räumte meinen Tisch ab. Dann kam sie zurück, um der Familie die Salatschüssel abzunehmen und ihr saubere Teller zu bringen. Ich glaube, ich verstehe, was in diesem Moment in dem Jungen vorging. Während der Tisch für den nächsten Gang hergerichtet und das geschmorte Kaninchen serviert wurde, begann er zu weinen; das Kommen und Gehen der Kellnerin war die Bestätigung, daß das Leben nach seiner Demütigung weiter seinen Lauf nahm. Sein Gefühl der Einsamkeit war vollkommen, und er konnte seine Verzweiflung nicht länger zurückhalten.

Erst erbebte er bei dem Versuch, sich doch noch zu beherrschen, doch dann brach es aus ihm heraus, ein widerwärtiger Klagelaut, der trotz des Fingers, den die Mutter wieder erhoben hatte, lauter wurde, sich zu einem Jammern verstärkte und schließlich in einen Schluchzer mündete, der mit einem verzweifelten, tiefen Atemholen einherging. Der Vater legte die frische Zigarette, die er sich eben anzünden wollte, wieder hin. Er hielt einen Augenblick inne, um abzuwarten, was auf das Atemholen folgen würde; als sich das Weinen des Kindes indes noch steigerte, vollführte er mit dem Arm über den Tisch hinweg eine weit ausholende Bewegung und schlug dem Jungen mit dem Handrücken mitten ins Gesicht.

Es war unglaublich, ich dachte, ich sähe nicht recht, ein kräftiger Mann durfte ein Kind so nicht züchtigen, mit der ungezügelten Gewalt des Erwachsenenhasses. Der Kopf des Jungen schnellte zurück, als die Maulschelle ihn mitsamt dem Stuhl, auf dem er saß, fast bis zu meinem Tisch beförderte. Nur die Rückenlehne, die krachend auf dem Fußboden landete, bewahrte den Schädel des Kindes vor Schaden. Die Kellnerin kam auf uns zugelaufen und rief Mme Auriac herbei. Ich war aufgesprungen, dabei hatte ich gar keinen Entschluß gefaßt aufzustehen. Einen Moment lang begegnete ich dem Blick der Frau aus Paris. Sie war bewegungslos. Dann nickte sie ernst. Die junge Kellnerin saß auf dem Fußboden, sie hatte das Kind in den Arm genommen und hauchte gurrende Flötentöne der Besorgnis – ich weiß noch, wie ich dachte: Was für ein lieblicher Laut!, als ich an den Tisch des Vaters trat.

Seine Frau hatte sich erhoben und jammerte dem Mädchen vor: »Sie verstehen nicht, Mademoiselle. Sie machen die Sache nur schlimmer. Heulen kann er, der Flegel, aber er weiß schon, was er angestellt hat. Immer setzt er seinen Willen durch.«

Mme Auriac ließ sich nicht blicken. Wieder traf ich keine Entscheidung, stellte keine Überlegungen an, worauf ich mich da einließ. Der Mann hatte sich seine Zigarette angesteckt. Als ich sah, daß seine Hände zitterten, war ich ein wenig erleichtert. Er schaute mich nicht an. Ich sprach mit klarer, wenn auch bebender Stimme, zwar leidlich fehlerfrei, aber völlig unidiomatisch. Jennys geschmeidige Ausdrucksweise beherrschte ich nicht. Französisch zu sprechen hob meine Stimmung ebenso wie meine Worte auf das Niveau einer selbstbewußten, würdevollen Theatralik, und wie ich so dastand, hatte ich vorübergehend das erhebende Gefühl, einer jener unbekannten französischen Citoyens zu sein, die in entscheidenden Augenblicken ihrer Nationalgeschichte auf der Bildfläche erscheinen und aus dem Stegreif die paar Worte äußern, die später in Stein gemeißelt werden. War dies der Schwur im Ballhaus? War ich Desmoulins im Café Foy? In Wirklichkeit sagte ich, wortwörtlich, nur dies: »Monsieur, ein Kind so zu schlagen ist abscheulich. Sie sind eine Bestie, eine Bestie, Monsieur. Sie haben wohl Angst davor, sich mit jemandem zu schlagen, der Ihre Körpergröße hat, denn ich würde mir gern die Fresse polieren.«

Dieser lächerliche Ausrutscher führte dazu, daß der Mann sich entspannte. Er feixte mich von unten her an, während er seinen Stuhl vom Tisch abrückte. Er erblickte einen bleichen Engländer mittlerer Statur, der immer noch seine Serviette in der Hand hielt. Was hatte ein Mann zu fürchten, der auf jedem seiner umfänglichen Unterarme einen Merkurstab tätowiert hatte?

»Ta gueule? Es würde mich freuen, dir dabei behilflich zu sein.« Er machte eine ruckende Kopfbewegung Richtung Tür.

Ich folgte ihm an den leeren Tischen vorbei. Ich konnte es kaum fassen. Wir gingen wirklich nach draußen. Ein leichtsinniges Hochgefühl beflügelte meine Schritte, und ich schien den Fußboden entlangzuschweben. Als wir aus dem Restaurant ins Freie traten, ließ der Mann, den ich herausgefordert hatte, die Pendeltür gegen mich schwingen. Er ging mir voraus, über die verlassene Straße zu der Stelle, wo unter einer Straßenlaterne eine Benzinpumpe stand. Dann drehte er sich um und baute sich kampfbereit vor mir auf, doch ich war bereits zum Angriff übergegangen, und in dem Augenblick, da er die Arme hob, sauste schon, mit der ganzen Wucht meines Körpergewichts, meine Faust auf sein Gesicht zu. Ich traf ihn mit solcher Gewalt mitten auf die Nase, daß ich sein Nasenbein zertrümmerte und zugleich spürte, wie in meinem Fingerknöchel etwas riß. Einen befriedigenden Augenblick lang stand er benommen da, ging aber noch nicht zu Boden. Seine Arme baumelten an ihm herab, und er stand da und gaffte mich an, als ich ihm mit der Linken – eins, zwei, drei – in Gesicht, Gurgel und Magengrube schlug, bevor er in sich zusammensackte. Ich holte mit dem Fuß aus, und ich glaube, hätte ich nicht eine Stimme gehört und mich umgewandt, so hätte ich ihn zu Tode getreten und getrampelt. In dem erleuchteten Eingang auf der anderen Straßenseite nahm ich eine magere Gestalt wahr.

Die Stimme klang gefaßt. »Monsieur. Je vous prie. Ça suffit.«

Ich erkannte sofort, daß die Hochstimmung, die mich trieb, nichts mit Rache und Gerechtigkeit zu tun hatte. Über mich selbst erschrocken ließ ich ab.

Ich überquerte die Straße und folgte der Pariserin nach drinnen. Während wir auf die Gendarmerie und einen Rettungswagen warteten, verband mir Mme Auriac mit einer Kreppbandage die Hand und begab sich hinter die Theke, um mir einen Kognak einzuschenken. Auf dem Grund des Kühlschranks fand sie das letzte Eis des Sommers für den Jungen, der noch immer auf dem Fußboden saß und sich erholte, umfangen von den mütterlichen Armen der hübschen jungen Kellnerin, die, es sei gesagt, von Röte überflogen schien und von einem großen Glücksgefühl erfüllt.

IV

St.-Maurice-de-Navacelles
1946

Im Frühjahr 1946 machten sich meine Schwiegereltern, Bernard und June Tremaine, die Vorteile eines eben erst befreiten Europa und günstiger Wechselkurse zunutze und fuhren nach Frankreich und Italien in die Flitterwochen. Kennengelernt hatten sie sich 1944 im Senate House, Bloomsbury, wo sie beide ihrer Arbeit nachgingen. Der Vater meiner Frau, ein Naturwissenschaftler mit Abschluß in Cambridge, übte eine Schreibtischtätigkeit aus, die entfernt mit den Nachrichtendiensten zu tun hatte. Es ging um die Versorgung mit irgendwelchen Sonderartikeln. Meine Schwiegermutter war Sprachwissenschaftlerin und arbeitete in einem Büro, das mit den Freien Franzosen Verbindung hielt oder, wie sie sich ausdrückte, deren zerknitterte Gefühle glatt bügelte. Zuweilen fand sie sich im selben Zimmer wie de Gaulle wieder. Was sie zum Büro ihres künftigen Mannes führte, war ihre Übersetzertätigkeit bei einem Projekt zur Verwendung von Tretnähmaschinen zur Stromerzeugung. Nach Beendigung des Krieges verstrich beinahe ein volles Jahr, bis sie die Erlaubnis erhielten, ihre Stelle zu kündigen. Im April wurden sie getraut. Sie beabsichtigten, den Sommer mit Reisen zuzubringen, bevor sie einen Hausstand gründeten und sich auf Frieden, Ehe und ein ziviles Arbeitsverhältnis umstellten.

In den Jahren, als mir diese Angelegenheiten noch wichtiger waren, dachte ich oft ausführlich über die unterschiedlichen Arbeiten an der Heimatfront nach, die Angehörigen verschiedener Gesellschaftsschichten offenstanden, über jene belebende Annahme von Wahlfreiheit, das jugendliche Verlangen, neue Freiheiten zu erproben, die, soviel ich wußte, das Leben meiner eigenen Eltern kaum berührt hatten. Auch sie hatten kurz nach dem Krieg geheiratet. Meine Mutter war Landarbeiterin gewesen, was ihr, einer meiner Tanten zufolge, verhaßt war. 1943 wechselte sie in eine Munitionsfabrik bei Colchester. Mein Vater diente in der Infanterie. Die Evakuation von Dünkirchen überstand er unbeschadet und kämpfte danach in Nordafrika, doch am Ende, während der Invasion der Normandie, ereilte ihn die ihm bestimmte Kugel. Glatt und ohne einen Knochen zu verletzen durchschlug sie seine rechte Hand. Auch meine Eltern hätten nach dem Krieg verreisen können. Offenbar erbten sie, gerade als mein Vater aus dem Wehrdienst entlassen wurde, von meinem Großvater ein paar hundert Pfund. Theoretisch stand es ihnen frei zu reisen, aber ich bezweifle, daß sie oder irgendeiner ihrer Freunde auf die Idee gekommen wären. Früher hielt ich es stets für einen weiteren Hinweis auf die Beengtheit der Verhältnisse, denen ich entstammte, daß das Geld darauf verwendet wurde, das Reihenhaus zu kaufen, in dem meine Schwester und ich zur Welt kamen, und das Haushaltswarengeschäft zu begründen, mit dem wir uns nach dem plötzlichen Tode unserer Eltern über Wasser hielten.

Heute glaube ich es etwas besser zu verstehen. Mein Schwiegervater wandte seine Arbeitsstunden an die Lösung von Problemen wie der geräuschlosen Stromerzeugung für den Betrieb von Funksendegeräten in abgelegenen französischen Bauernhäusern, die ohne Stromversorgung waren. Abends verzehrte er seine fade Kriegsnahrung auf seiner Bude in Finchley, und an den Wochenenden besuchte er seine Eltern in Cobham. In die letzten Kriegsjahre fiel die Zeit seiner jungen Liebe, mit Kinogängen und sonntäglichen Radtouren in die Chilterns. Im Gegensatz dazu das Leben eines Unteroffiziers der Infanterie: aufgezwungene Auslandsreisen, abwechselnd Langeweile und ärgste Belastung, der gewaltsame Tod und die entsetzlichen Verwundungen enger Freunde, kein Privatleben, keine Frauen, unregelmäßige Nachrichten von zu Hause. Auf den langwierigen Fußmärschen ostwärts durch Belgien, in der Hand pochende Schmerzen, mußte die Aussicht auf ein Leben in beengter und geordneter Gewöhnlichkeit einen Glanz angenommen haben, der meinen Schwiegereltern gänzlich unbekannt war.

Sich derartige Unterschiede zu erklären macht sie keineswegs angenehmer, und ich habe immer gewußt, welcher Krieg mir lieber gewesen wäre. Mitte Juni traf das junge Paar in dem italienischen Seebad Lerici ein. Das Chaos und die Verwüstung Europas nach dem Kriege, besonders in Nordfrankreich und Italien, hatten sie schockiert. Einem Rotkreuzdepot am Stadtrand stellten sie sich für sechs Wochen als Freiwillige zur Verfügung. Es war eintönige, anstrengende Arbeit und der Arbeitstag lang. Die Menschen waren erschöpft, mit dem täglichen Überleben beschäftigt, und niemand schien sich Gedanken darüber zu machen, daß das Paar auf Flitterwochen war. Ihr unmittelbarer Vorgesetzter, »il capo«, war gegen sie eingenommen.

Er hegte einen Groll gegen die Briten, den zur Sprache zu bringen er zu stolz war. Sie wohnten zur Untermiete bei Signor und Signora Massucco, die noch immer um ihre beiden Söhne, ihre einzigen Kinder, trauerten. Diese waren, achtzig Kilometer voneinander entfernt, kurz vor der Kapitulation Italiens in derselben Woche gefallen. So manches Mal wurde das englische Paar nachts wach und hörte, wie die greisen Eltern im Erdgeschoß ihren Verlust beweinten.

Die Lebensmittelration war, zumindest auf dem Papier, angemessen, doch Korruption vor Ort verringerte sie auf ein Minimum. Bernard bekam eine Hautkrankheit, die sich von seinen Händen über den Hals bis zu seinem Gesicht ausbreitete. June erhielt trotz des messingnen Vorhangrings, den sie eigens trug, täglich Anträge. Ständig stellten sich die Männer zu nahe neben sie oder streiften sie, wenn sie im Zwielicht des Versandschuppens an ihr vorüberkamen, kniffen sie in den Hintern oder in den unbedeckten Unterarm. Das Problem, gaben ihr andere Frauen zu verstehen, war ihr blondes Haar.

Sie hätten jederzeit abreisen können, doch die Tremaines hielten durch. Das war ihre kleine Sühne dafür, daß sie es im Krieg so leicht gehabt hatten. Darüber hinaus war es ein Ausdruck ihres Idealismus – »den Frieden zu gewinnen« und dabei zu helfen, »ein neues Europa aufzubauen«. Indes war ihre Abreise von Lerici recht betrüblich. Niemand beachtete sie, als sie aufbrachen. Die trauernden Italiener kümmerten sich im Dachgeschoß um einen sterbenden Elternteil, und das Haus hatte sich mit Verwandten gefüllt. Die Rotkreuzstation war von einem Veruntreuungsskandal in Anspruch genommen. Eines Tages Anfang August stahlen sich Bernard und June vor dem Morgengrauen davon, um an der Hauptstraße auf den Bus zu warten, der sie gen Norden nach Genua bringen sollte. Als sie, bedrückt und einsilbig, im Dämmerlicht standen, hätten sie sich sicherlich mehr über ihren Beitrag zu einem neuen Europa gefreut, wenn sie geahnt hätten, daß sie bereits ihr erstes Kind gezeugt hatten, eine Tochter, meine Frau, die sich eines Tages tapfer um einen Sitz im Europäischen Parlament schlagen würde.

Mit Bus und Bahn reisten sie nach Westen, durch die Provence, durch Regengüsse und Gewitterstürme. In Arles lernten sie einen französischen Regierungsbeamten kennen, der sie nach Lodève im Languedoc fuhr. Er sagte ihnen, wenn sie sich nach Ablauf einer Woche in seinem Hotel einfänden, würde er sie weiter nach Bordeaux mitnehmen. Der Himmel hatte sich aufgeklärt, in England wurden sie erst in zwei Wochen erwartet, und so brachen sie zu einer kurzen Wanderung auf.

Dies ist die Region, wo die *causses*, Hochplateaus aus Kalkstein, sich bis zu dreihundert Meter über die Küstenebene erheben. An einigen Stellen fallen die Felswände atemberaubend steil ab – hundert Meter tief und mehr. Lodève liegt am Fuße eines Passes, damals eine schmale Landstraße, heute die vielbefahrene RN 9. Es ist noch immer eine schöne Strecke bergauf, wenn auch zu Fuß bei so viel Verkehr schwerlich angenehm. Damals konnte man einen ruhigen Tag damit verbringen, daß man zwischen den aufragenden Felsformationen stetig höher kletterte, bis man hinter sich, fünfundvierzig Kilometer gen Süden, das Mittelmeer erglänzen sah. Die Tremaines übernachteten in der Kleinstadt Le Caylar, wo sie sich breitkrempige Schäferhüte zulegten. Tags darauf bogen sie, jeder zwei Liter Wasser im Gepäck, von der Straße ab und liefen in nordöstlicher Richtung über den Causse du Larzac.

Hier befinden sich einige der einsamsten Gegenden Frankreichs. Heute leben dort weniger Menschen als vor hundert Jahren. Staubige, auch auf der besten Karte nicht verzeichnete Feldwege schlängeln sich durch Heidekraut, Stechginster und Buchs. Verlassene Gehöfte und Weiler nisten in überraschend grünen Senken, wo kleine Weideflächen von uralten Trockenmauern begrenzt werden und wo die von hohen Brombeersträuchern und Eichen gesäumten Pfade den Engländer vertraut anmuten. Doch diese weichen schon bald wieder der Leere.

Gegen Abend stießen die Tremaines auf den Dolmen de la Prunarède, eine prähistorische Grabkammer. Dann, nur wenige Meter weiter, standen sie auch schon oberhalb einer tiefen Schlucht, die der Fluß Vis in den Felsen gegraben hat. Hier machten sie Rast, um ihren Proviant aufzuzehren – riesige Tomaten, wie man sie in England nie zu Gesicht bekam, zwei Tage altes Brot, das so trocken war wie Zwieback, und eine Wurst, die June mit Bernards Taschenmesser aufschnitt. Sie hatten stundenlang geschwiegen, und jetzt, da sie auf der waagerechten Steinplatte des Dolmens saßen und über den Abgrund nach Norden zum Causse de Blandas blickten und zum Cevennen-Gebirge, setzte eine hitzige Diskussion ein, in deren Verlauf die Route, die sie am nächsten Tag durch diese herrliche, fremdartige Landschaft einschlagen wollten, einmündete in das Leben, das vor ihnen lag. Bernard und June waren Mitglieder der Kommunistischen Partei, und sie sprachen stundenlang vom Weg nach vorn. Komplizierte häusliche Details, Entfernungen zwischen Dörfern, Entscheidungen über Wegstrecken, die Niederlage des Faschismus, der Klassenkampf und die große Lokomotive der Weltgeschichte, deren Richtung der Wissenschaft bekannt war und die der Partei ihr unveräußerliches Recht auf Herrschaft verlieh – all das verschmolz zu einem atemberaubenden Anblick, einer verlockenden Prachtstraße, die sich vor ihnen auftat: vom Ausgangspunkt ihrer Liebe zu der weiten Aussicht über Causse und Berge, die sich, noch während sie sprachen, erst rot, dann dunkel färbten. Und in dem Maße, wie es dunkler um sie wurde, wuchs auch Junes Unruhe. Verlor sie schon in diesem Augenblick den Glauben? Eine zeitlose Stille lockte sie und zog sie an, doch jedesmal, wenn sie in ihrem optimistischen Geplapper innehielt, um in sie hineinzuhorchen, wurde das Schweigen von Bernards vollmundigen Platitüden gefüllt, den militarisierten Nichtigkeiten marxistisch-leninistischen Gedankenguts wie »Front« und »Angriff« oder »Feind«.

Junes lästerliche Zweifel wurden nur vorübergehend zerstreut, als die beiden auf ihrem abendlichen Weg zu dem nahegelegenen Dorf St.-Maurice verweilten, um ihre Gespräche über die Zukunft damit abzuschließen oder zu verlängern, daß sie, vielleicht auf dem Pfad selbst, wo der Boden am weichsten war, miteinander schliefen.

Doch weder am nächsten Tag, noch am folgenden Tag, noch an irgendeinem der kommenden Tage betraten sie die metaphorische Landschaft ihrer Zukunft. Vielmehr kehrten sie am nächsten Tag um. Nie stiegen sie hinab in die Gorge de la Vis und spazierten den geheimnisvollen erhöhten Kanal entlang, der im Fels verschwindet, nie überschritten sie auf der mittelalterlichen Brücke den Fluß oder kletterten herauf, um den Causse de Blandas zu durchqueren und zwischen den prähistorischen Menhiren, Steinkreisen und Dolmen zu wandern, die in der Wildnis herumstanden, nie traten sie den beschwerlichen Aufstieg zu den Cevennen nach Florac an. Ihre Wege begannen sich zu trennen am nächsten Tag.

Morgens brachen sie vom Hôtel des Tilleuls in St.-Maurice auf. Als sie die hübsche Strecke Weideland und Ginster durchquerten, die das Dorf vom Rand der Schlucht trennt, schwiegen sie wieder. Es war nicht einmal neun Uhr und schon zu heiß. Eine Viertelstunde lang verloren sie den Pfad aus den Augen und mußten querfeldein laufen. Der Lärm der Zikaden, der Duft des trockenen Grases, das sie zertraten, die stechende Sonne an ihrem Himmel aus unschuldigem Blaßblau, alles, was sie am Vortag so exotisch-südlich angemutet hatte – heute beunruhigte es June. Es quälte sie, daß sie sich von ihrem Gepäck in Lodève immer weiter entfernte. Der dürre Horizont, die trockenen Berge vor ihnen, die Meilen, die sie noch am selben Tag zurückzulegen hatten, um die Stadt Le Vigan zu erreichen, lasteten schwer auf ihr im scharfen Licht der Morgensonne. Die Tage des Wanderns, die ihnen noch bevorstanden, erschienen ihr als eine sinnlose Ablenkung von ihrer Ungewißheit.

Sie war zehn Meter hinter Bernard zurückgeblieben, dessen schlurfender Gang ebenso selbstsicher war wie seine Überzeugungen. Schuldbewußt suchte sie Zuflucht in bürgerlichen Gedanken an das Haus, das sie in England kaufen würden, an einen geschrubbten Küchentisch, an das schlichte blauweiße Porzellan, das ihre Mutter ihr geschenkt hatte, an ihr Kind. In der Ferne konnte sie den Steilabsturz des Nordrands der Schlucht erkennen. Das Land fiel bereits allmählich ab, die Vegetation veränderte sich. Statt sorgenfreier Freude beschlich sie eine grundlose Furcht, zu undeutlich, um laut darüber zu klagen. Es war eine Art Platzangst, hervorgerufen womöglich durch das winzige Wachstum, die rasch sich teilenden Zellen, die Jenny ins Leben beförderten.

Umkehren aufgrund einer leisen, namenlosen Angst kam nicht in Frage. Am Tag zuvor waren sie sich noch einig gewesen, daß dies der Höhepunkt ihrer Monate im Ausland war. Mit den Wochen in der Packstation des Roten Kreuzes hinter sich und dem englischen Winter vor sich, warum erfreute sie sich nicht an dieser sonnendurchtränkten Freiheit, was hatte sie nur?

Dort, wo der Pfad steil nach unten führte, hielten sie an, um die Aussicht zu bewundern. Die senkrechte, hitzeflimmernde Felswand, die ihnen auf der anderen Seite des hellen, leeren Schrundes gegenüberlag, fiel etwa hundert Meter tief ab. Hier und da in Spalten und Gesimsen hatten auf wenigen Erdkrumen zähe, verkrüppelte Eichen Halt gefunden. Die wilde Kraft, die das Leben zwang, sich noch an den unwirtlichsten Stellen festzuklammern, erschöpfte June. Sie verspürte einen starken Brechreiz. Dreihundert

Meter unter ihr lag, unter den Bäumen versteckt, der Fluß. Die leere, von Sonnenlicht durchflutete Luft schien ein Dunkel zu bergen, das sich dem Blick entzog.

Sie stand auf dem Pfad und tauschte mit Bernard hingemurmelte Worte der Anerkennung. Der Erdboden um sie herum war von anderen Wanderern, die aus dem gleichen Grunde angehalten hatten, flach getreten worden. Reine Pietät. Die richtige Reaktion war Furcht. Sie erinnerte sich schwach daran, Berichte von Reisenden des achtzehnten Jahrhunderts über den Lake District und die Schweizer Alpen gelesen zu haben. Berggipfel waren furchteinflößend, stürzende Schründe schreckenerregend, die ungezähmte Natur ein Chaos, die Strafe für den Sündenfall, eine entsetzliche Mahnung.

Ihre Hand ruhte leicht auf Bernards Schulter, ihr Rucksack lag zwischen ihren Füßen auf dem Boden, und sie redete drauflos, um sich selbst zu überzeugen, hörte zu, um sich davon überzeugen zu lassen, daß der Anblick, der sich ihnen bot, belebend wirkte, gerade in seiner Naturgebundenheit wie eine Verkörperung, ein Abbild ihrer menschlichen Rechtschaffenheit war. Dabei war ihnen dieser Ort allein schon seiner Dürre wegen feindlich. Alles, was hier wuchs, war zäh, struppig, dornig, fühlte sich unangenehm an und mußte mit seinen Flüssigkeiten haushalten im bitteren Überlebenskampf. Sie nahm die Hand von Bernards Schulter und griff nach ihrer Wasserflasche. Vermitteln konnte sie ihre Furcht nicht, so unsinnig schien sie. Jede Selbstdefinition, nach der sie tastend suchte in ihrem Unbehagen, drängte sie, die Aussicht zu genießen und den Fußmarsch fortzusetzen: eine werdende junge

Mutter, die ihren Ehemann liebte, Sozialistin und Optimistin, vernunftbegabt und mitfühlend, frei von Aberglauben, auf einer Wanderung in dem Land, das ihr Fachgebiet war; letzte sorglose Ferientage, die für die langen Kriegsjahre und für die eintönigen Monate in Italien entschädigten – vor England, Verantwortung, Winter.

Sie verdrängte ihre Furcht und begann mit Begeisterung zu sprechen. Dabei wußte sie von der Karte, daß der Übergang über den Fluß bei Navacelles kilometerweit flußaufwärts lag und der Abstieg zwei oder drei Stunden in Anspruch nehmen würde. Den kürzeren, steileren Aufstieg von der Schlucht würden sie in der Mittagshitze antreten. Den ganzen Nachmittag würden sie den Causse de Blandas durchqueren, den sie auf der anderen Seite sehen konnte, wie er in der flimmernden Hitze lag. Sie bedurfte all ihrer Kraft, und sie bot sie auf, indem sie sprach. Sie hörte sich sagen, daß die Gorge de la Vis den Vergleich mit den Gorges du Verdon in der Provence nicht zu scheuen brauchte. Beim Reden verdoppelte sie ihre Fröhlichkeit, obwohl sie jede Schlucht, Klamm oder Kluft in der Welt verabscheute und nichts als nach Hause wollte.

Dann, als sie ihre Rucksäcke aufhoben und sich zum Weitergehen anschickten, nahm Bernard das Wort. Sein großes, stoppeliges, gutmütiges Gesicht und seine abstehenden Ohren waren sonnenverbrannt. Seine ausgetrocknete Haut verlieh ihm ein staubiges Aussehen. Wie konnte sie ihn enttäuschen? Er sprach von einem Hohlweg auf Kreta. Er habe gehört, daß man dort im Frühling zwischen den wildwachsenden Blumen einen herrlichen Spaziergang unternehmen könne. Vielleicht sollten sie versuchen, im kommenden Jahr dorthin zu fahren. Sie ging ihm einige Schritte voraus und nickte demonstrativ.

Sie glaubte nur mit einer vorübergehenden Laune zu kämpfen, mit der Schwierigkeit, wieder in Gang zu kommen, und daß der Rhythmus ihrer Schritte sie beruhigen würde. Am Abend, in ihrem Hotel in Le Vigan, würden ihre Ängste zu einer Anekdote zusammengeschrumpft sein; bei einem Glas Wein würden sie sich ausnehmen wie eine Episode aus einem abwechslungsreichen Tag. Der Pfad verlief in müßigem Zickzack auf einer breiten, schräg abfallenden Bergschulter. Er war gut gangbar. Sie winkelte die Krempe ihres breitrandigen Huts keck gegen die Sonne und ließ die Arme schwingen, während sie mit federnden Schritten weiter nach unten lief. Sie hörte, wie Bernard ihr etwas nachrief, und beschloß, ihn nicht zu beachten. Vielleicht glaubte sie sogar, daß sie ihn, indem sie voranschritt, entmutigen könnte, so daß er derjenige wäre, der den Vorschlag machte umzukehren.

Sie gelangte zu einer Stelle, wo der Weg eine Haarnadelkurve beschrieb, und bog um die Ecke. Hundert Meter vor ihr, an der nächsten Kurve, standen zwei Esel. Der Weg war hier breiter und von Buchsgewächsen eingefaßt, die angepflanzt wirkten, so regelmäßig waren die Abstände zwischen ihnen. Weiter unten erspähte sie etwas Interessantes, und sie beugte sich über den Rand des Abgrunds, um besser zu sehen. Es war ein alter, aus Steinen erbauter Bewässerungskanal, der in die Felswand der Schlucht eingelassen war. Sie konnte den Pfad erkennen, der an ihm entlangführte. In einer halben Stunde würden sie sich das Gesicht benetzen und ihre Handgelenke kühlen können. Als sie sich von dem Abgrund löste und wieder nach vorn schaute, sah sie, daß die Esel in Wahrheit Hunde waren, schwarze Hunde von unnatürlicher Körpergröße.

Sie hielt nicht sofort an. Die Kälte, die sich von ihrer Magengrube zu ihren Beinen hin ausbreitete, betäubte jedes prompte Reaktionsvermögen. Statt dessen wurde sie nur zögernd langsamer und tat noch ein halbes Dutzend Schritte, bevor sie reglos und aus dem Gleichgewicht gebracht mitten auf dem Weg stehenblieb. Noch hatten sie sie nicht bemerkt. Sie hatte nicht viel Ahnung von Hunden und fürchtete sich nicht sonderlich vor ihnen. Selbst die rasenden Tiere auf den abgelegenen Gehöften des Causse hatten sie nie sonderlich beunruhigt. Doch die Viecher, die ihr siebzig Meter weiter vorne den Weg verstellten, waren nur der Silhouette nach Hunde. Riesig, wie sie waren, ähnelten sie mythischen Bestien. Ihr plötzliches Auftauchen, ihre ungewöhnliche Größe gaben ihr den Gedanken an eine Botschaft in Gebärdensprache ein, an eine Allegorie, deren Deutung allein ihr vorbehalten war. Sie erinnerten sie düster an etwas Mittelalterliches, ein Bild, schemenhaft und angsterregend. Aus der Entfernung schienen die Tiere ruhig zu grasen. Sie strahlten etwas Bedeutungsvolles aus. Ihr war schwach und übel vor Furcht. Sie wartete auf das Geräusch von Bernards Schritten. So weit war sie ihm doch gar nicht vorausgegangen.

In dieser Landschaft, wo die Arbeitstiere klein und drahtig waren, gab es keine Verwendung für Hunde von der Größe eines Esels. Diese Geschöpfe – riesige Doggen vielleicht – schnupperten an einem Grasbüschel am Wegrand.

Sie trugen kein Halsband und hatten keinen Herrn. Sie bewegten sich langsam. Zu irgendeinem Zweck schienen sie gemeinsam vorzugehen. Ihre Schwärze, die Tatsache, daß sie beide schwarz waren, daß sie zusammengehörten und herrenlos waren, ließ sie an Erscheinungen denken. An dergleichen glaubte June nicht. Jetzt aber konnte sie sich der Vorstellung nicht erwehren, weil die Wesen ihr vertraut vorkamen. Sie waren Sinnbilder der drohenden Gefahr, die sie verspürt hatte, sie waren die Verkörperung der namenlosen, unsinnigen, unsagbaren Unruhe, die sie morgens empfunden hatte. Sie glaubte nicht an Gespenster. Aber sie glaubte an Wahnsinn. Was sie stärker fürchtete als die Anwesenheit der Hunde war die Möglichkeit ihrer Abwesenheit, ihres Nichtvorhandenseins. Einer der Hunde, etwas kleiner als sein Gefährte, blickte auf und sah sie.

Daß die Tiere sich unabhängig voneinander verhalten konnten, schien zu bestätigen, daß sie wirklich waren. Das war kein Trost. Während der größere Hund weiter im Gras herumspürte, stand der andere, mit erhobener Vorderpfote, ganz still und betrachtete sie, oder witterte in der warmen Luft ihren Geruch. June war zwar fast auf dem Lande aufgewachsen, aber eigentlich war sie ein Großstadtkind. So viel wußte sie, daß sie nicht rennen durfte, doch kannte sie sich eher in Büro, Bücherei und Kino aus. In sechsundzwanzig Jahren hatte sie ihren durchschnittlichen Anteil an Gefahren gehabt. Einmal war dreihundert Meter von ihrem Schutzraum entfernt eine V-Rakete explodiert; während der frühen Tage der Verdunkelung war sie mit einem Bus gefahren, der mit einem Motorrad zusammenstieß; als sie neun Jahre zählte, war sie mitten im Winter vollbekleidet in einen Tümpel voller Algen gefallen. Jetzt kam ihr die Erinnerung an diese Abenteuer, beziehungsweise der zu einer metallischen Essenz destillierte Geschmack aller drei. Der Hund bewegte sich ein paar Meter auf sie zu und blieb dann stehen. Sein Schwanz hing herab, die Vorderpfoten hatte er fest gegen den Boden gestemmt. June trat zurück, erst einen Schritt, dann zwei. Ihr linkes Bein zitterte im Kniegelenk. Das rechte war kräftiger. Sie stellte sich das Gesichtsfeld des Ungetüms vor: eine farblose Trübung und ein verschwommenes, schwankendes Etwas, aufrecht, unverkennbar menschlich, eßbar.

Sie war überzeugt, daß diese herrenlosen Hunde ausgehungert waren. Hier draußen, drei, vier Kilometer von St.-Maurice entfernt, hätte selbst ein Jagdhund seine liebe Mühe. Dies hier waren Wachhunde, zum Angriff gezüchtet, nicht zum Überleben. Oder reizende Haustiere, die ihren Besitzern über den Kopf gewachsen waren oder deren Fütterung zu teuer kam. Wieder trat June zurück. Sie hatte Angst, berechtigte Angst, nicht vor Hunden, sondern vor der unnatürlichen Größe dieser Exemplare an diesem entlegenen Ort. Und vor ihrer Färbung? Nein, das nicht. Der zweite, größere Hund hatte sie erblickt und kam herbei, um sich zu seinem Gefährten zu gesellen. Eine Viertelminute lang verharrten sie, dann begannen sie auf sie zuzugehen. Wären sie in einen Laufschritt verfallen, sie wäre ihnen hilflos ausgeliefert gewesen. Doch sie mußte sie die ganze Zeit im Auge behalten, sie mußte sehen, wie sie näherkamen. Sie riskierte einen raschen Blick nach hinten;

ihre Momentaufnahme von dem sonnenbeschienenen Pfad ergab keine Spur von Bernard.

Dieser war mehr als dreihundert Meter entfernt. Er hatte angehalten, um sich den Schnürsenkel zuzubinden, und war in den Anblick einer nur wenige Zentimeter von seiner Schuhspitze entfernten Karawane von zwei Dutzend braunen, pelzigen Raupen vertieft, deren jede sich mit ihren Mandibeln im Hinterleib des vorderen Tiers verhakt hatte. Er hatte June zugerufen, sie solle zurückkommen und sich das anschauen, doch da war sie bereits um die erste Kurve gebogen. Bernards wissenschaftliche Neugier war erregt. Die Prozession auf dem Weg sah zielstrebig aus. Er wollte genau wissen, wohin sie führte und was geschähe, wenn sie ankam. Er kniete, die Box schußbereit. Durch den Sucher war nicht viel zu erkennen. Er nahm ein Notizheft aus dem Rucksack und fing an, eine Skizze zu zeichnen.

Die Hunde waren weniger als fünfzig Meter entfernt und näherten sich in flinkem Schrittempo. Wenn sie bei ihr ankämen, würden sie hüfthoch, vielleicht noch massiger sein. Ihre Schwänze hingen herab, und ihre Schnauzen standen offen. June konnte ihre rosa Zungen erkennen. Nichts sonst in dieser harschen Landschaft war rosa außer ihren empfindlichen, sonnenverbrannten Beinen, die aus ihren bauschigen Shorts herausragten. Um sich zu trösten, versuchte sie, die Erinnerung an einen alten Lakeland-Terrier heraufzubeschwören, der einer Tante gehörte: wie er, um jeden neuen Besucher zu begrüßen – weder freundlich noch feindselig, sondern pflichtbewußt-neugierig – auf Krallen, die auf den gebohnerten Eichenholzdielen kratzten, gemächlich die Eingangshalle der Pfarre durchschritt. Hunde schuldeten Menschen einen gewissen, über Generationen hinweg gezüchteten Mindestrespekt, der sich auf den unzweifelhaften Tatbestand menschlicher Intelligenz und hündischer Dummheit gründete. Und auf die vielgerühmte Hundetreue, ihre Abhängigkeit, ihr kriecherisches Verlangen, sich bezwingen zu lassen. Doch hier draußen wurden diese Regeln als bloße Konvention, als fadenscheiniger Sozialvertrag entlarvt. Hier bekräftigten keine Institutionen die Vorherrschaft des Menschen. Es gab nur den Weg, und der gehörte jedem Lebewesen, das ihn begehen konnte.

Eigensinnig stießen die Hunde weiter vor. June ging rückwärts. Sie wagte nicht zu rennen. Ein-, zwei-, dreimal rief sie Bernards Namen. In der sonnenerfüllten Luft klang ihre Stimme dünn und veranlaßte die Hunde, schneller zu laufen, fast im Trab. Sie durfte ihre Angst nicht zeigen. Aber sie würden sie an ihr riechen. Also durfte sie ihre Angst nicht einmal verspüren. Ihr zitterten die Hände, als sie auf dem Pfad nach Steinen scharrte. Sie fand drei. Einen behielt sie in der Rechten, die anderen klemmte sie zwischen die linke Hand und ihren Körper. Sie zog sich seitlich zurück, wobei sie den Hunden die linke Schulter zukehrte. Als der Pfad sich senkte, strauchelte sie und schlug hin. In ihrem Verlangen, sich wieder aufzurichten, schnellte sie beinahe vom Boden hoch.

Die Steine besaß sie noch. Sie hatte sich am Unterarm verletzt. Würde der Geruch der Wunde die Tiere erregen? Sie hätte das Blut gern weggelutscht, doch dazu mußte sie die Steine fallen lassen. Bis zur Wegbiegung waren es noch mehr als hundert Meter. Die Hunde waren nur noch zwanzig Meter entfernt und rückten näher. Als sie schließlich stehenblieb und sich zu ihnen umwandte, schlüpfte sie aus ihrem Körper heraus; dieses abgetrennte Ich war gewillt, mit Gleichmut, schlimmer noch: mit Einverständnis zuzusehen, wie eine junge Frau bei lebendigem Leibe aufgefressen wurde. Verächtlich bemerkte sie, wie sie bei jedem Ausatmen wimmerte und wie ein Muskelkrampf das linke Bein so stark erzittern ließ, daß es kein Gewicht mehr aushielt.

Mit dem Rücken lehnte sie sich gegen eine kleine Eiche, die über den Pfad ragte. Zwischen sich und dem Baum spürte sie ihren Rucksack. Ohne ihre Steine fallen zu lassen, streifte sie ihn vorsichtig von den Schultern und hielt ihn vor sich. Fünf Meter vor ihr verharrten die Hunde. Da erkannte sie, daß sie sich an die eine letzte Hoffnung geklammert hatte, ihre Furcht wäre nichts als Albernheit. Sie erkannte es in dem Augenblick, da ihre Hoffnung sich in dem leise knurrenden Grollen des größeren Hundes auflöste. Der kleinere hatte sich flach auf den Boden gelegt und die Vorderbeine sprungbereit angespannt. Sein Gefährte drehte, Abstand wahrend, linkerhand langsam seine Kreise, bis sie die beiden nur noch dadurch im Blickfeld behalten konnte, daß sie ihre Augen von einem zum anderen huschen ließ. So nahm sie sie als eine zuckende Häufung unzusammenhängender Einzelheiten wahr: das widerliche schwarze Zahnfleisch, die schlaffen, schwarzen, von Salz umrandeten Lefzen, einen sich lösenden Speichelfaden, die Risse auf einer Zunge, die an ihrem aufgewölbten Rand glatter wurde, ein gelb-rotes Auge, auf das Fell getropfter Augeneiter, offene Wunden auf einem Vorderbein und, eingeschlossen im V des geöffneten Maules, tief im Scharniergelenk der Kiefer, ein wenig Schaum, auf den ihr Blick sich wieder und wieder heftete. Die Hunde hatten ihre eigene Wolke aus Fliegen mitgebracht. Einige von ihnen liefen zu ihr über.

Bernard fand keine Freude am Zeichnen, seine Skizzen ähnelten auch nicht dem, was er sah. Sie stellten dar, was er wußte oder wissen wollte. Es waren Diagramme oder Karten, auf denen er später fehlende Namen eintragen würde. Wenn er die Raupe bestimmen könnte, wäre es leichter, ihr Vorhaben Nachschlagewerken zu entnehmen, falls es ihm heute nicht gelang, es selbst herauszufinden. Er hatte eine Raupe als vergrößertes Rechteck abgebildet. Nähere Nachprüfungen hatten ergeben, daß sie nicht braun waren, sondern gestreift, in feinen Schattierungen von Orange und Schwarz. Auf seinem Diagramm hatte er nur eine Folge von Streifen festgehalten, die er sorgfältig, im richtigen Verhältnis zur Gesamtlänge, gezeichnet hatte. Mit Bleistift gezogene Pfeile gaben den Farbton an. Er hatte die Mitglieder der Karawane gezählt – gar nicht so leicht, da jedes Einzeltier mit dem Pelz des nächsten verschmolz. Er vermerkte achtundzwanzig. Vom Gesicht des Führungstiers zeichnete er eine Frontalansicht, die die relative Größe und Lage der Mundwerkzeuge und des Facettenauges zeigte. Als er niedergekniet war, um den Kopf der führenden Raupe, ihr aufgehängtes Gesicht aus unergründlichen Einzelteilen, aus der Nähe zu betrachten, und dabei mit der Wange fast den Boden streifte, hatte er darüber nachgedacht, daß wir den Planeten mit Geschöpfen teilen, die uns ebenso seltsam und fremd erschienen wie irgendwelche, die man sich aus dem Weltraum kommend vorstellt. Indes, wir geben ihnen Namen und nehmen sie nicht mehr wahr, oder ihre Größe hält uns davon ab, genauer hinzuschauen. Er nahm sich vor, diesen Gedanken June mitzuteilen, die, möglicherweise etwas verärgert, in diesem Augenblick den Weg heraufkommen würde, um nach ihm zu suchen.

Sie redete die Hunde an, erst auf englisch, dann auf französisch. Sie sprach energisch, um ihre Übelkeit zu unterdrücken. Im selbstbewußten Tonfall eines Hundebesitzers befahl sie dem größeren Hund, der mit auseinandergespreizten Vorderbeinen dastand und noch immer knurrte: »Ça suffit!«

Er gehorchte nicht. Er blinzelte nicht. Sein Gefährte zu ihrer Rechten schob sich auf dem Bauch näher heran. Hätten sie gebellt, wäre ihr wohler zumute gewesen. Die Stille, die das Knurren unterbrach, ließ auf Berechnung schließen. Die Tiere hatten einen Plan. Aus dem Maul des größeren Hundes fiel ein Speicheltropfen auf den Weg. Im Nu stürzten sich mehrere Fliegen darauf.

June flüsterte: »Bitte, geht fort. Bitte. O Gott!« Das Füllwort verhalf ihr zu dem konventionellen Gedanken ihrer letzten und besten Chance. Sie versuchte in sich den Raum zu finden für die Gegenwart Gottes und vermeinte den schemenhaftesten aller Umrisse zu entdecken, eine bedeutungsschwere Leere in ihrem Hinterkopf, die ihr noch nie zuvor aufgefallen war. Diese schien in ihr aufzusteigen und sich nach draußen zu ergießen, plötzlich in ein mehrere Meter hohes, ovales Halbdunkel zu strömen, eine

Hülle pulsender Energie oder, wie sie später zu erklären versuchte, »farbigen, unsichtbaren Lichts«, das sie umschloß und barg. Wenn dies Gott war, dann unanfechtbar auch sie selbst. Konnte es ihr helfen? Würde sich dieses Geisterhafte von einer unvermuteten, eigennützigen Bekehrung rühren lassen? Eine flehende Bitte, ein wimmerndes Stoßgebet an etwas, das so eindeutig, so einleuchtend eine Verlängerung ihres eigenen Wesens war, schien belanglos. Selbst in diesem Augenblick äußerster Not wußte sie, daß sie auf etwas Ungewöhnliches gestoßen war, und war fest entschlossen, zu überleben, um es zu ergründen.

Noch immer den Stein haltend, faßte sie mit der rechten Hand in ihren Rucksack. Sie holte die Reste der Wurst hervor, die sie am Vortag verzehrt hatten, und schleuderte sie auf den Boden. Der kleinere Hund war zuerst da, überließ sie jedoch unverzüglich seinem Gefährten. Wurst und Pergamentpapier waren in nicht einmal dreißig Sekunden hinuntergeschlungen. Geifernd wandte sich der Hund ihr zu. Zwischen zwei Zähnen hing ihm ein dreieckiger Papierfetzen. Die Hündin beschnüffelte die Stelle, wo die Wurst gelegen hatte. June griff wieder in den Rucksack. Zwischen den Bündeln zusammengefalteter Kleider fühlte sie etwas Hartes. Sie zog ein Taschenmesser mit Bakelitgriff heraus. Der größere Hund tat zwei rasche Schritte auf sie zu. Er war drei Meter entfernt. Sie legte den Stein in die Linke, steckte das Bakelit in den Mund und klappte das Messer auf. Sie konnte nicht Messer und Stein in einer Hand halten. Sie mußte eine Wahl treffen. Das Messer mit der drei Zentimeter breiten Klinge war ihre letzte Rettung. Benutzen durfte sie es nur, wenn die Hunde über sie herfielen. Sie balancierte es, die Klinge von sich weg gerichtet, auf dem Rucksack. Sie nahm den Stein wieder in die rechte Hand und stützte sich gegen den Baum. Ihr angstvoller Griff hatte den Stein erwärmt. Sie holte zum Wurf aus. Jetzt, wo sie zum Angriff ansetzte, zitterte ihr linkes Bein noch heftiger.

Der Stein prallte mit Wucht auf den Boden und sandte einen Sprühregen kleinerer Kiesel über den Pfad. Sie hatte den größeren Hund um dreißig Zentimeter verfehlt. Als die Kiesel ihm ins Gesicht spritzten, zuckte er zusammen, rührte sich aber nicht vom Fleck, sondern senkte seine Nase zu der Aufschlagstelle, in der Hoffnung auf weitere Nahrung. Als er sie wieder anblickte, legte er den Kopf schräg und knurrte sie an, ein tückischer Laut aus Atem und Schleim. Es war gekommen, wie sie befürchtet hatte. Sie hatte den Einsatz erhöht. In der Hand hielt sie jetzt den zweiten Stein. Die Hündin legte die Ohren an und glitt vor. Junes Wurf war ungezielt, aussichtslos. Der Stein wirbelte zu früh aus ihrer Hand. Kraftlos fiel er zur Seite, und ihr entlasteter Arm drosch durch die Luft.

Der große Hund kauerte zum Sprung bereit und wartete auf einen Augenblick der Unachtsamkeit. Die Muskeln in seinen Lenden zitterten. Mit einer Hinterpfote kratzte er nach besserem Halt. Sie hatte nur noch Sekunden zur Verfügung, und ihre Hand umfaßte den dritten Stein. Er flog über den Rücken des Hundes hinweg und schlug auf dem Pfad auf. Das Geräusch veranlaßte den Hund zu einer halben Drehung, und in diesem Augenblick, in dieser gewonnenen Sekunde, handelte June. Sie hatte nichts zu verlieren. In einem Taumel der Selbstaufgabe wagte sie einen Ausfall. Ihre Furcht war dem Zorn darüber gewichen, daß ihr Glück, die Hoffnungen der vergangenen Monate und jetzt auch noch die Offenbarung dieses außergewöhnlichen Lichts an einem Paar verwilderter Hunde zunichte werden sollten. Sie nahm das Messer in die Rechte, hielt den Rucksack wie einen Schild und stürzte, ein furchterregendes, schrilles Aaaaaaa! ausstoßend, auf die Hunde zu.

Die Hündin sprang zurück. Aber der große Rüde schnellte empor und ging auf sie los. Um den Aufprall abzufangen, beugte sie sich ihm entgegen, als das Tier auch schon seine Zähne in den Rucksack schlug. Es stand auf den Hinterbeinen, und mit einem Arm stützte sie es. Unter seinem Gewicht sackte sie zusammen. Der Rachen des Hundes war nur zentimeterweit von ihrem Gesicht entfernt. Da rammte sie das Messer nach oben, drei schnelle Stiche in seinen Bauch und seine Flanken. Sie war überrascht, wie leicht die Klinge hineinfuhr. Ein gutes kleines Messer. Beim ersten Stoß weiteten sich die gelb-roten Augen des Hundes. Beim zweiten und dritten gab er, bevor er von dem Rucksack abließ, ein piepsiges, jämmerliches Jaulen von sich, die Laute eines kleinen Hündchens. Ermutigt von dem Geräusch und von neuem aufkreischend, stieß June zum vierten Mal zu. Doch das Gewicht der Bestie zog sich bereits zurück, und sie traf ins Leere. Der Schwung ihrer Armbewegung bewirkte, daß sie das Gleichgewicht verlor. Sie stürzte, das Gesicht auf dem Pfad, der Länge nach hin.

Das Messer war ihr entfallen. Ihr Nacken war ungeschützt. Sie zog ihre Schultern zu einem langen, bebenden Achselzucken hoch, winkelte Arme und Beine an und bedeckte das Gesicht mit den Händen. Soll er doch jetzt kommen, war ihr einziger Gedanke. Er soll kommen.

Doch er kam nicht. Als sie es wagte, den Kopf zu heben, sah sie in hundert Meter Entfernung die Hunde, wie sie den Weg, den sie gekommen waren, hinabliefen. Dann bogen sie um die Ecke und waren verschwunden.

Eine Viertelstunde später fand Bernard sie mitten auf dem Weg sitzend. Als er ihr aufhalf, sagte sie kurz angebunden, zwei Hunde hätten ihr einen Schrecken eingejagt und sie wolle umkehren. Das blutbeschmierte Messer bemerkte er nicht, und June vergaß, es aufzuheben. Er fing an, ihr vorzuhalten, wie töricht es sei, den herrlichen Abstieg nach Navacelles zu versäumen, mit den Hunden könne er es allemal aufnehmen. Doch June ging bereits weiter. Sie war nicht jemand, der plötzliche Entscheidungen wie diese erzwang. Als er ihren Rucksack aufhob, sah er eine gekrümmte Reihe kleiner Löcher im Segeltuch und einen Schaumstreifen, aber er war zu entschlossen, June einzuholen. Als er sie erreichte, schüttelte sie den Kopf. Sie hatte nichts hinzuzufügen.

Bernard zog sie am Arm, um sie zum Anhalten zu bewegen. »Laß uns doch wenigstens darüber sprechen. Das ist eine radikale Planänderung, weißt du?« Er konnte sehen, daß sie verstört war, und er versuchte seinen Ärger zu bezähmen. Sie riß sich los und lief weiter. Ihr Gang hatte etwas Mechanisches. Unter dem Gewicht zweier Rucksäcke keuchend, holte Bernard sie wieder ein.

»Es ist doch etwas vorgefallen.»

Ihr Schweigen drückte Zustimmung aus.

»Um Himmels willen, sag mir, was es ist.«

»Ich kann nicht.« Sie blieb immer noch nicht stehen.

Bernard schrie: »June! Das ist unerhört.«

»Verschone mich mit Fragen. Hilf mir lieber, nach St.-Maurice zu kommen, Bernard. Bitte.«

Sie wartete seine Antwort nicht ab. Sie würde sich auf keinen Streit einlassen. So hatte er sie noch nie erlebt. Unvermittelt beschloß er, zu tun, worum sie ihn gebeten hatte. Sie stiegen wieder zum Rand der Schlucht auf und durchquerten, auf den Turm des Dorfschlößchens zuhaltend, in der immer grelleren Hitze das Weideland.

Am Hôtel des Tilleuls erstieg June die Stufen zur Terrasse und setzte sich in den Halbschatten der Linden, wobei sie mit beiden Händen die Kante des bemalten Blechtisches umklammerte, als hinge sie von einer Felsenklippe. Bernard setzte sich ihr gegenüber und wollte gerade Atem holen, um seine erste Frage zu stellen, als sie, mit nach außen gekehrten Handtellern, die Arme hob und den Kopf schüttelte. Sie bestellten *citrons pressés.* Während sie warteten, erzählte ihr Bernard in allen Einzelheiten von dem Zug der Raupen und vergaß auch nicht seine Beobachtung über die befremdliche Natur anderer Arten. Zuweilen nickte June, wenngleich nicht immer an den passenden Stellen.

Madame Auriac, die Inhaberin, brachte ihnen ihre Getränke. Sie war eine rührige, mütterliche Dame, die sie am Abend zuvor Mrs. Tiggywinkle getauft hatten. 1940, als die Deutschen von Belgien aus die Grenze überschritten, hatte sie ihren Mann verloren. Als sie erfahren hatte, daß das Paar aus England kam und auf Hochzeitsreise war, hatte sie sie ohne Preisaufschlag in ein Zimmer mit Bad verlegt. Auf einem Tablett trug sie die Gläser mit Zitronensaft, einen Glaskrug Wasser mit dem Markenzeichen Ricard und eine Untertasse Honig anstelle des Zuckers, der noch immer rationiert war. Sie ahnte, daß mit June etwas nicht recht stimmte, denn sie setzte ihr Glas behutsam ab. Dann sah sie, kurz vor Bernard, Junes rechte Hand, und das Blut mißdeutend, nahm sie sie in ihre Hand und rief aus: »Das ist aber eine schlimme Schnittwunde, Sie armes, kleines Ding. Sie gehen jetzt mit mir hinein, und ich kümmere mich darum.«

June war folgsam. Als sie aufstand, hielt Mme Auriac sie bei der Hand. Sie wollte sich gerade ins Hotel führen lassen, als ihr Gesicht zuckte und sie einen seltsamen hohen Ton ausstieß, wie einen Ausruf des Erstaunens. In der Annahme, er werde Zeuge einer Geburt, eines Aborts, einer spektakulären weiblichen Katastrophe, sprang Bernard entsetzt auf. Mme Auriac war gefaßter, fing die junge Engländerin auf und bugsierte sie sachte auf ihren Stuhl zurück. June wurde von einer Reihe trockener, stammelnder Schluchzer überwältigt, die schließlich in ein tränenreiches, kindliches Weinen übergingen.

Als sie wieder sprechen konnte, erzählte sie ihre Geschichte. Sie saß dicht neben Mme Auriac, die nach Kognak gerufen hatte. Bernard hielt über den Tisch hinweg Junes Hand, zunächst freilich wollte sie sich von ihm nicht trösten lassen. Seine Abwesenheit in einem entscheidenden Augenblick hatte sie ihm nicht verziehen, und die

Schilderung seiner lächerlichen Raupen hatte ihren Unmut wachgehalten. Als sie indes zum Höhepunkt ihrer Erzählung gelangte und Bernards erstaunten und stolzen Gesichtsausdruck wahrnahm, verschränkte sie ihre Finger mit den seinen und erwiderte seinen liebevollen Händedruck.

Mme Auriac beauftragte den Kellner, den Bürgermeister herbeizurufen, auch wenn er bereits sein Mittagsschläfchen halte. Bernard umarmte June und beglückwünschte sie zu ihrem Mut. Der Kognak wärmte ihr den Magen. Zum erstenmal erkannte sie, daß ihr Erlebnis abgeschlossen war; schlimmstenfalls war es eine lebhafte Erinnerung. Es war eine Anekdote, und zwar eine, bei der sie gut abschnitt. In ihrer Erleichterung besann sie sich auf ihre tiefe Zuneigung zu ihrem geliebten Bernard, so daß der Bürgermeister, als er endlich, unrasiert und noch benommen von der Unterbrechung seines Nickerchens, die Stufen zur Terrasse heraufkam, eine glückliche, festliche Szene vorfand, ein kleines Idyll, auf das Mme Auriac lächelnd herabblickte. Natürlich war er gereizter Stimmung, als er fragte, was denn so dringlich gewesen sei, daß man ihn aus seinem Bett ans Sonnenlicht des Frühnachmittags zerren mußte.

Mme Auriac schien einige Macht über den Bürgermeister zu besitzen. Als er dem englischen Paar die Hände geschüttelt hatte, wurde ihm beschieden, er solle sich setzen. Mürrisch willigte er in einen Kognak ein. Als Madame dem Kellner auftrug, eine Kanne Kaffee an den Tisch zu bringen, besserte sich seine Laune. Echter Bohnenkaffee war noch immer eine Seltenheit. Dieser hier war aus feinsten, dunklen arabischen Bohnen. Der Maire hob sein Glas zum drittenmal. Vous êtes Anglais? Ah, sein Sohn, der jetzt in Clermont-Ferrand Ingenieurswesen studiere, habe mit dem britischen Expeditionskorps zusammen gekämpft und immer gesagt...

»Hector, heb dir das für später auf«, fiel Madame Auriac ihm ins Wort. »Wir haben es mit einer bedrohlichen Situation zu tun«, und um June die Mühe der Wiederholung zu ersparen, gab sie die Geschichte in ihrem Namen und mit nur geringfügigen Ausschmückungen wieder. Als Mme Auriac sie jedoch mit dem Hund ringen ließ, bevor sie ihn niederstach, fühlte June sich bemüßigt einzugreifen. Die Dorfbewohner wischten die Unterbrechung als unerhebliche Bescheidenheit beiseite. Am Ende führte Mme Auriac Junes Rucksack vor. Der Bürgermeister pfiff durch die Zähne und gab sein Urteil ab: »C'est grave.« Zwei wilde, ausgehungerte Hunde, womöglich tollwütig, einer von ihnen aufgrund seiner Wunden reizbar, stellten gewiß eine Gefahr für die Öffentlichkeit dar. Sobald er seinen Kognak ausgetrunken habe, werde er einige Anwohner zusammentrommeln und sie in die Schlucht hinabschicken, um die Tiere aufspüren und zur Strecke bringen zu lassen. Er werde auch nach Navacelles telephonieren, um in Erfahrung zu bringen, was man von dort aus unternehmen könne.

Der Maire schien sich erheben zu wollen. Doch dann griff er nach seinem leeren Glas und machte es sich wieder auf seinem Stuhl bequem.

»Das hatten wir schon einmal«, sagte er. »Vergangenen Winter. Erinnerst du dich?«

»Ich weiß nichts davon«, sagte Mme Auriac.

»Letztesmal war es nur ein Hund. Aber die gleiche Sache, der gleiche Grund.«

»Grund?« erkundigte sich Bernard.

»Wollen Sie damit sagen, Sie wissen es nicht? Ah, c'est une histoire.« Er schob sein Glas Mme Auriac zu, die zur Theke hinüberrief. Der Kellner kam und murmelte Mme Auriac etwas ins Ohr. Auf einen Wink von ihr zog er sich einen Stuhl heran. Plötzlich erschien Mme Auriacs Tochter Monique, die die Küche versah, mit einem Tablett. Sie hoben die Gläser und Tassen hoch, damit sie ein weißes Tischtuch ausbreiten und zwei Flaschen Landwein, Gläser, einen Korb Brot, eine Schale Oliven und eine Handvoll Besteck auftragen konnte. Draußen in den Weingärten, hinter der schattigen Terrasse, verstärkten die Zikaden ihren heißen, trockenen Lärm. Die Zeit, die nachmittägliche, im Midi so elementar wie Luft und Licht, breitete sich aus und dehnte sich bauschend nach außen, bis in den Abend hinein, und nach oben, zum Gewölbe des kobaltblauen Himmels hin, und in ihrem köstlichen Hingestrecktsein entließ sie jedermann aus seiner Pflicht.

Als Monique mit einer Terrine de porc in einer braunglasierten Schüssel zurückkehrte, setzte der Maire, der die frischen Gläser mit Wein gefüllt hatte, gerade an.

»Anfangs war das hier ein ruhiges Nest – ich spreche von '40 und '41. Wir organisierten uns nur langsam, und aus verschiedenen Gründen, nun ja, Geschichte, Familienzwistigkeiten, alberne Streitereien, schlossen wir uns nicht der Gruppe an, die sich um Madière, das Dorf am Fluß, herum bildete. Aber dann, im März oder April '42, halfen einige von uns beim Aufbau der Antoinette-Linie. Die verlief von der Küste bei Sète über die Séranne hier hindurch zu den Cevennen und weiter nach Clermont hinauf. Sie kreuzte sich mit der Philippe-Linie, die in ost-westlicher Richtung durch die Pyrenäen nach Spanien ging.«

Der Bürgermeister, der Bernards bewußt ausdrucksloses Gesicht und den Umstand, daß June auf ihren Schoß starrte, mißverstand, schickte sich zu einer raschen Erläuterung an.

»Ich erkläre Ihnen, worum es ging. Zum Beispiel unser erster Auftrag. Funkgeräte, die von U-Booten bei Cap d'Agde angelandet wurden. Unser Abschnitt schaffte sie in drei Nächten von La Vacquerie nach Le Vigan. Was danach aus ihnen wurde, wollten wir nicht wissen. Sie verstehen?«

Bernard nickte eifrig, als falle es ihm wie Schuppen von den Augen. June hielt ihren Blick gesenkt. Über ihre Tätigkeit während des Krieges hatten sie nie miteinander gesprochen und sollten es auch bis 1974 nicht tun. Bernard hatte Bestandslisten für zahlreiche Abwürfe auf den verschiedensten Strecken zusammengestellt, obwohl er mit einer so unbedeutenden Linie wie Antoinette nie direkt zu tun gehabt hatte. June war für eine Gruppe tätig gewesen, die mit den Freien Franzosen wegen der britischen Sondereinsätze in Vichy-Frankreich Verbindung hielt, aber auch sie hatte von Antoinette keine Kenntnis. Die gesamte Erzählung des Bürgermeisters hindurch vermieden es Bernard und June, einander anzusehen.

»Antoinette funktionierte sieben Monate lang gut«, sagte der Maire. »Wir waren hier nur eine Handvoll Leute. Wir schleusten Agenten und ihre Funker nach Norden.

Manchmal handelte es sich auch nur um Nachschub. Wir halfen einem kanadischen Piloten zur Küste...«

Eine gewisse Unruhe auf seiten Mme Auriacs und des Kellners verriet, daß sie die Geschichte bei einer Flasche Kognak allzuoft gehört hatten oder glaubten, daß der Maire prahlte. Mme Auriac erteilte Monique flüsternd Anweisungen, den nächsten Gang betreffend.

»Und dann«, sagte der Maire und hob die Stimme, »ist etwas schiefgelaufen. Jemand hat geplaudert. In Arboras wurden zwei verhaftet. Darauf kam die Miliz.«

Der Kellner wandte höflich den Kopf ab und spuckte gegen den Stamm einer Linde.

»Sie haben die ganze Linie aufgewickelt, sich hier drinnen im Hotel einquartiert und das ganze Dorf verhört, einen nach dem anderen. Ich kann voller Stolz sagen, daß sie nichts, rein gar nichts, gefunden haben und wieder abgezogen sind. Aber das war das Ende von Antoinette, und von da an stand St.-Maurice unter Verdacht. Plötzlich wußte man, daß wir eine Route durch die Gorge nach Norden kontrollierten. Wir waren nicht mehr unauffällig. Tag und Nacht kamen sie hier durch. Sie warben Denunzianten an. Antoinette war gestorben, und es war schwer, von vorne zu beginnen. Die Partisanengruppe Maquis de Cévennes schickte jemanden hierher, und es kam zu einem Streit. Wir waren zwar isoliert, aber auch leicht zu beobachten, und das wollten die Maquisards nicht kapieren. Im Rücken haben wir den Causse und keine Deckung. Und vor uns liegt die Gorge mit nur wenigen Wegen nach unten.

Aber am Ende nahmen wir unsere Arbeit wieder auf,

und gleich danach wurde unser Docteur Boubal festgenommen. Sie brachten ihn bis nach Lyon. Er wurde gefoltert, und wir nehmen an, daß er starb, bevor er auspacken konnte. Am selben Tag traf die Gestapo ein. Sie kamen mit Hunden, riesigen, häßlichen Viechern, die sie in den Bergen eingesetzt hatten, um die Schlupfwinkel des Maquis auszukundschaften. So hieß es jedenfalls, aber ich habe nie geglaubt, daß es Spürhunde waren. Das waren Wachhunde, keine Bluthunde. Die Gestapo also kam mit diesen Hunden, beschlagnahmte ein Haus in der Dorfmitte und blieb drei Tage. Es war nicht ganz klar, worauf sie aus waren. Sie zogen ab, und zehn Tage später waren sie wieder da. Und zwei Wochen danach schon wieder. Sie durchkreuzten die Gegend, und wir wußten nie, wann oder wo sie als nächstes auftauchen würden. Sie zeigten sich mit den Hunden in aller Öffentlichkeit und steckten ihre Nase in alle möglichen Angelegenheiten. Es ging ihnen um Einschüchterung, und sie hatten Erfolg damit. Die Hunde und ihre Abrichter versetzten alle in Angst und Schrecken. Was uns betrifft, so war es schwierig, sich nachts zu bewegen, wenn überall im Dorf Hundestreifen patrouillierten. Und um diese Zeit waren die Denunzianten der Miliz gut plaziert.«

Der Bürgermeister leerte in zwei langen Zügen sein Glas und schenkte sich erneut ein.

»Dann kamen wir hinter die eigentliche Verwendung dieser Hunde, wenigstens des einen.«

»Hector...«, warnte ihn Mme Auriac. »Nicht diese...«

»Zuerst«, sagte der Bürgermeister, »muß ich Ihnen etwas über Danielle Bertrand erzählen...«

»Hector«, sagte Mme Auriac, »die junge Dame möchte die Geschichte nicht hören.«

Aber welche Macht auch immer sie über den Maire besaß, sie hatte sie dem Alkohol abgetreten.

»Man kann nicht behaupten«, verkündete er, »daß Mme Bertrand hier je beliebt gewesen wäre.«

»Dank dir und deinen Freunden«, bemerkte Mme Auriac leise.

»Sie kam zu Beginn des Krieges und zog in ein kleines Häuschen am Dorfrand, das sie von ihrer Tante geerbt hatte. Sie sagte, ihr Mann sei 1940 bei Lille gefallen, und das mochte zutreffen oder auch nicht.«

Mme Auriac schüttelte den Kopf. Mit verschränkten Armen setzte sie sich in ihrem Stuhl zurück.

»Wir waren argwöhnisch. Vielleicht täuschten wir uns...«

Der Bürgermeister richtete den Satz an Mme Auriac, die ihn jedoch keines Blickes würdigte. Ihre Mißbilligung nahm die Form eines wütenden Schweigens an. »Aber so geht es nun mal zu im Krieg«, fuhr er fort, mit einer schwungvollen Gebärde, die andeuten sollte, daß sich eigentlich Mme Auriac dieser Argumentation bedienen würde, wenn sie sich nur äußerte.

»Eine Fremde kam, um in unserer Mitte zu leben, eine Frau, und niemand wußte, woher sie ihr Geld bezog, niemand erinnerte sich daran, daß die alte Madame Bertrand je eine Nichte erwähnt hätte, und dazu war sie so reserviert und saß den ganzen Tag mit Stapeln von Büchern in ihrer Küche. Natürlich waren wir argwöhnisch. Wir mochten sie nicht leiden, und damit basta. Ich sage das alles nur, weil ich möchte, daß Sie, Madame« – zu June gewandt – »verstehen, daß ich trotz allem, was ich gesagt habe, von den Ereignissen im April 1944 entsetzt war. Der Vorfall war zutiefst bedauerlich ...«

Mme Auriac gab einen schnaubenden Laut von sich. »Bedauerlich!«

In diesem Augenblick kam Monique mit einer großen irdenen Kasserolle, und eine Viertelstunde lang wandte sich die Aufmerksamkeit, mit anerkennenden Worten von allen Anwesenden, zu Recht dem Cassoulet zu, und Mme Auriac, hocherfreut, revanchierte sich mit der Geschichte, wie sie an eine unerläßliche Zutat, die eingemachte Gans, herangekommen sei.

Als die Mahlzeit beendet war, nahm der Maire den Faden wieder auf. »Eines Tages saßen drei oder vier von uns nach Feierabend genau an diesem Tisch, als wir Mme Bertrand die Straße hinunter auf uns zurennen sahen. Sie war übel zugerichtet. Ihre Kleider waren zerrissen, ihre Nase blutete, und über einer Augenbraue hatte sie eine Platzwunde. Sie schrie, nein, sie stammelte, und sie rannte hier herauf, diese Stufen herauf, und nach drinnen, um Madame zu suchen ...«

Mme Auriac sagte rasch: »Sie war von der Gestapo vergewaltigt worden. Entschuldigen Sie, Madame«, und sie legte ihre Hand auf Junes.

»Das nahmen wir alle an«, sagte der Maire.

Mme Auriac hob die Stimme: »Und so war es auch.«

»Aber später fanden wir etwas anderes heraus. Pierre und Henri Sauvy ...«

»Trunkenbolde.«

»Sie sahen, was geschah. Entschuldigen Sie, Madame« – zu June – »aber sie fesselten Danielle Bertrand über einen Stuhl.«

Mme Auriac schlug heftig auf den Tisch. »Hector, ich sage dir doch. Ich werde es nicht zulassen, daß diese Geschichte hier ausgebreitet wird...«

Aber Hector wandte sich an Bernard. »Es war nicht die Gestapo, die sie vergewaltigte. Die haben...«

Mme Auriac war aufgestanden. »Du verläßt auf der Stelle meine Tafel und wirst nie wieder hier essen oder trinken!«

Hector zögerte, dann zuckte er die Schultern. Er hatte sich schon halb von seinem Stuhl erhoben, als June fragte: »Die haben was? Wovon reden Sie, Monsieur?«

Der Bürgermeister, der so darauf erpicht gewesen war, seine Geschichte vorzutragen, geriet angesichts dieser direkten Frage ins Schwanken. »Sie müssen verstehen, Madame... Die Brüder Sauvy haben es mit eigenen Augen gesehen, durchs Fenster... und später haben wir gehört, daß es auch in den Vernehmungszentren in Lyon und Paris passierte. Die schlichte Wahrheit ist, ein Tier kann dazu dressiert werden...«

Da explodierte Mme Auriac: »Die schlichte Wahrheit? Da ich die einzige hier bin, die einzige in diesem Dorf, die Danielle gekannt hat, will ich dir mal die schlichte Wahrheit sagen!«

Sie stand aufrecht, bebend vor Zorn und Entrüstung. Es war unmöglich, dachte Bernard, ihr nicht Glauben zu schenken. Der Maire stand noch immer halb erhoben da, was ihm ein unterwürfiges Aussehen verlieh.

»Die schlichte Wahrheit ist, daß die Brüder Sauvy zwei Trunkenbolde sind und daß du und deine Kumpane Danielle Betrand verachteten, weil sie hübsch war und allein lebte und nicht der Meinung war, dir oder sonst irgendwem eine Erklärung schuldig zu sein. Und als ihr diese schreckliche Sache widerfuhr, hast du ihr etwa gegen die Gestapo beigestanden? Nein, du hast deren Partei ergriffen. Mit dieser Geschichte, dieser lästerlichen Geschichte habt ihr zu ihrer Schande noch beigetragen. Ihr alle, ihr wart ja so gewillt, zwei Trunkenbolden zu glauben. Es hat euch so großen Spaß gemacht. Eine weitere Demütigung für Danielle. Ihr konntet euch ja nicht einkriegen. Ihr habt die arme Frau aus dem Dorf vertrieben. Aber sie war mehr wert als ihr alle zusammen, und die Schmach gebührt euch, euch allen, besonders aber dir, Hector, bei deiner Stellung. Und deshalb sage ich dir ein für allemal: Ich will diese widerwärtige Geschichte nie wieder hören. Verstehst du? Nie wieder!«

Mme Auriac setzte sich. Da er ihre Darstellung nicht bestritt, glaubte der Maire anscheinend, sich das Recht erworben zu haben, es ihr nachzutun. Es entstand eine Stille, während Monique den Tisch abräumte.

Dann räusperte sich June: »Und die Hunde, die ich heute morgen gesehen habe?«

Der Maire sprach verhalten. »Es sind dieselben, Madame. Die Gestapo-Hunde. Verstehen Sie, nicht lange danach änderte sich alles. Die Alliierten landeten in der Normandie. Als sie ihre Stellungen zu durchbrechen drohten, begannen die Deutschen, Einheiten nach Norden zu verlegen, an die Front. Die Gruppe hier tat nichts Nützliches, außer die Einheimischen einzuschüchtern, und gehörte zu den ersten, die abgezogen wurden. Die Hunde blieben zurück und verwilderten. Wir hätten nicht gedacht, daß sie überleben würden, aber sie ernährten sich von Schafen. Seit zwei Jahren stellen sie jetzt schon eine Gefahr dar. Aber sorgen Sie sich nicht, Madame. Heute nachmittag werden die beiden erschossen.«

Und da seine Selbstachtung mit diesem ritterlichen Versprechen wiederhergestellt war, leerte der Maire sein Glas aufs neue, schenkte sich nach und toastete: »Auf den Frieden!«

Doch rasche Blicke auf Mme Auriac ergaben, daß sie noch immer mit gekreuzten Armen dasaß, und der Trinkspruch des Bürgermeisters fand nur halbherzige Zustimmung.

Nach all dem Kognak und Wein und der ausgedehnten Mahlzeit gelang es dem Maire nicht, noch am Nachmittag ein Aufgebot von Dorfbewohnern in die Schlucht zu entsenden. Und auch am nächsten Morgen war nichts erfolgt. Bernard war erbost. Er war noch immer fest entschlossen, den Weg zu erwandern, der sich ihnen am Dolmen de la Prunarède dargeboten hatte. Gleich nach dem Frühstück gedachte er den Bürgermeister aufzusuchen. June dagegen war erleichtert. Sie wollte nachdenken, und eine anstrengende Wanderung sagte ihr nicht mehr zu. Das Heimweh, das sie befallen hatte, war stärker denn je. Jetzt hatte sie eine tadellose Ausrede. Sie machte Bernard klar, daß sie auch dann nicht die Absicht hätte, nach Navacelles hinunterzulaufen, wenn sie die Hunde tot zu ihren Füßen liegen sähe. Er tobte, aber sie wußte, daß er sie verstand. Und Mme Auriac, die ihnen persönlich das Frühstück servierte, verstand ebenfalls. Sie erzählte ihnen von einem Pfad, »doux et beau«, der in südlicher Richtung nach La Vacquerie verlief, dann auf einen Hügel hinaufführte, bevor er vom Causse zu dem Dörfchen Les Salces abfiel. Nicht einmal einen Kilometer davon entfernt lag St.-Privat, wo sie Cousinen hatte, die ihnen, gegen ein äußerst geringes Entgelt, ein bequemes Nachtlager bereiten würden. Anschließend könnten sie eine angenehme Tageswanderung nach Lodève hinein unternehmen. So einfach war das! Sie zeichnete eine Karte, schrieb ihnen die Namen und Adressen ihrer Cousinen auf, füllte die Feldflaschen, gab jedem von ihnen einen Pfirsich und begleitete sie ein kurzes Stück die Straße entlang, bevor sie mit ihnen kleine Küsse auf die Wangen tauschte – damals noch ein exotisches Ritual – und June mit einer ganz besonderen Umarmung bedachte.

Der Causse du Larzac zwischen St.-Maurice und La Vacquerie ist in der Tat sanfter als die strauchige Wildnis weiter westlich. Ich bin viele Male selbst dort gewandert. Vielleicht liegt es daran, daß die Gehöfte, die *mas*, enger beisammen liegen und ihre vorteilhaften Auswirkungen auf die Landschaft sich über die ganze Weglänge erstrecken. Vielleicht ist es auch der uralte Einfluß des *polje*, eines uralten Flußbetts, das in einem rechten Winkel zur Gorge verläuft. Ein Weg von einer halben Meile Länge, fast ein Tunnel aus Apfelrosensträuchern, führt an einem Tauteich in einem Feld vorbei, das damals von einer exzentrischen alten Dame Eseln vorbehalten wurde, die zu alt zur Arbeit waren. Hier in der Nähe ließ sich das junge Paar in einem schattigen Winkel nieder und nahm leise – denn man konnte nicht wissen, wer den Weg entlangkommen mochte – die süße und unbeschwerte Vereinigung der vorletzten Nacht wieder auf.

Am späten Vormittag schlenderten sie in das Dorf. La Vacquerie lag früher an der Hauptpostverbindung vom Causse nach Montpellier, bis 1865 die Landstraße von Lodève gebaut wurde. Wie St.-Maurice hat es sein eigenes Hotelrestaurant, und hier, auf dem engen Gehsteig, ließen sich Bernard und June mit dem Rücken zur Wand auf Stühlen nieder, tranken Bier und bestellten ein Mittagessen. Wieder war June schweigsam. Sie wollte über das farbige Licht sprechen, das sie gesehen oder erahnt hatte, aber sie war überzeugt, daß Bernard sich abschätzig äußern würde. Auch über die Geschichte des Bürgermeisters wollte sie sich unterhalten; allein Bernard hatte bereits klargestellt, daß er kein Wort davon glaubte. An einer Auseinandersetzung war ihr nicht gelegen, doch die Stille löste in ihr einen Groll aus, der sich in den kommenden Wochen steigern sollte.

Nahebei, dort, wo die Hauptstraße sich gabelte, stand auf einem Steinsockel ein eisernes Kreuz. Das englische Paar schaute zu, wie ein Steinmetz ein halbes Dutzend neuer Namen einmeißelte. Von der anderen Straßenseite, im tiefen Schatten einer Haustür, sah auch eine recht junge, Trauer tragende Frau zu. Sie war so bleich, daß sie zuerst annahmen, sie leide an einer Art Auszehrung. Sie stand völlig still, mit einer Hand hielt sie den Saum ihres Kopftuchs so, daß er ihren Mund verhüllte. Der Steinmetz schien verlegen und kehrte ihr, während er arbeitete, den Rücken zu. Nach einer Viertelstunde kam ein alter Mann in blauem Overall und Hauspantoffeln herbeigeschlurft, faßte sie wortlos bei der Hand und führte sie fort. Als der Besitzer heraustrat und ihnen den Salat servierte, nickte er zur anderen Straßenseite hinüber, zu der leeren Stelle hin, und murmelte: »Trois. Mari et deux frères.«

Der düstere Zwischenfall stand ihnen vor Augen, als sie sich in der Hitze, mit schwerem Magen, den Hügel hinaufmühten, zur Bergerie de Tédenat. Auf halber Höhe, vor einer langen Strecke offenen Geländes, rasteten sie im Schatten eines Pinienbestands. Bernard sollte diesen Augenblick für den Rest seines Lebens nicht vergessen. Als sie aus ihren Feldflaschen tranken, kam ihm die Vorstellung, daß der soeben beendete Krieg keine historische, keine geopolitische Tatsache war, sondern eine Vielzahl, eine nahezu unendliche Fülle privaten Leides, ein grenzenloser Jammer, genau, aber ungeschmälert verteilt auf Individuen, die den Kontinent wie Staub überzogen, wie Sporen, deren jeweilige Identität unerkannt bleiben würde und deren Gesamtheit mehr Kummer aufwies, als man je auch nur versuchen könnte zu verstehen; eine Bürde, schweigend ertragen von Hunderttausenden, von Millionen wie jener Frau, die sich um ihren Mann und ihre beiden Brüder grämte, jeder Trauerfall eine eigene, verworrene, weherfüllte Liebesgeschichte, die anders hätte ausgehen können. Anscheinend hatte er noch nie über den Krieg nachgedacht, jedenfalls nicht über dessen Kosten. Er war so eifrig mit den Einzelheiten seiner Arbeit befaßt gewesen, mit ihrer guten Ausführung, und sein weitester Blick hatte den Kriegszielen, dem Sieg, dem statistischen Tod und der statistischen Zerstörung, dem Wiederaufbau nach dem Krieg gegolten. Erstmals erahnte er das Ausmaß der Katastrophe gefühlsmäßig; all die einmaligen und einzigartigen Todesfälle, all das hieraus entstehende Leid, auch dieses einmalig und einzigartig, das auf Konferenzen, in Schlagzeilen und Geschichtsschreibung keinen Platz fand und sich still in Häuser, Küchen, verwaiste Betten und qualvolle Erinnerungen zurückzog. Dieser Gedanke überfiel Bernard 1946 unter einer Pinie im Languedoc, nicht als Beobachtung, die er mit June hätte teilen können, sondern als tiefe Ahnung, als Erkenntnis einer Wahrheit, die ihn so bestürzte, daß er schwieg, und später als Frage: Was war schon von einem Europa Gutes zu erwarten, das von diesem Staub, diesen Sporen überzogen war, wenn Vergessen unmenschlich und gefährlich wäre und Eingedenken eine fortwährende Marter?

June kannte Bernards Schilderung dieses Moments, behauptete jedoch, keine Erinnerung an die Frau in Schwarz zu haben, die ihr selber zugehöre. Als ich 1989 auf meinem Weg zu dem Dolmen durch La Vacquerie kam, stellte ich fest, daß der Sockel des Mahnmals mit lateinischen Zitaten beschriftet war. Eine Namensliste der Kriegsopfer gab es nicht.

Als sie den Gipfel erreichten, hatte sich ihre Stimmung wieder aufgehellt. Sie hatten eine herrliche Aussicht zu der dreizehn Kilometer entfernten Gorge und konnten ihre morgendliche Wegstrecke wie auf einer Karte zurückverfolgen. An dieser Stelle begannen sie sich zu verlaufen. Mme Auriacs Skizze zeigte nicht eindeutig, wo sie den

Pfad zu verlassen hatten, der an der Bergerie de Tédenat vorüberführt. Sie bogen zu früh ab, angezogen von einem jener verlockenden, von Jägern getretenen Trampelpfade, die sich wirr durch eine Heide aus Thymian und Lavendel zogen. June und Bernard kehrten sich nicht daran. Über die Landschaft verstreut fanden sich Reste von Dolomitgestein, das zu Türmen und zerbrochenen Bogen verwittert war, und sie hatten den Eindruck, durch die Ruinen eines uralten Dorfes zu wandern, überwuchert von einem entzückenden Garten. Fröhlich liefen sie mehr als eine Stunde lang in die Richtung, die ihnen die richtige schien. Sie sollten nach einem breiten Sandweg Ausschau halten; von diesem ging der Pfad ab, auf dem man den steilen Abstieg unterhalb des Pas de l'Azé und hinunter nach Les Salces machte. Selbst mit der besten Karte wäre er nicht leicht zu finden gewesen.

Als aus dem Nachmittag früher Abend wurde, fühlten sie sich allmählich müde und gereizt. Die Bergerie de Tédenat ist eine lange, niedrige Scheune, die am Horizont sitzt, und eben stapften sie den sanften Hang hinauf, der sie zu ihr zurückbringen würde, da hörten sie von Westen her einen sonderbaren Klingklang. Im Näherkommen löste er sich in einen tausendfachen melodischen Klang auf, als ob Glockenspiele, Xylophone und Marimbas in ungestümem Kontrapunkt miteinander wetteiferten. Bernard hatte die Vorstellung von kaltem Wasser, das über glatte Kiesel rann.

Wie verzaubert blieben sie auf dem Pfad stehen und warteten. Das erste, was sie sahen, war eine ockergelbe Staubwolke, die von der niedrigstehenden, noch immer grellen

Sonne beleuchtet wurde, und dann bogen die ersten paar Schafe um eine Wegkurve, erschrocken über die plötzliche Begegnung, aber nicht imstande, sich gegen den Strom von Schafen zu wenden, der sich hinter ihnen ergoß. Bernard und June kletterten auf einen Felsen, standen in dem aufwirbelnden Staub und im Gelärme der Glocken und warteten darauf, daß die Herde vorüberzog.

Der Schäferhund, der hinterhertrottete, bemerkte sie im Vorübergehen, beachtete sie aber nicht weiter. Mehr als fünfzig Meter dahinter kam der Schäfer, der *berger*. Wie sein Hund nahm er sie ohne jede Neugier zur Kenntnis. Wäre June nicht vor ihm auf den Pfad gesprungen und hätte ihn nach dem Weg nach Les Salces gefragt, so wäre er mit nicht viel mehr als einem Kopfnicken an ihnen vorbeigegangen. Er brauchte etliche Schritte, bis er zum völligen Stillstand kam, und er sprach nicht gleich. Er trug den herkömmlichen dichten Schnauzbart der *bergers* und den gleichen breitrandigen Hut wie sie selbst. Bernard kam sich wie ein Schwindler vor und wollte seinen abziehen. In dem Glauben, ihr Dijon-Französisch sei unverständlich, begann June ihre Frage umständlich zu wiederholen. Der *berger* zupfte die ausgefranste Decke zurecht, die er über den Schultern trug, nickte zu seinen Schafen hinüber und ging rasch zur Spitze seiner Herde vor. Er hatte etwas Unverständliches dahingemurmelt; sie vermuteten aber, daß er sie aufgefordert hatte, ihm zu folgen.

Nach zwanzig Minuten bog der *berger* durch eine Lücke zwischen den Pinien, und der Hund lenkte die Herde hindurch. Bernard und June waren diesen Weg schon drei-, viermal entlanggekommen. Sie fanden sich in einer kleinen

Lichtung am Rande einer Klippe wieder, vor sich die untergehende Sonne, die hingestreckten, ins Violette spielenden niedrigen Höhenrücken und in der Ferne das weite Meer. Es war dieselbe Aussicht, die sie drei Tage vorher oberhalb von Lodève im Morgenlicht bewundert hatten. Sie standen am Rande des Plateaus, bereit zum Abstieg. Sie befanden sich auf dem Heimweg.

Begeistert, schon ergriffen von der prickelnden Vorahnung der Freude, die zuerst ihr eigenes Leben ausfüllen würde, danach Jennys, dann meines und das unserer Kinder, wandte June sich um, geschubst von Schafen, auf der schmalen Fläche vor dem Klippenrand, um dem *berger* zu danken. Der Hund drängte die Herde bereits einen schmalen gepflasterten Weg hinunter, der unter einem großen Felsmassiv, dem Pas de l'Azé, verlief. »Ach, ist das schön«, rief June in das Glockengeläute hinein. Der Mann blickte sie an. Ihre Worte bedeuteten ihm nichts. Er drehte sich um, und sie folgten ihm hinab.

Vielleicht verfehlte der Gedanke an zu Hause auch auf den *berger* seine Wirkung nicht, vielleicht verfolgte dieser aber auch – und das war Bernards zynischere Deutung – bereits einen Plan, wurde er doch während des Abstiegs gesprächiger. Es sei ungewöhnlich, erklärte der *berger*, die Schafe schon so früh vom Causse hinabzutreiben. Eigentlich beginne der Schafabtrieb erst im September. Aber sein Bruder sei kürzlich bei einem Motorradunfall ums Leben gekommen, und er gehe hinunter, um verschiedene Angelegenheiten zu regeln. Zwei Herden würden vereinigt und einige Schafe verkauft werden, es seien Schulden zu begleichen und Besitz zu veräußern. Der von langen Pausen unterbrochene Bericht führte sie einen Pfad entlang, der durch einen Eichenhain abstieg, vorbei an einer verfallenen Bergerie, die dem Onkel des Mannes gehörte, und durch ein ausgetrocknetes Bachbett, sodann zwischen weiteren Steineichen hindurch, bis sie schließlich um eine mit Pinien bestandene Erhebung herum auf einen breiten, sonnenhellen Vorsprung terrassierten Bodens hinaustraten, der über ein Tal mit Weingärten und Eichen hing. Dort unten, kaum eine Meile entfernt, lag das Dorf St.-Privat. Es schmiegte sich an den Rand einer engen Schlucht, die von einem winzigen Bächlein gerissen worden war. Behaglich unter die hängenden Terrassen hingebettet, dem Tal und der untergehenden Sonne zugekehrt, stand eine Bergerie aus grauem Stein. Gleich daneben lag ein kleines Feld, aus dem der Hund eben die letzten Schafe jagte. Im Norden ragten schroff die Steilwände des Plateaurands auf und krümmten sich nach Nordwesten hin zu einem ungeheuren Amphitheater aus Felsgestein.

Der Schäfer lud sie ein, sich vor der Bergerie hinzusetzen, während er zu seiner Quelle ging, um Wasser zu holen. June und Bernard ließen sich mit dem Rücken zu der warmen, unebenen Mauer auf einem Stein nieder und betrachteten die Sonne, die hinter den Hügeln nach Lodève hin unterging. Dabei verfärbte sich das Licht purpurn, eine frische, kühle Brise wehte, und die Zikaden wechselten die Tonart. Keiner von beiden sprach. Der *berger* kehrte mit einer Weinflasche voll Wasser wieder, und sie ließen sie herumgehen. Bernard schnitt Mme Auriacs Pfirsiche in Schnitze und teilte sie aus. Der *berger*, dessen Namen sie noch immer nicht wußten, hatte seinen Gesprächsvorrat aufgezehrt und sich in sich selbst zurückgezogen. Aber sein Schweigen wirkte wohltuend, vertraut, und wie sie dort saßen, zu dritt in einer Reihe, in der Mitte June, und den westlichen Himmel aufflammen sahen, empfand sie eine solche innere Ruhe und Heiterkeit, daß sie meinte, wahres Glück noch nie gekannt zu haben. Was sie zwei Nächte zuvor am Dolmen de la Prunarède erlebt hatte, war eine Vorahnung davon gewesen, die von lästigem Gerede, guten Absichten, Plänen zur Verbesserung der materiellen Lebensbedingungen wildfremder Menschen zunichte gemacht worden war. Was dazwischen lag, waren die schwarzen Hunde und das Oval aus Licht, das sie nicht mehr sehen konnte, dessen Existenz jedoch ihre Freude untermauerte.

Sie fühlte sich geborgen auf diesem kleinen Flecken Erde, der sich an die hohe Wand des Felsplateaus schmiegte. Sie war dort ganz auf sich selbst gestellt, verwandelt. Das Diese, das Jetzt, das Hier. War es das nicht, was das Leben sein sollte und so selten Gelegenheit hatte zu sein? Es auszukosten im Nun, diesem Augenblick in all seiner Schlichtheit – die weiche, dunkelnde Sommerluft, den Duft des Thymians, den sie zertrat, ihren Hunger, ihren gestillten Durst, den warmen Stein, den sie durch ihre Bluse spürte, den Nachgeschmack des Pfirsichs, ihre klebrige Hand, ihre matten Beine, ihre schweißige, sonnige, staubige Erschöpfung, diesen heimlichen, herrlichen Ort und diese beiden Männer, einer, den sie kannte und liebte, der andere mit seinem Schweigen, dem sie vertraute und der, dessen war sie sich gewiß, darauf wartete, daß sie den nächsten, den unvermeidlichen Schritt tat.

Als sie fragte, ob sie sich in der Bergerie umschauen dürfe, war er, noch bevor ihre Frage verhallt war, auf den Beinen und ging zur Eingangstür auf der Nordseite. Bernard sagte, er habe es zu bequem, um sich zu rühren. June folgte dem *berger* in die schwarze Düsternis. Er entzündete eine Lampe und hielt sie vor sie hin. Sie trat ein, zwei Schritte vor und blieb stehen. Ein süßer Geruch nach Stroh und Staub hüllte sie ein. Sie befand sich in einem länglichen, schuppenähnlichen Gebäude mit Schrägdach, das von einer gewölbten, in einer Ecke eingestürzten Zwischendecke aus Stein in zwei Geschosse unterteilt war. Der Boden bestand aus festgestampfter Erde. June verharrte eine Minute in Schweigen, und der Mann wartete geduldig. Als sie sich endlich umwandte und fragte: »Combien?«, war er sofort mit seinem Preis zur Hand.

Es kostete umgerechnet fünfunddreißig Pfund nebst den dazugehörigen zwanzig Morgen Land. Zu Hause hatte June genügend Erspartes, um den Kauf zu tätigen, doch erst am folgenden Nachmittag raffte sie ihren Mut zusammen, um Bernard zu beichten, was sie getan hatte. Zu ihrer Überraschung versuchte er gar nicht erst, ihr mit einem Schwall von Vernunftgründen entgegenzutreten: daß sie sich erst ein Haus in England kaufen müßten oder daß es unmoralisch sei, gleich zwei Häuser zu besitzen, wenn überall so viele Menschen kein Dach über dem Kopf hatten. Im darauffolgenden Jahr kam Jenny zur Welt, und June kehrte erst im Sommer 1948 zur Bergerie zurück, um eine Reihe bescheidener Verbesserungen auszuführen. Verschiedene neue Gebäude im Baustil der Gegend wurden angefügt, um die größer werdende Familie unterzubringen. 1955 wurde die Quelle richtig angezapft, 1958 Strom gelegt. Im Laufe der Jahre besserte June die Terrassen aus, zapfte eine zweite, kleinere Quelle an, um die Pfirsich- und Olivenhaine zu bewässern, die sie angelegt hatte, und schuf aus den Buchsbäumen, die auf der Berglehne wuchsen, einen reizenden und sehr englischen Irrgarten.

1951, nach der Geburt ihres dritten Kindes, beschloß June, für immer in Frankreich zu leben. Die meiste Zeit behielt sie die Kinder bei sich. Gelegentlich verbrachten sie lange Zeiträume bei ihrem Vater in London. Ab 1957 besuchten sie die Volksschule in St.-Jean-de-la-Blacquière. 1960 ging Jenny auf das Lyzeum in Lodève. Ihre ganze Kindheit hindurch wurden die Tremaine-Kinder, von gütigen Zugbegleiterinnen oder energischen Kinderbetreuerinnen gehütet, zwischen England und Frankreich hin und her verschickt, zwischen Eltern, die weder zusammenleben noch endgültig auseinandergehen mochten. Denn June, überzeugt von der Existenz des Bösen und der Gottes, gewiß, daß beide mit dem Kommunismus nicht vereinbar seien, stellte fest, daß sie Bernard weder bekehren noch von ihm lassen konnte. Er wiederum liebte sie zwar, war aber erzürnt über ihr Leben in selbstgewählter Einsamkeit bar jeder sozialen Verantwortung.

Bernard trat aus der Partei aus und entwickelte sich während der Suezkrise zu einer »Stimme der Vernunft«. Seine Nasser-Biographie erregte Aufmerksamkeit, und kurz danach wurde er der lebhafte, annehmbare Radikale in Rundfunkdebatten der BBC. 1961 kandidierte er bei einer Nachwahl für die Labour Party und unterlag mit einem Achtungserfolg, 1964 versuchte er es abermals, diesmal mit Erfolg. Um diese Zeit ging Jenny zur Universität, und June, die befürchtete, daß ihre Tochter zu sehr unter Bernards Einfluß stand, richtete während ihres ersten Trimesters einen jener altmodischen, mit Ratschlägen gespickten Briefe an sie, die Eltern zuweilen ihren Kindern schreiben, wenn diese aus dem Haus gehen. Darin äußerte sie, daß sie nicht an jene abstrakten Prinzipien glaube, mit denen »engagierte Intellektuelle einen gesellschaftlichen Wandel herbeizuführen suchen«. Das einzige, woran sie glauben könne, seien »kurzfristige, pragmatische, realisierbare Ziele. Jeder muß die Verantwortung für sein Leben selbst übernehmen und versuchen, es zu verbessern, zuallererst spirituell, und falls nötig, auch materiell. Die politischen Auffassungen einer Person sind mir schietegal. Was mich betrifft, so ist Hugh Wall (einer von Bernards Parteifreunden), den ich letztes Jahr bei einem Dinner in London kennenlernte und der den ganzen Abend jedem an seinem Tisch ins Wort fiel, nicht besser als die Tyrannen, die er anzuklagen beliebt ...«

Zu ihren Lebzeiten veröffentlichte June drei Bücher: Mitte der fünfziger Jahre *Mystische Gnade: Ausgewählte Schriften der hl. Theresia von Ávila*, ein Jahrzehnt später *Wildwachsende Blumen im Languedoc* und zwei Jahre danach eine kurze praktische Abhandlung *Zehn Meditationen*. Im Laufe der Jahre wurden ihre gelegentlichen Reisen nach London seltener. Sie blieb in der Bergerie, bildete sich, meditierte, hütete das Haus, bis ihre Krankheit sie 1982 nach England nötigte.

Unlängst stieß ich auf zwei Seiten in Kurzschrift, die auf

meine letzte Unterhaltung mit June zurückgehen, einen Monat vor ihrem Tod im Sommer 1987: »Jeremy, an jenem Morgen stand ich Auge in Auge dem Bösen gegenüber. Damals wußte ich es noch nicht, aber ich spürte es an meiner Furcht – diese Bestien waren Ausgeburten einer verderbten Phantasie, perverser Geister, die sich durch keinerlei Gesellschaftstheorie erklären lassen. Das Böse, von dem ich spreche, es lebt in uns allen. Es ergreift Besitz von einem Individuum, vom Privatleben, von der Familie, und dann sind es die Kinder, die am meisten leiden. Und wenn die Bedingungen reif sind, in verschiedenen Ländern, zu verschiedenen Zeiten, bricht eine entsetzliche Grausamkeit aus, eine Heimtücke gegen das Leben, und alle sind überrascht von der Abgründigkeit des Hasses in sich selbst. Dann flaut es ab und legt sich wieder auf die Lauer. Es ist etwas in unseren Herzen.

Ich sehe schon, du denkst, ich sei verschroben. Das macht nichts. So fasse ich es nun einmal auf. Die Natur des Menschen, das Herz des Menschen, der Geist, die Seele, das Bewußtsein selbst – nenne es, wie du willst –, am Ende ist es das einzige, womit wir arbeiten können. Es muß sich entfalten und erweitern, oder die Summe unseres Leidens wird niemals geringer werden. Meine eigene kleine Entdeckung besagt, daß dieser Wandel möglich ist, daß er in unserer Macht steht. Ohne eine Umwälzung unseres Seelenlebens, wie langsam auch immer, sind alle unsere großen Pläne wertlos. Die Arbeit, die wir zu leisten haben, muß uns selbst gelten, wenn wir je in Frieden miteinander leben wollen. Ich sage nicht, daß es so kommen wird. Es besteht die Wahrscheinlichkeit, daß es das nicht tut. Aber ich sage, es ist unsere einzige Chance. Wenn es so weit ist, und es könnte Generationen dauern, wird das Gute, das daraus erwächst, unsere Gesellschaften auf eine unvorhergesehene, nicht vorprogrammierte Weise umgestalten, unter der Kontrolle nicht einer einzigen Gruppe von Menschen oder von Ideen...«

Sowie ich zu Ende gelesen hatte, stand auch schon Bernards Geist vor mir. Er schlug die langen Beine übereinander und bildete mit seinen Fingern eine Kirchturmspitze. »Auge in Auge mit dem Bösen? Ich will dir sagen, womit sie an dem Tag zu kämpfen hatte – mit einem guten Mittagessen und einem bißchen boshaften Dorfklatsch! Und was das Seelenleben angeht, altes Haus, das möchte ich sehen, wenn du einen leeren Magen hast. Oder ohne sauberes Wasser bist. Oder wenn du dich mit sieben anderen in ein Zimmer teilst. Natürlich, wenn wir erst einmal *alle* ein Zweithaus in Frankreich besitzen... Siehst du, so wie es um unseren übervölkerten kleinen Planeten bestellt ist, brauchen wir durchaus Ideen – und verdammt gute obendrein!«

June holte Luft. Sie gingen in Kampfstellung...

Seit Junes Tod, als wir die Bergerie ererbten, haben Jenny, ich und die Kinder alle unsere Ferien hier verbracht. Im Sommer gab es Zeiten, da ich mich im letzten Abendrot in der Hängematte allein unter der Tamariske wiederfand, wo June zu liegen pflegte, und mich über all die welthistorischen und persönlichen Kräfte, die gewaltigen und winzigen Strömungen verwunderte, die zusammentreffen und zusammenwirken mußten, damit dieses Haus in unseren Besitz gelangte: ein Weltkrieg, an seinem Ende ein junges Paar, das es nicht erwarten konnte, seine Freiheit auszukosten, ein Regierungsbeamter in seinem Wagen, die Résistance, die Gestapo, ein Taschenmesser, Mme Auriacs Spazierweg – »doux et beau« –, der Tod eines jungen Motorradfahrers, die Schulden, die sein Bruder, der Schäfer, zu begleichen hatte, und die Geborgenheit und Sinnesänderung, die June auf dieser sonnigen Terrasse Land erfahren hatte.

Aber es sind die schwarzen Hunde, auf die ich am häufigsten zurückkomme. Sie beunruhigen mich, wenn ich bedenke, welches Glück ich ihnen verdanke, besonders wenn ich mir erlaube, sie mir nicht als Tiere, sondern als Geisterhunde, als Inkarnationen vorzustellen. June erzählte mir, sie habe sie ihr ganzes Leben lang so manchesmal vor sich gesehen, richtig vor Augen gehabt, auf der Netzhaut, in jenen schwindelnden Sekunden vor dem Einschlafen. Sie rasen den Pfad hinab zur Gorge de la Vis, und der größere hinterläßt auf den weißen Steinen eine Blutspur. Sie überschreiten die Linie zwischen Licht und Schatten und dringen tiefer vor, dort, wo die Sonne niemals hingelangt, und der liebenswerte, bezechte Maire schickt seine Männer nicht mehr auf Verfolgungsjagd; denn die Hunde durchschwimmen in tiefster Nacht den Fluß und brechen sich auf der anderen Seite eine Schneise, um den Causse zu überqueren; und wenn sich der Schlaf herniedersenkt, entschwinden sie Junes Blicken, schwarze Schemen im Morgengrauen, zerfließen, da sie in die Ausläufer der Berge fliehen, von wo sie wiederkommen, uns heimzusuchen, irgendwo in Europa – irgendwann.

Nachbemerkung

Während die im Roman erwähnten Orte wirklich bestehenden französischen Dörfern entsprechen, sind die mit ihnen verbundenen Figuren frei erfunden und weisen keinerlei Ähnlichkeit mit lebenden oder toten Personen auf. Die Geschichte des Bürgermeisters beruht ebensowenig auf historischen Tatsachen wie dieser selbst.

I. McE.

Bitte beachten Sie auch
die folgenden Seiten

Ian McEwan im Diogenes Verlag

Der Zementgarten

Roman. Aus dem Englischen von Christian Enzensberger

Ein Kindertraum wird Wirklichkeit: Papa ist tot, Mama stirbt und wird, damit keiner was merkt, einzementiert, und die vier Kinder haben das große Haus in den großen Ferien für sich. Im Laufe des drückend heißen, unwirklichen Sommers kapselt sich die Gemeinschaft mehr und mehr gegen die Außenwelt ab, und keiner merkt, daß etwas faul ist.

»Das ist McEwans Kunst: die sachliche Berichterstattung über Groteskes und Absurdes, die Fähigkeit, aus dem Rahmen Fallendes als Gewöhnliches erscheinen zu lassen durch die Gleichgültigkeit und die Beiläufigkeit des Erzählens.«
The Times Literary Supplement

Verfilmt von Andrew Birken mit Charlotte Gainsbourg in der Hauptrolle. 1993 ausgezeichnet mit dem Silbernen Bären.

Erste Liebe – letzte Riten

Erzählungen. Deutsch von Harry Rowohlt

»Die Mehrzahl dieser Geschichten handelt von Jugendlichen und davon, wie sie von der Welt der Erwachsenen verdorben werden. Die Unschuld der Pubertät wird weniger verloren als zerschmettert… Nichts für Zimperliche, aber dieser Stil hat eine lakonische Brillanz, die Bände – andeutet. Nichts wird ausgesprochen, alles wird angetippt.«
Peter Lewis/Daily Mail, London

»Das brillante Debüt des hoffnungsvollsten Autors weit und breit.« *A. Alvarez/The Observer, London*

Zwischen den Laken

Erzählungen. Deutsch von Michael Walter
Wulf Teichmann und Christian Enzensberger

»Noch in der erbärmlichsten, entfremdetsten Beziehung finden sich Spuren wirklicher Liebe und des wirklichen menschlichen Bedürfnisses, zu lieben und geliebt zu werden.«
Jörg Drews / Süddeutsche Zeitung, München

»Präzis, zärtlich, komisch, sinnlich – und beunruhigend.« *Myrna Blumberg / The Times, London*

»Diese Erzählungen sind gegenwartsnah, ein wenig Beckett verpflichtet und etwas Nabokov, aber auch H.G. Wells und George Orwell.«
Julian Moynihan / The New York Times Book Review

Der Trost von Fremden

Roman. Deutsch von Michael Walter

Hochsommer, Venedig ist von Touristen überschwemmt. Auch das Liebespaar Colin und Mary, das kein Liebespaar mehr ist, macht hier Urlaub. Sie machen sich sorgfältig zurecht für ihren Dinnerspaziergang durch die Stadt: sie parfümieren sich mit teurem Eau de Cologne, mit peinlicher Sorgfalt wählen sie ihre Garderobe... und dann lauert im Labyrinth der beklemmend engen Gassen ein Minotaurus auf sie. Die Kanäle haben Gegenströmungen, die Lagune ungeahnte Tiefen.

»*Der Trost von Fremden* ist ein irritierendes, atmosphärisch dichtes kleines Meisterwerk.«
Neue Zürcher Zeitung

»Ein exzellenter, tückischer Roman.«
Die Weltwoche, Zürich

Verfilmt von Paul Schrader mit Rupert Everett, Helen Mirren, Natasha Richardson und Christoper Walken.

Ein Kind zur Zeit

Roman. Deutsch von Otto Bayer

McEwans dritter Roman ist eine politische Erzählung über eine Welt, in der Bettler Lizenzen haben und Eltern darüber aufgeklärt werden, daß Kindsein eine Krankheit ist und mit größter Disziplin behandelt werden muß. Er ist aber auch eine subtile Ergründung von Zeit, Zeitlosigkeit, Veränderung und Alter.

»Ian McEwan bewältigt seine durchaus schwergewichtigen Themen mit Ernsthaftigkeit und gleichzeitig mit jener leichten Eleganz, die typisch für die englische Gegenwartsliteratur ist und der hiesigen leider so sehr abgeht. McEwan scheut sich nicht, dem Roman überraschend eine hoffnungsvolle Wendung zu geben, die die Rettung aus dem allgemeinen Leid in der Überwindung des persönlichen sieht: durch Mitteilen dieses Leids und Lebensbejahung.«
Zitty, Berlin

»Kein Zweifel: McEwans bisher bester Roman.«
The Spectator, London

Unschuldige

Eine Berliner Liebesgeschichte

Roman. Deutsch von
Hans-Christian Oeser

»Es beginnt wie ein Spionage-Thriller von John Le Carré: unterkühlt, sachlich, kompetent. Aber Ian McEwan ist nicht John Le Carré. Der englische Spezialist sexueller Schockeffekte hat anderes im Sinne. Aus einem Spionagethriller wird die Einweihungsgeschichte einer männlichen Jungfrau: Leonard Marnham, der junge Londoner Fernmeldetechniker bei der ›Operation Gold‹, verliert in Berlin seine Unschuld – politisch, moralisch, sexuell. Er steigt – faktisch und metaphorisch – hinab in die Unterwelt: in die Eingeweide der Erde, in die verborgenen Reservate des

Sexus, in die Labyrinthe der Geheimdienstwelt, in die Innereien des Blutverbrechens.
Unschuldige – Eine Berliner Liebesgeschichte ist auf mehreren Ebenen zu lesen: als Spionage und Kalte-Kriegs-Story, als Heraufbeschwörung einer politischen Wahnwelt, deren Zusammenbruch wir eben erlebten, als moralisches Puzzle, als panische Blut-Oper, als vertrackte Education sentimentale. Und natürlich auch als eine Art Liebesgeschichte.«
Sigrid Löffler/profil, Wien

»Eine meisterlich aufgebaute Geschichte, für die Georg Büchners Wort zutreffen könnte: ›Jeder Mensch ist ein Abgrund: es schwindet einem, wenn man hinabsieht.« *Welt am Sonntag*

Verfilmt unter dem Titel *»...und der Himmel steht still«* von John Schlesinger mit Anthony Hopkins, Isabella Rossellini und Campbell Scott in den Hauptrollen.

Andrea De Carlo im Diogenes Verlag

Vögel in Käfigen und Volieren

Roman. Aus dem Italienischen von Burkhart Kroeber

»Eines Tages wird Fjodor Barna, der Held des Romans, aus seiner Ich-Befangenheit herausgerissen, in seinem scheinbaren Stoizismus irritiert durch die Liebe zu dem ebenso schönen wie unberechenbaren Mädchen Malaidina, dessen Anblick ihm das ›Blut verkehrt herum kreisen‹ läßt; und wenn man in Fjodor einen späten Nachfahren von J.D. Salingers Holden Caulfield sehen zu können meint, könnte Malaidina eine Nachfahrin von Holly Golightly aus Truman Capotes *Frühstück bei Tiffany sein.*« *Frankfurter Allgemeine Zeitung*

»Was Andrea De Carlo in seinem Roman *Vögel in Käfigen und Volieren* unternommen hat, ist nichts weniger als die erzählerische Bearbeitung eines der zentralen politischen Themen der zweiten Jahrhunderthälfte, jener merkwürdig imaginäre Krieg, den insbesondere junge Menschen gegen die ›Macht‹, gegen ›das System‹ anzuzetteln versuchten.« *Michael Rutschky*

»Atemlos gelebt, atemlos gelesen. Ein Italiener macht deutschen Romanciers Tempovorgaben. Dabei entstand eine neue Gattung: der Liebeskrimi. Das alles in einer Sprache, die nicht lange in sich verweilt, aber dennoch fotografisch genau ist. Ein wildes Buch.«
Szene Hamburg

Creamtrain

Roman. Deutsch von Burkhart Kroeber

»Kritisch äußert sich Andrea De Carlo über seine Erfahrungen in Amerika, die er sich in seinem ersten Roman *Creamtrain* vom Leibe geschrieben hat. Mit diesem Buch, dessen Manuskript sein Sponsor und Lektor Italo Calvino betreute, wurde Andrea De Carlo auf Anhieb zum meistversprechenden literarischen Debütanten.« *Sender Freies Berlin*

»*Creamtrain* ist ein perfektes Buch, sehr gut geschrieben, sehr gut zu lesen. Macht Spaß. Unterhält. Ist cool. Stimmig. Kein Wunsch bleibt offen.«
Der Falter, Wien

Macno

Roman. Deutsch von
Renate Heimbucher

»Macno, einst Talkmaster im staatlichen Fernsehen, hat sich über Einschaltquoten zum Diktator befördert. Ausgehend von einer konventionellen Kritik an der Allmacht des Fernsehens nimmt der Autor die Idee auf und überdreht sie ohne Hemmungen, bis am Ende eine schrille Geschichte steht, die dennoch verblüffend wirklich klingt. Die gedankliche Abenteuerlust De Carlos hat eine Geschichte hervorgebracht, an die sich deutsche Autoren selbst in zehn Jahren noch nicht herangetraut hätten.« *Tempo, Hamburg*

Yucatan

Roman. Deutsch von
Jürgen Bauer

»Der Roman spielt auf mehreren Ebenen: der topographischen Ebene einer Reise nach Mexiko, der psychologischen einer Selbstfindung des Helden, der ideologischen einer Gegenüberstellung verschiedener Lebenshaltungen. Obwohl das Magische immer wieder in die Geschichte hineinspielt, dominiert es sie nicht. Man kann *Yucatan* auch als Reisebericht lesen. Dies um so mehr, als sich der gleichsam photographische Blick, mit dem der Verfasser gewisse Aspekte des amerikanischen Lebens wahrnimmt, seit der Veröf-

fentlichung seiner Erzählungen *Creamtrain* (1985) und *Macno* (1987) womöglich noch geschärft hat. Bemerkenswert ist nicht nur die Präzision, sondern auch die Wertfreiheit seiner Beschreibungen. Der Verzicht auf die Attitüden eines schöngeistigen Antiamerikanismus versetzt De Carlo in die Lage, ohne Zorn und Eifer bestimmte zeitgenössische Phänomene zu registrieren, die ihren Ursprung auf der anderen Seite des Atlantik gehabt haben mögen, aber nicht auf Amerika beschränkt geblieben sind. Dank seiner Fähigkeit zur Nuancierung erkennt man jedenfalls in *Yucatan* überall die Wirklichkeit wieder, in der wir leben.«
Frankfurter Allgemeine Zeitung

Zwei von zwei

Roman
Deutsch von Renate Heimbucher

Ich dachte, wie verschieden und zugleich wie ähnlich doch im Grunde unsere beiden Lebensläufe in diesen Jahren gewesen waren, zwei von zwei möglichen Wegen, die an der gleichen Gabelung begonnen hatten.

Mario, der Ich-Erzähler, und Guido, beide aus mehr oder weniger kleinbürgerlichen Verhältnissen, lernen sich in der Schule kennen, 1968 in Mailand. Guido ist der aggressivere, frühreif, voller Ideen und Utopien, antiautoritär, Mario ist von ihm fasziniert, hängt sich an ihn an. Sie erleben zusammen die politische Revolte jener Jahre, aber auch die erste Liebe. Dann trennen sich ihre Wege...

»Der ironische Blick, der den Kern einer Situation erfaßt, ist De Carlos herausragende Qualität, und war es seit je. Das bedeutet nicht, daß er ein literarischer Clown ist. Ohne tiefschürfende Introspektion rückt er psychologisch äußerst komplexe Zusammenhänge ins Licht, indem er sie an ihren sichtbaren Zeichen erkennt.« *Neue Zürcher Zeitung*

Techniken der Verführung

Roman

Deutsch von Renate Heimbucher

Ein junger Autor zwischen einer Frau, die er liebt, und einem Literaten, den er bewundert und der ihn fördert: In diesem modernen Künstlerroman wird das Schriftstellerdasein zum Abenteuer. Unter De Carlos Feder entsteht ein ebenso spannendes wie scharfes Bild des heutigen – korrupten – Italiens: Der Leser blickt hinter die Kulissen und erfährt nicht zuletzt Aufschlußreiches über das Innenleben von Redaktionsstuben und Literaturbetrieb…

»*Mit Techniken der Verführung* kehrt De Carlo zu seinen Anfängen zurück, und gleichzeitig ist es ein reifes Werk, er legt Zeugnis in ihm ab: ein hervorragend geschriebener, mutiger Roman.«
The European, London

»Eine scharfe Parabel auf die Korrumpiertheit der Gefühle, der Sitten und der Literaturszene, auf den Vampirismus der großen, von uns allen geliebten Schriftsteller.« *Basler Zeitung*

»Ein hervorragendes Buch.« *Der Spiegel, Hamburg*

»Eine zeitgenössische Version von Balzacs ›Verlorene Illusionen‹ oder Heinrich Manns ›Schlaraffenland‹.«
Frankfurter Allgemeine Zeitung

Pino Cacucci im Diogenes Verlag

Outland Rock

5 starke Thriller
Aus dem Italienischen von Jürgen Bauer

»Von Cacuccis genau charakterisierten Antihelden geht eine eigenartige Faszination aus, hervorgerufen durch die coole Selbstverständlichkeit, mit der sie ihre Rolle als Außenseiter spielen. Bis etwas Unvorhergesehenes ihr Leben aus den Fugen geraten läßt. Cacucci wahrt eine ironische Distanz gegenüber dem, was er schreibt. Seine Sprache ist wie das Objektiv einer Kamera. Dadurch entstehen unsentimentale, scharfe Bilder und eine Spannung, die den Leser bis zur letzten Seite in Atem hält.« *Sender Freies Berlin*

»Dieses Buch hat mich so gefreut wie ein unerwartetes Geschenk, es war, als hätte ich einen Freund getroffen, der mir ein Bedürfnis, das ich selbst nicht genau kannte, zugleich weckte und befriedigte, jemand, der mir Gesellschaft leistet. Cacucci füllt eine große Lücke in der italienischen Literatur: Endlich einer, der das Erbe von Hammett und Chandler antritt.«
Federico Fellini

Puerto Escondido

Roman. Deutsch von Ulrich Hartmann

»Ein road-movie, das sich gewaschen hat. Atemberaubend, spannend bis in die Haarwurzeln, elektrisierend. Ein italo-spanisch-mexikanisches Abenteuer: Im Mittelpunkt ein Mann, drei Welten, schöne Frauen, schräge Typen, ein Kommissar, viel Tequila, Peyotl, Mescalin und jede Menge Dope, Opium, Koks, Base und Salsa. *Puerto Escondido* ist der große Bruder von Kerouacs Klassiker *Unterwegs*.«
Stadtblatt Osnabrück

»Wie in emotional tiefgefrorenen Momentaufnahmen schildert Cacucci mit messerscharfer Sprache eine Generation der lakonischen Verweigerer.«
M. Vanhoefer/Münchner Merkur

Tina

Das abenteuerliche Leben der Tina Modotti
erzählt von Pino Cacucci
Deutsch von Karin Krieger

Tina Modotti zählt zu den faszinierendsten Frauengestalten unseres Jahrhunderts: Fabrikarbeiterin, Hollywood, Modell und Muse im Mexiko der zwanziger Jahre, bekannte Photographin, Helfende im spanischen Bürgerkrieg. Ungewöhnlich ist ihre Stärke, rätselhaft ihr Tod.
Von den geschichtlichen Tatsachen ausgehend, bietet Cacucci in seinem biographischen Roman weit mehr als nur ein Faktengerüst: er läßt den Leser die Widersprüchlichkeit einer Epoche durchleben, das innere Drama einer geheimnisvollen Frau.

»Eine leidenschaftliche und zuverlässige Beschreibung ihres Lebens.« *L'Indipendente, Mailand*

»Das Buch ist wie die vorangehenden Bücher des Autors in einem klaren, eindringlichen Stil geschrieben, die Handlung wird geschickt in zügigem Tempo präsentiert und fesselt so den Leser.«
El Observador, Barcelona

»Eine fesselnde Lektüre über das Leben einer außergewöhnlichen Frau sowie über den künstlerischen und politischen Umbruch in Spanien und Mexiko in den zwanziger und dreißiger Jahren.«
Edith Jörg/annabelle, Zürich

»Es läßt den Leser nicht los.«
Peter Zimmermann/Die Presse, Wien